Ladina Bordoli

DAS TAL DER ROSEN

Über die Autorin

Ladina Bordoli, Jahrgang 1984, lebt in der Schweiz in einem kleinen Tal inmitten der Alpen. Seit ihrer Kindheit verfasst sie Gedichte und Kurzgeschichten. 2008 veröffentlichte sie ihr Erstlingswerk »Wild Cherry«.

Einen Großteil ihrer Inspiration bezieht sie aus dem täglichen Kontakt mit Menschen verschiedenster Kulturen. Wo gelebt, gearbeitet, geliebt und gestritten wird, entstehen Schicksale – und mit ihnen Geschichten.

Ladina Bordoli

DAS TAL
DER ROSEN

Familiengeheimnis Roman

beHEARTBEAT

Vollständige ePub-to-Print-Ausgabe des in der Bastei Lübbe AG
erschienenen eBooks »Das Tal der Rosen« von Ladina Bordoli

beHEARTBEAT by Bastei Entertainment in der Bastei Lübbe AG

Textredaktion: Dorothee Cabras
Lektorat/Projektmanagement: Anna-Lena Römisch
Covergestaltung: Nicole Meyer, designrevolte.de unter Verwendung von
Motiven von © shutterstock/Silver30 und © iStock.com: bossert |
temmuzcan | Betty4240
Satz: 3w+p GmbH, Ochsenfurt
Druck: Books on Demand GmbH, Norderstedt

ISBN 978-3-7413-0052-3

www.be-ebooks.de

www.lesejury.de

MIX
Papier aus verantwortungsvollen Quellen
Paper from responsible sources
FSC® C105338

Kapitel 1

Mitte Juli 2015

Barbara

Barbara seufzte und ließ den Blick über ihre wenigen Habseligkeiten gleiten. Abgesehen von einer relativ kleinen ledernen Reisetasche und einer Handtasche hatte sie nichts hierher mitgenommen. Wozu auch? Ihr Leben war ebenso trostlos und leer geworden, wie sie sich in diesem Augenblick gerade fühlte. Am Freitag das mit David, ihrem Verlobten – sie wollte gar nicht im Detail darüber nachdenken, was es gewesen war –, und nur zwei Tage später war ihre Großmutter Rosa unerwartet gestorben. Ihr Herz war einfach verstummt. Kein Mensch wusste, warum. Barbara am allerwenigsten. Sie spürte, wie ihr die Tränen in die Augen stiegen, als sie daran dachte, dass sie das unverkennbare heisere Kichern ihrer Oma nie mehr hören würde. Niemals wieder.

Barbara hatte sie geliebt. Nach dem überraschenden Tod ihrer Eltern vor dreiundzwanzig Jahren hatte Rosa die fünfjährige Barbara und den zwei Jahre älteren Simon bei sich aufgenommen.

Fortan war sie die Person gewesen, die mit einem warmen Lächeln und frisch gebackenem Apfelkuchen gewartet hatte, wenn die beiden Kinder nachmittags von der Schule nach Hause gekommen waren. Von da an war sie an jedem Elternsprechtag, zu Barbaras Ballettaufführungen und zu Simons Hockey-Turnieren erschienen. Stolz, wie es nur eine Mutter sein konnte. Sie hatte Barbara dazu ermutigt, Grundschullehrerin zu werden, und ihr das Studium finanziert. Sie hatte Barbara an ihre weiche Brust gedrückt, als sie das erste Mal Liebeskummer gehabt hatte.

Und jetzt war sie fort. Für immer. Ein Gedanke, den Barbara kaum ertrug. Die Vorstellung kam ihr so unwirklich vor. Bis Samstagabend war Rosa noch kerngesund gewesen, und dann war sie einfach nicht mehr aufgewacht. Mit neunundsiebzig Jahren keine Seltenheit, hatte der Arzt behauptet, der ihren Tod festgestellt hatte. Barbara glaubte ihm nicht. Sie hasste ihn regelrecht für diese nüchterne Feststellung. Keine Seltenheit. Als wäre Rosas Tod nichts Besonderes. Doch für Barbara war ihre Großmutter alles gewesen. Rosa war der Kolibri unter den Vögeln, das Glühwürmchen unter den Käfern; sie war alles, was Barbara hatte. Jetzt, da es David nicht mehr in ihrem Leben gab, sowieso. Erneut wischte sich Barbara eine einzelne Träne aus dem Augenwinkel und schniefte. Sie sah auf ihre Reisetasche, die den Eindruck erweckte, halb leer zu sein.

Sie hatte nur jene Dinge eingepackt, die nicht mit irgendwelchen schwerwiegenden Erinnerungen verbunden waren. Mit schwerwiegend meinte sie Kleidungsstücke wie den rosa Wollpullover, den sie so oft getragen hatte, wenn sie sich neben David auf die Couch gesetzt und sich mit einem Glas Wein an ihn gekuschelt hatte. Solche Bilder wollte sie vor ihrem inneren Auge nicht mehr sehen, denn die damit einhergehenden Emotionen waren einfach zu schmerzhaft. Jetzt sowieso. Im Moment war alles qualvoll.

Barbara hob den Blick und betrachtete ihre Umgebung.

Da war sie nun. Auf einem verlassenen Bahnhof am Ende der Welt.

Surgens Station, war auf dem alten Blechschild zu lesen, das man der Nostalgie halber an dem verwitterten Holzgebäude gelassen hatte. Neben dem Gebäude stand jedoch, fest im Boden verankert, eine dieser modernen Säulen, die in der Nacht leuchteten. Darauf befanden sich ein aktueller Fahrplan und der mittlerweile auf Surgens Bahnhof geänderte Name der Haltestelle. Vor vielen Jahren, so ließ ein Blick durch die milchig schmutzigen Fenster des alten Holzhäuschens vermuten, musste das hier ein Bahnschalter gewesen sein. Erfüllt mit Stimmen, Leben und Bewegung. Jetzt waren die einzigen Geräusche, die man ausmachen konnte, das friedliche Plätschern des Brunnens auf dem Bahnhofsplatz und das sorglose Zwitschern einiger Spatzen. Warum um alles in der Welt hatte ihre Großmutter darauf bestanden, ausgerechnet in Surgens beerdigt zu werden? Sie hatte Barbara und Simon nie von diesem Ort erzählt. Nachdem Rosas Notar ihnen mitgeteilt hatte, dass ihre Oma vor einigen Jahren ein Testament aufgesetzt hatte, waren sie mehrere Minuten sprachlos gewesen. Weder hatten sie Kenntnis von einer Letzten Willenserklärung noch davon, dass Rosa darin den Ort für die Beerdigung ihrer sterblichen Überreste genau festgelegt hatte.

Barbara strich sich eine Haarsträhne aus dem Gesicht. Es war Mitte Juli, und die Sonne stand bereits hoch am Himmel. Obwohl es im Bergland zu dieser Jahreszeit durchaus sommerlich heiß werden konnte, war die seit Wochen anhaltende Hitzewelle, die schon frühmorgens Temperaturen über zwanzig Grad brachte, eher ungewöhnlich. Da das Prättigau ein von der Landwirtschaft dominiertes Tal war, das sonst mit langen Wintern und entsprechend kurzen Erntemonaten zu kämpfen hatte, begrüßten die einheimischen Bauern jedoch das aktuelle Postkartenwetter. Das jedenfalls hatte Barbara in der Lokalzeitung Prättigauer & Herrschäftler gelesen. Sie hatte eine Ausgabe der bunten, nur wenige Seiten umfassenden Zeitung im Zug nach Surgens Bahnhof gefunden. Jemand hatte sie liegen gelassen, und das farbenfrohe Titelblatt hatte Barbaras Aufmerksamkeit erregt.

Das im Kanton Graubünden gelegene Alpental Prättigau mit der Gemeinde Surgens sollte nun für fünf Wochen – so lange dauerten Barbaras Sommerferien – zu ihrem neuen Zuhause werden. Sie hatte vor ihrer überstürzten Abreise nämlich beschlossen, nicht nur bis zur Beerdigung ihrer Großmutter hierzubleiben; sie wollte eine Auszeit nehmen. Denn in Zürich, wo sie herkam, hielt sie im Moment überhaupt nichts mehr. Irgendwann musste sie noch ihre Habseligkeiten bei David abholen, aber im Augenblick schaffte sie das nicht. Das konnte warten. Bevor Barbara erneut von dunklen Gedanken und Erinnerungen übermannt wurde, klingelte das Handy.

Simon, stand auf dem Display.

»Hallo?« Barbaras Stimme klang selbst in ihren eigenen Ohren dumpf und müde.

»Wo bist du?«, fragte ihr Bruder. Besorgnis mischte sich in seinen Tonfall.

Mit einem Kontrollblick auf das angerostete Blechschild an der Holzhütte antwortete Barbara: »Surgens Station, mittlerweile nennen sie es allerdings Surgens Bahnhof. Ich warte auf meinen Bus. Von hier aus soll es nochmals rund eine halbe Stunde dauern, bis ich das Dorf erreicht habe.«

»Gut, das klingt gut. Dann bist du ja schon fast da. Hat das mit dem Buchen deines Zimmers geklappt? Hast du etwas gefunden? Es tut mir leid, dass ich mich nicht eher bei dir melden konnte, du … warst so schnell weg, und ich hatte Montag und Dienstag noch einen Workshop …« Simon klang verunsichert.

»Schon gut. Ich mache dir keine Vorwürfe. Wir haben uns ja darauf geeinigt, dass ich alles in Surgens erledige und du in Zürich. Aufgrund der jüngsten Ereignisse …«, sie zögerte einen Augenblick, » … sah ich keinen Grund, noch länger in Zürich auszuharren. Ich habe gleich am Montag früh im Gasthaus Alpenrose angerufen, am Dienstag alles startklar gemacht, und nun bin ich auf dem Weg dorthin.« Es entstand eine kurze Pause, in der ihr Bruder bestimmt krampfhaft darüber nachdachte, was er ihr Nettes wünschen könnte, ohne dabei Dinge anzusprechen, die ihr erneut die Tränen in die Augen trieben. Barbara kannte ihn gut genug, und ein liebevolles kleines Lächeln stahl sich auf ihr Gesicht, als sie sagte: »Lass es einfach, Simon, okay? Ich weiß, ich soll auf mich aufpassen und keine Dummheiten machen …« Sie holte kurz Luft und ließ dann die Katze aus dem Sack: »Ich habe das Zimmer bis Mitte August gebucht, fünf Wochen. Ich bleibe den Sommer über gleich hier.«

Wie erwartet schwieg Simon einige Sekunden. »Wie du möchtest, Schwesterherz. Du sollst allerdings wissen, unser Angebot steht noch immer. Du kannst … bis mit … David … alles geregelt ist, auch bei Irina und mir wohnen. Die Kinder würden sich sicher freuen.« Davids Namen hauchte er so leise in den Hörer, als wagte er nicht, ihn auszusprechen, ohne in Barbara eine emotionale Explosion hervorzurufen.

Sie seufzte. Simon und Irina hatten ihr diesen Vorschlag schon am Freitagabend gemacht, nachdem sie erfahren hatten, dass David sie betrogen hatte. Barbara wurde das Gefühl einfach nicht los, dass die beiden noch immer die schwache Hoffnung hegten, es würde sich mit David alles wieder einrenken. Sie selbst war da anderer Meinung. Solche Vertrauensbrüche waren nicht verhandelbar. Waren es niemals gewesen. Auch hatte sie keine Lust, bei ihrem Bruder und seiner Frau Dauergast zu sein. Die gestrandete Tante, die ständig rote, verquollene Froschaugen und einen seltsamen Schnupfen hatte. Sie wollte nicht, dass die Kinder sie so sahen. Wenn sie sich schon jeden Abend in den Schlaf weinte, dann wollte sie das für sich alleine tun, an einem Ort, der ihr die nötige Intimität gewährte. Surgens war die Antwort auf ihren stummen Hilfeschrei gewesen, das hatte sie sofort erkannt. Nirgends war ihr altes Leben weiter entfernt als auf 1.351 m ü. M., irgendwo im Nirgendwo, wo niemand sie kannte. Zumindest nahm Barbara das zu diesem Zeitpunkt an.

»Danke, Simon, ich weiß euer Angebot durchaus zu schätzen, aber ich denke, was ich jetzt wirklich dringend brauche, ist die Einsamkeit der Berge. Frische Luft. Einen Tapetenwechsel. Ich bleibe in Surgens.«

Barbara verabschiedete sich von ihrem Bruder, hauchte noch einen Kuss in den Hörer, trennte die Verbindung und stopfte ihr Handy in die Tasche. Gerade noch rechtzeitig. Der Bus hielt an. Der Fahrer maß sie mit einem langen Blick. Dann erhob er sich von seinem Sitz und half Barbara, ihr Gepäck zu verstauen. Sie löste einen Fahrschein und suchte sich im mittleren Teil des Busses einen Sitzplatz. Außer ihr waren nur noch eine alte Frau und eine Mutter mit Kind in dem Kleinbus. Offenbar war dies keine hochfrequentierte Strecke, und um diese Tageszeit schon gar nicht.

Barbara lehnte den Kopf an die kühle Scheibe und ließ den Blick über die Landschaft schweifen. Ein feines Lächeln umspielte ihre Lippen. In ihrem Inneren breitete sich eine mit Nervosität vermischte Vorfreude aus. Bald war sie da!

Brave New World …

Während der Bus den Serpentinen der Straße folgte, zeigte sich Barbara zu ihrer Linken eine atemberaubende Aussicht auf das Tal unter ihr. Das Prättigau breitete sich vor ihrem Blick aus wie ein Wildbach, der zwischen zwei Felsmassive gedrängt worden war. Die bunten Punkte der Häuser säumten die Hauptstraße auf der Talsohle und erklommen zunehmend die angrenzenden Hügel, je weiter man blickte. An den Weidehängen zu Barbaras Rechten grasten vereinzelt Ziegen und Schafe. Der Weg nach Surgens führte sie durch benachbarte Wälder und vorbei an kleinen Schluchten. Schließlich tauchte der Kirchturm des

Bergdorfs auf, der auf einer Hügel-Plattform thronte und selbst unten im Tal noch mit bloßem Auge gesehen werden konnte. Die ersten Bauernhöfe säumten nun die Straße, und neugierige Blicke folgten dem Kleinbus. Bevor sie die letzte Kurve in Angriff nehmen konnten, musste der Fahrer den Bus jedoch kurz anhalten, damit die mitten auf dem Weg flanierenden Hühner verscheucht werden konnten. Der Hahn stolzierte vor ihnen her und schien über die unerwartete Störung eher empört denn erfreut zu sein.

Barbara grinste und lehnte sich entspannt in ihrem Sitz zurück. Dabei erhaschte sie einen flüchtigen Eindruck von ihrer Spiegelung im Fenster des Busses. Die schokoladenbraunen Haare hingen ihr unordentlich über die Schultern, und ihr fiel auf, wie müde ihre Gesichtszüge gerade wirkten. In ihren Augen lag eine tiefe Traurigkeit, die selbst von ihrem Schmunzeln und ihrer Vorfreude nicht überspielt werden konnte. Endlich kam der Bus zum Stehen.

»Wir sind da. Gasthaus Alpenrose. Endstation«, informierte der Fahrer sie und half ihr erneut mit dem Gepäck. Der Bus wendete und fuhr zurück zum Dorfeingang.

Da stand sie nun.

Vor ihr erhob sich das Gasthaus Alpenrose, das sie bis jetzt nur von Fotos aus dem Internet kannte. Das Gebäude bestand aus zwei Teilen: Links befand sich ein Stall mit einer überdachten Veranda, der mit dem Haupthaus auf der rechten Seite verbunden war. Vor dem Hauptgebäude gab es eine Terrasse, die mit bunten Sonnenschirmen und einfachen Tischgarnituren ausgestattet war. Die Fassade war aus dunkel gebranntem Holz. Rote Fensterläden bildeten einen angenehmen Kontrast dazu. Das Plätschern eines Brunnens drang an Barbaras Ohr, und ein kleines Lächeln erhellte ihr Gesicht. Dieser Ort wirkte friedlich und einladend. Einige der Gäste auf der Terrasse spähten neugierig zu ihr herüber. Offenbar kamen hier nicht jeden Tag Fremde mit Gepäck an.

Barbara packte ihre Reisetasche und nahm die Treppe, die zum Eingang des Hauptgebäudes führte. Die Tür lag etwas verborgen im Eingangsbereich, der Stall und Restaurant trennte.

Sie trat ein und fand sich in einem niedrigen, kleinen Empfangsraum wieder, von dem aus diverse Türen in angrenzende Räume abgingen. Mittendrin stand ein massives Holzmöbelstück, das als Empfangstisch diente. Eine metallene Glocke, wie man sie noch in alten Filmen zu sehen bekam, lag darauf. Barbara läutete. Sie musste nicht lange warten. Eine junge Frau, die vermutlich ungefähr in ihrem Alter war, kam aus einem der Hinterzimmer herbeigeeilt und begrüßte sie freundlich.

»Sie müssen Frau Rieder aus Zürich sein!« Und mit einem schiefen Grinsen fügte sie noch an: »Sind sonst keine Ankünfte heute gemeldet, Sie sind derzeit unser einziger Gast.« Dann wühlte sie in einer Schublade und förderte ein Anmeldeformular zutage. Sie legte es vor Barbara auf den Tresen und bot ihr einen Kugelschreiber an. Bevor Barbara ihn jedoch nehmen konnte, hielt die junge Frau sich erschrocken eine Hand vor den Mund und sagte: »Oh, entschuldigen Sie bitte! Wie unhöflich von mir! Ich bin übrigens Anna Bärtsch, ihre Gastgeberin. Ich führe dieses Haus zusammen mit meinem Bruder.«

»Freut mich, Sie kennenzulernen«, erwiderte Barbara lächelnd und wollte sich gerade über den Meldeschein beugen.

»Also Anna, wenn's Ihnen recht ist. Nennen Sie mich einfach Anna!«

Grinsend hob Barbara erneut den Blick, hielt der jungen Frau die Hand hin und meinte: »Ich heiße Barbara. Ich werde so lange hierbleiben … ich denke, da können wir uns auch duzen!« Im Gegensatz zu Simon war Barbara nie ein Freund von Floskeln und Formalitäten gewesen und schätzte Menschen wie Anna, die das Leben nicht noch unnötig kompliziert machten.

Als sie alle Formulare ausgefüllt hatte, angelte Anna einen Schlüssel vom Schlüsselbrett und bedeutete Barbara, ihr zu folgen. Sie nahm ihr sogar ihr Gepäck ab, obwohl Barbara sich heftig dagegen wehrte.

Anna war, wie sie selbst auch, eine feingliedrige Frau, die kaum größer als eins sechzig war. Sie hatte freundliche Gesichtszüge, und ihre Stupsnase war mit kecken Sommersprossen gesprenkelt. Ihre weizenblonden Haare waren zu einem lockeren Knoten zusammengebunden, wobei ihr einige Strähnen ins Gesicht fielen. Der Duft nach Olivenseife umhüllte sie und unterstrich die Einfachheit ihrer Erscheinung. Es war, als hätte alles Filigrane oder Schnörkelhafte an diesem Ort der Welt wenig Bedeutung. Es schienen die simplen Dinge zu sein, die hier wichtig waren. Wie beispielsweise ein herzliches Lächeln und Hilfsbereitschaft.

Das Einzelzimmer, das man für Barbara hergerichtet hatte, zauberte beim Eintreten sofort einen glücklichen Ausdruck auf ihr Gesicht. Sie entspannte sich und schloss kurz die Augen. Der Duft von frischem Arvenholz drang ihr in die Nase, als stünde sie in einem Wald. Der Raum war schlicht und rustikal eingerichtet, wie man es in einem Berggasthaus erwartete. Die Wände und der Boden waren aus hellem Holz, das über die Jahre einen goldenen Schimmer angenommen hatte. Das einzige Fenster im Zimmer gestattete Barbara einen Blick auf das atemberaubende Panorama des Prättigaus. Sie fühlte sich wie auf einem Hochsitz. Vor ihren Augen breitete sich das Tal mit seinen Schluchten, Wäldern, Weiden und Dörfern aus. Sie würde ihn lieben, ihren Adlerhorst in Surgens, das wusste sie gleich. Noch nie hatte sie an einem vergleichbaren Ort geschlafen. Noch gar nie.

Die vorherrschende Farbe in ihrer Kammer war ein beruhigendes Dunkelblau, das Barbara an den Nachthimmel erinnerte. Zwei schwere Stoffvorhänge säumten das Fenster, und der Bettbezug war blau-weiß kariert. Zu ihrer Rechten befand sich ein kleines Bad mit Dusche und links neben der Tür ein schlichter Kleiderschrank, auf dessen Türinnenseite ein Spiegel befestigt war. Es war also nicht so, dass Eitelkeit an diesem Ort der Welt überhaupt keinen Stellenwert besaß; Äußerlichkeiten waren nur nicht das Wichtigste. Barbara bedankte sich bei Anna für ihre Hilfe, fragte noch nach den Zeiten für das Abendessen und Frühstück und schloss dann hinter der jungen Frau die Tür.

Erschöpft ließ sie sich aufs Bett fallen und starrte einige Minuten einfach schweigend an die Holzdecke über ihr. Es war unglaublich, wie gut sie sich hier fühlte. Das erste Mal seit Tagen stahl sich ein wirklich unbekümmertes Lächeln auf ihr Gesicht, und ihr Herz empfand so was wie Glück. Zufriedenheit. Dankbarkeit. Und etwas noch nie Dagewesenes …

Freiheit?

Nach zehn Jahren Beziehung, wovon sie rund acht Jahre mit David zusammengewohnt hatte, besaß sie nun zum ersten Mal in ihrem Leben ihre eigenen vier Wände. Wenn auch nur für fünf Wochen. Das erfüllte sie mit Vorfreude und einem Gefühl von Selbstbestimmung. Sie konnte sich nicht mehr erinnern, wann sie das letzte Mal den Eindruck gehabt hatte, über die Dinge in ihrem Alltag wirklich selbst bestimmen zu können. Jedenfalls nicht während ihrer Zeit in der Grundschule und später auf dem Gymnasium. Ebenso wenig danach, als sie schon zu Beginn ihres Studiums mit David zusammengezogen war. Zum ersten Mal in ihrem Leben würde ihr niemand vorschreiben, in welches Glas sie ihre Zahnbürste zu stellen hatte und wie viele Fächer des Spiegelschrankes sie für sich beanspruchen durfte. Sie konnte es sich in ihrem Bett gemütlich machen und so lange lesen, wie sie wollte, ohne jemanden zu stören. Wenn ihr danach war, schlief sie im unattraktivsten Pyjama, den der Planet je gesehen hatte.

War das nicht Freiheit?

Barbara stand auf und machte sich daran, einige Dinge in den Schrank zu räumen. Nach einer Viertelstunde war sie damit fertig und beschloss – da es mittlerweile fünfzehn Uhr war –, einen kleinen Spaziergang durch das Dorf zu unternehmen. Am Eingang von Surgens befand sich ein Dorfladen, wie sie gesehen hatte, dem sie gern einen kurzen Besuch abstatten wollte. Sie brauchte dringend ein paar Snacks, und abgesehen davon war sie einfach neugierig, was das Bergdorf denn so zu bieten hatte. Barbara schnappte sich ihre Geldbörse und machte sich auf den Weg.

Die Klingel an der Tür zum Lebensmittelgeschäft kündigte Barbaras Eintreten an, und sofort wandten sich ihr alle Blicke zu. Was sie nämlich für ein simples Dorflädchen gehalten hatte, war in Wahrheit ein Mehrzweckgebäude. Die multifunktionale Institution bestand aus einem Lebensmittelladen, kombiniert mit einer Postagentur und einer kleinen, im Augenblick gut besuchten Kaffee-Ecke. Gerade waren an den Stehtischen alle Gespräche verstummt. Neugierige Augenpaare musterten Barbara. In Surgens kannte offenbar jeder jeden, und daher war sofort klar, dass sie nicht von hier stammte.

Sie nickte den Surgensern freundlich zu und beeilte sich dann, ihren Einkauf zu erledigen. Dabei kam es ihr ganz gelegen, dass sie sich hinter den Regalen vor den interessierten Blicken der Dorfbewohner verstecken konnte.

Barbara war über die große Auswahl an Lebensmitteln erstaunt. In so einem kleinen Laden in einem abgeschiedenen Bergdorf hätte sie mehrheitlich Konserven erwartet. Stattdessen gab es frisches Obst und Gemüse, einheimisches Frischfleisch, Käse und Eier von lokalen Bauern sowie zusätzlich Regale mit Artikeln für den Garten, Haushalt oder Schreibutensilien. Sie entschied sich für etwas Obst, eine Semmel und eine Schachtel Schokopralinen zum Nachtisch.

»Soll ich Ihnen das in eine Tasche packen? Sammeln Sie Frisch-nah-günstig-Punkte?«, fragte die Dame hinter der Kasse und fixierte Barbara, die jäh aus ihren Gedanken gerissen wurde.

»Äh …«, stotterte Barbara verwirrt, »die Tasche nehme ich sehr gern … Wozu sind denn die Punkte?« Vielleicht konnte sie damit ja etwas erwerben, was sie in ihrer neuen Wohnung brauchen konnte. Denn eines war klar: Bei David würde sie nach den Sommerferien ausziehen, auch wenn Simon und Irina das anders sahen. Man warf eine Beziehung nach zehn Jahren nicht einfach weg, fanden sie. Bevor Barbara jedoch wieder ungebremst ins Inferno ihrer eigenen Gefühle abstürzen konnte, riss die Kassiererin sie erneut aus ihren Grübeleien.

»Bei voller Karte wird Ihnen beim nächsten Einkauf ein Rabatt von zehn Prozent gewährt«, erklärte die Frau und schaute Barbara erwartungsvoll an. In der Kaffee-Ecke verstummten die Gespräche abermals. Die Dorfbewohner wollten wissen, wofür sich die unbekannte Kundin wohl entscheiden würde.

»Nun, wenn das so ist, dann sammle ich die Punkte sehr gern«, meinte Barbara lächelnd. Als sie den Laden einige Minuten später verlassen wollte, wäre sie an der Tür beinahe mit einem ungefähr gleichaltrigen Mann zusammengestoßen. Er hatte dunkelblonde, verstrubbelte Haare, die ihm wild vom Kopf abstanden, haselnussbraune Augen und einen Dreitagebart. Der junge Mann trug schmutzige Jeans, die an manchen Stellen zerrissen waren, und dazu ein schlichtes, ebenfalls leicht verschmutztes T-Shirt. Obwohl er aussah, als schwitze er aufgrund der mittlerweile unangenehm heißen Temperaturen und käme direkt von der Arbeit auf dem Feld, verströmte er den angenehmen Duft von Seife, vermischt mit dem von Erde und frischem Gras.

»'tschuldigung«, murmelte er und drängte sich mit gesenktem Blick an Barbara vorbei.

»Hallo, Conradin«, begrüßte ihn die Kassiererin, die gerade den Ständer mit den Glückslosen hinter der Theke abstaubte. »Wie ich sehe, nutzt du die freie Zeit, um den Garten wieder einmal auf Vordermann zu bringen«, fügte sie noch an und beäugte Conradin, wie der Fremde offenbar hieß, neugierig. Er erwiderte den Gruß der Frau, ließ ihre Worte aber unkommentiert. Der Name der Frau war also Ruth.

Der junge Mann war scheinbar nicht hier, um ausgiebige Einkäufe zu tätigen. Kaum hatte Barbara den Laden endgültig verlassen und einen herzhaften Biss von ihrer Semmel genommen, stand Conradin auch schon wieder neben ihr. In der rechten Hand trug er eine durchsichtige Plastiktüte mit Saatgut und weiteren Gartenutensilien. Er musterte sie einen Moment lang und kam dann wohl wie die anderen vorhin zu dem Schluss, dass sie nicht von hier sein konnte. Einen Augenblick schien es, als wollte er noch etwas sagen. Dann wandte er sich jedoch plötzlich ab, murmelte irgendetwas, das einem »Auf Wiedersehen« nahe kam, und stieg in einen Toyota-Jeep.

Barbara beobachtete das davonfahrende Auto und kehrte dann zum Gasthaus zurück. Sie hätte Ruth gern gefragt, wer der junge Mann gewesen war. Während sie in ihrem Zimmer einen Schreibblock und einen Bleistift auspackte, um die bevorstehende Beerdigung zu planen, schweiften ihre Gedanken immer wieder zu diesem Conradin. Sie ertappte sich dabei, wie sie an seine muskulösen Oberarme dachte und daran, wie sich das T-Shirt über seinen breiten Schultern gespannt hatte – ganz zu schweigen davon, wie gut ihm diese Baggy-Jeans standen …

Schon in der nächsten Sekunde schüttelte Barbara verärgert den Kopf. Das durfte doch alles nicht wahr sein! Sie sah einen Fremden – nur für einen kurzen Augenblick –, und alles, was ihr Hirn dazu zu melden hatte, war, wie wohlgeformt sein Körper und wie attraktiv seine Out-of-Bed-Frisur gewesen war? Hätte sie es nicht besser gewusst, hätte Barbara tatsächlich begonnen, an ihrer eigenen Intelligenz zu zweifeln. Sie musste sich ermahnen und daran erinnern, weshalb sie eigentlich hierhergekommen war: um die Beisetzung der Urne ihrer Großmutter in die Wege zu leiten und inneren Frieden zu finden. Nicht, um sich neue Probleme zu schaffen. Barbaras Erfahrung nach bedeuteten Männer aber eben genau das: Probleme. Als machte sich das Schicksal gerade über sie lustig, klingelte in diesem Augenblick ihr Handy.

David.

Schon wieder.

Sie blockte den Anruf und warf das Handy achtlos auf den Nachttisch, als wäre es ein stinkender toter Fisch. Dann goss sie sich ein Glas Wasser ein und setzte sich aufgewühlt aufs Bett. Ihre Gedanken kreisten um einen jungen Mann, den sie gar nicht kannte und dessen Leben sie nicht zu interessieren brauchte. Gleichzeitig löste das bloße Aufblinken von Davids Namen auf ihrem Handy-Bildschirm erneut stechende Schmerzen in ihrem Inneren aus. Was wollte er denn noch? Sich entschuldigen, alles wiedergutmachen? Ihr Herz war gebrochen, und kein Kleister dieser Welt konnte das wieder beheben. Verzeihen war ebenfalls schwierig – im Moment jedenfalls war sie dazu nicht bereit. Andererseits: Wenn sie seine Telefonanrufe weiterhin ignorierte, bestand die Möglichkeit, dass er plötzlich vor ihrer Tür stand, und das wollte sie noch weniger. Er würde nur Simon ein wenig bedrängen müssen, um zu erfahren, wo sie sich aufhielt. Für den Augenblick beschloss sie, das Grübeln sein zu lassen. Vielleicht fühlte sie sich an einem anderen Tag gut genug, um Davids Anruf entgegenzunehmen. Den Rest dieses Mittwochnachmittags wollte sie sich jetzt allerdings nur sich selbst widmen. Es blieben ihr noch knapp zwei Stunden bis zum Abendessen.

Sie beschloss, eine Dusche zu nehmen und sich dann ein wenig hinzulegen. Die letzten Tage und Stunden waren für Barbara sehr anstrengend gewesen – emotional und körperlich. Sie brauchte dringend die geistige Narkose eines tiefen, traumlosen Kurzschlafs. Danach würde die Welt sicher wieder etwas freundlicher aussehen.

Ihr letzter Gedanke, bevor sie endgültig einschlief, galt zu ihrem eigenen Befremden hypnotisch wirkenden haselnussbraunen Augen …

Kapitel 2

Adeline

Liebes Tagebuch,

gestern feierten wir meinen achtzehnten Geburtstag auf unserem Landsitz, der Villa Victoria. Es war ein wunderschönes Fest, ich durfte all meine Freundinnen einladen. Mama hatte diesen Tag schon seit Wochen geplant. Sie wirkte nach der wochenlangen Anspannung sehr erschöpft und ausgelaugt. Ihre Haut war aschfahl, und sie musste sich vor der Ankunft der Gäste mehrmals hinlegen, um sich auszuruhen.

Der Garten und die Bäume waren mit Blumengirlanden und kleinen Laternen geschmückt, und überall hatte man weiße Pavillons aufgestellt. Gottlob spielte das Wetter mit — es war sonnig und entsprechend warm. Ein scheuer Vorbote des Sommers. Ich trug ein senfgelbes Kleid mit einer schwarzen Schleife in der Taille und Handschuhe aus demselben dunklen Stoff. Mama meinte, dass die Farbe des Kleides sehr gut zu meinen kastanienbraunen Haaren und den bernsteinfarbenen Augen passe. Ich durfte mir übrigens Locken frisieren und das Haar hochstecken lassen und sah richtig elegant aus! Kathrin und Amanda, meine besten Freundinnen, behaupteten, Jonas hätte mich den ganzen Nachmittag beobachtet.

Jonas ist der Sohn unseres Gärtners und arbeitet seit Kurzem auch als Gartenpfleger bei uns in der Villa Victoria.

Ich habe ihn lange nicht mehr gesehen. Als wir noch Kinder waren, haben wir im Sommer oft zusammen gespielt. Später ging er dann fort, um eine Ausbildung zu absolvieren, wie es hieß. Dass er ebenfalls Landschaftsgärtner werden wollte, wusste ich nicht. Ich gestehe, dass ich seit gestern oft an ihn denken muss. Ich bin überrascht, wie sehr er sich verändert hat. Als ich ihn das letzte Mal gesehen habe, war er ein schüchterner, dürrer Junge mit viel zu großen Füßen und zwei linken Händen. Jetzt allerdings ... ich weiß nicht, wie ich es beschreiben soll. Ich fürchte, dass ich errötete, als er mich mit einem Handkuss und dem schiefen Grinsen, an das ich mich noch gut von früher erinnern konnte, begrüßte. Er ist und bleibt ein Gärtnerjunge, das weiß ich wohl. Aber er ist jetzt von stattlicher Statur, sein Gesicht ist kantiger geworden, und der Schatten eines schwarzen Bartes umschmeichelt seine Kinnpartie. Er hat immer noch dieselben dunklen Knopfaugen, die von langen, dichten Wimpern umrahmt sind. Jede Frau würde ihn darum beneiden, da bin ich sicher. Seine Haare sind so rabenschwarz, dass man im Sonnenlicht manchmal glaubt, einen blauen Schimmer ausmachen zu können. Die Haut in seinem Gesicht und an den Armen ist durch die viele Arbeit an der frischen Luft karamellfarben.

Was mich an der Begegnung mit ihm jedoch am meisten irritierte, waren seine Augen. Selbstverständlich hatte ich an diesem Tag nicht oft Gelegenheit, mich mit Jonas zu unterhalten. Es war mein Geburtstagsfest, und er war damit beauftragt worden, den Gästen Getränke zu servieren. Mein Vater sieht es generell nicht gern, wenn ich bei offiziellen Anlässen mit den Angestellten spreche. Dennoch bin ich der Meinung, es wäre sehr unhöflich gewesen, Jonas, mit dem ich einen großen Teil meiner Kindheit verbracht habe, einfach zu ignorieren. Es entsprach meinem Empfinden von Anstand, ihn wenigstens kurz zu fragen, wie es ihm gehe. Unser Austausch dauerte nur wenige Minuten, doch irgendwie hatte ich den Eindruck, dass wir uns noch immer sehr gut verstanden, Jonas und ich. Er schaute mich auf eine Art und Weise an, die es mir unmöglich machte, irgendetwas vor ihm zu verbergen. Es war, als könnte er direkt auf den Grund meiner Seele sehen. Der intensive Ausdruck seiner Augen bewirkte, dass ich mich vor ihm völlig nackt, zerbrechlich und gleichzeitig unbeschreiblich geborgen fühlte. Ich hätte gern noch länger mit ihm geredet, doch mein Vater, dessen strenger Blick bereits auf mir ruhte, hätte das nicht zugelassen. Meine Neugierde war jedoch geweckt.

Ich wartete am Abend also, bis meine Eltern zu Bett gegangen waren. Ich wusste, dass es den Angestellten nicht erlaubt war, sich in ihre Quartiere zurückzuziehen, bevor die Unordnung der Feierlichkeiten beseitigt war. So schlich ich nach draußen in den Garten, wo ich Jonas vermutete. Beinahe wäre ich seinem Vater in die Arme gelaufen, aber ich konnte mich noch rechtzeitig hinter einer der Steinsäulen auf der Veranda verstecken. Endlich sah ich Jonas beim Brunnen im Zentrum der Grünanlage, wo er die letzten Stehtische zusammenräumte. Ich weiß selbst nicht, was mich verleitet hat, gegen alle Regeln des Anstandes (und der Vernunft) zu verstoßen. Jonas' überraschter Gesichtsausdruck verdeutlichte mir auch, dass ich zu dieser späten Stunde eigentlich in meinem Zimmer und nicht mit ihm im Garten sein sollte. Aber es ist ja nichts passiert! Wir redeten, lachten, teilten Erinnerungen, mehr nicht. Meine Freundinnen lagen mit ihrer Vermutung hingegen richtig. Jonas' Blick glitt auch jetzt immer wieder über mein Gesicht und meine vom Wind zerzausten Haare. Wenn er mich auf diese stumme Weise musterte, wurde sein Gesichtsausdruck weich und warm. Sein Lächeln glitzerte in den dunklen Tümpeln seiner Augen wie eine geheimnisvolle Spiegelung.

Er achtete jedoch sorgfältig darauf, sich nicht zu nahe neben mich zu setzen, und er vermied es, mich zu berühren.

Ehrlich gesagt weiß ich nicht, ob ich über diese sittsame Zurückhaltung froh bin oder ob sie mich enttäuscht. Mir ist klar, ich dürfte so etwas überhaupt nicht denken. Dennoch tue ich es.

Kapitel 3

Mitte Juli 2015

Conradin

Er warf nochmals einen kurzen Kontrollblick in den Rückspiegel, dann lenkte er den Jeep auf die Straße und fuhr in Richtung Gasthaus. Er hatte die junge brünette Frau noch nie zuvor in Surgens gesehen. Außerdem war ihm aufgefallen, dass bei seinem Eintreten in den Lebensmittelladen in der Kaffee-Ecke eisernes Schweigen geherrscht hatte. Wenn sich die einheimischen Kaffeegenießer nichts mehr zu erzählen hatten, konnte das nur einen Grund haben: Es gab etwas zu hören oder zu sehen.

Conradin schmunzelte. Er konnte es ihnen nicht einmal verdenken. Die Fremde hatte die intensivsten moosgrünen Augen, die er je bei einer Frau gesehen hatte. Mit ihrer geraden, edel anmutenden Nase und den schimmernden langen Haaren strahlte sie etwas Anmutiges aus, das in dieser Gegend und in der heutigen Zeit sehr ungewöhnlich war. Conradin konnte es nicht genau beschreiben. Die junge Frau sah elegant und zierlich aus, trug aber schlichte dunkle Jeans und eine luftige weiße Bluse. Irgendetwas an der Art, wie sie sich bewegte, den Rücken gerade hielt und sich eine Haarsträhne aus dem Gesicht schob, erinnerte ihn an die adligen Damen bei Hofe, anno dazumal. Seine Schwester Anna schaute sich manchmal solche Historienschinken an. Anna Karenina, Marie Antoinette oder wie sie alle hießen. Obwohl man der Fremden die Erschöpfung eindeutig ansah, war die blühende Schönheit, die sich dahinter verbarg, augenfällig. Conradin schüttelte über sich selbst den Kopf. Was war bloß los mit ihm, dass er an einem normalen Arbeitstag, während noch Gartenerde unter seinen Fingernägeln klebte, an ein Kostümdrama dachte?

Als er den Jeep vor dem Gasthaus parkte, griff er nach der Tüte mit den Einkäufen, die auf dem Beifahrersitz lag, und stieg aus. Erst dann fiel es ihm wie Schuppen von den Augen, und er schlug sich ärgerlich die Hand vor die Stirn.

Mein Gott, wie dumm konnte man sein?

»Was ist denn mit dir los?«, fragte Anna, die gerade aus der Tür trat und lachte, als sie seinen Gesichtsausdruck sah.

»Oh, ich Vollpfosten!«, stieß er aus. »Hast du nicht gesagt, dass heute eine junge Frau aus Zürich anreist?«

»Hm, ja, hab ich gesagt. Erstaunt mich, dass du dich daran erinnerst, Bruderherz ...«, entgegnete sie in neckendem Ton und wollte sich gerade abwenden, um einen Gast auf der Terrasse zu bedienen.

Conradin hielt sie jedoch davon ab, indem er erklärte: »Ich habe sie gerade vor dem Laden im Dorf getroffen ... ich war so in Gedanken versunken, dass ich nicht mal gefragt habe, ob ich sie mitnehmen soll.« Er strich sich mit der Hand durch die ohnehin zerzauste Frisur und sah seine Schwester zerknirscht an.

»Tja, das war nicht besonders höflich, nein. Aber nun ist es geschehen. Du kannst dich ja bei ihr entschuldigen, wenn sie zurück ist. Ich muss jetzt weiterarbeiten.« Sie wies mit dem Kopf auf den wartenden Gast und ging zu ihm hinüber.

Conradin blieb noch einige Sekunden stehen, ehe er in den Garten zurückkehrte. Anna hatte recht. Er hatte sich alles andere als zuvorkommend verhalten – noch dazu einem Gast gegenüber! Er hatte ja selbst erkannt, dass die junge Frau nicht aus Surgens stammte. Warum nur war ihm das mit dem Pensionsgast, den sie erwarteten, nicht eher eingefallen?

Weil du damit beschäftigt warst, ihre aristokratische Erscheinung zu bewundern, spottete eine kleine Stimme in seinem Kopf.

Zwanzig Minuten später beobachtete er, wie die junge Frau zurückkam. Conradin duckte sich hinter den Gartenzaun, da er im Moment gar nicht gewusst hätte, was er ihr sagen könnte. Er hatte allerdings Glück. Sie schien in Gedanken versunken zu sein und steuerte geradewegs auf den Hauseingang zu. Ihre Stirn war in angestrengte Falten gelegt; die junge Frau wirkte müde. Conradin beschloss, dass dies sowieso der falsche Zeitpunkt wäre, um sie in ein Gespräch zu verwickeln.

Nach einer weiteren halben Stunde riss Anna das Fenster zum Garten auf und rief: »Hey, Conradin, hast du die Zeit vergessen? Du musst dich langsam um das Abendessen für unseren Gast kümmern. Bist ja heute für das Gesamtpaket verantwortlich.«

Gesamtpaket? Er fragte sich gerade, was seine Schwester ihm mit dieser Bemerkung mitteilen wollte. Er liebte Anna wirklich; er konnte sich keine bessere Schwester vorstellen. Dennoch hatte sie die nervige Angewohnheit, die tatsächlich relevanten Botschaften jeweils zwischen den Zeilen zu verpacken. Sie machte selten klare Aussagen oder gab verständliche Anweisungen. Es war immer wie Sudoku mit ihr. Erst wenn man die richtigen Zahlen in den richtigen Kästchen eingefügt hatte, ergaben sie einen Sinn.

Weil Conradin ihr noch immer nicht antwortete, fuhr sie fort: »Gut, ich helfe deinem Gedächtnis auf die Sprünge. Ich bin heute Abend nicht da. Du musst dich also allein um unseren Gast kümmern, Küche und Service. Und wie jeden Mittwochabend kommen ja auch die Kartenspieler.«

Jetzt fiel es Conradin wieder ein. Vor mehr als einem Monat hatte Anna ihm mitgeteilt, dass sie an diesem Abend mit Freunden ein Konzert besuchen wolle. Er schaute auf die Uhr. Mist! Er musste sich in der Tat beeilen. Schließlich musste er noch duschen, sich umziehen, den Tisch decken, in der Küche alles vorbereiten, die junge Dame empfangen …

Hastig räumte er die Gartengeräte zusammen und stellte sie in den Keller des Hauses. Als er raschen Schrittes zur Haupttür hineinging, wäre er beinahe mit Anna zusammengestoßen, die, bereits umgezogen und hübsch zurechtgemacht, nach ihrer Jacke griff.

»Super siehst du aus!«, meinte er und schenkte ihr ein anerkennendes Lächeln.

Anstelle einer Antwort hob sie ihre Handtasche auf und drückte ihm einen Kuss auf die Wange. »Falls irgendwas ist und unerwartet viele Gäste kommen, kannst du Mama anrufen. Sie ist zu Hause auf Stand-by und weiß Bescheid!« Anna zwinkerte ihm noch einmal zu und verschwand.

Conradin musste grinsen. Wenn seine Mutter davon Kenntnis hatte, dass er an diesem Abend allein im Gasthaus war, würde sie mit an Sicherheit grenzender Wahrscheinlichkeit sowieso aufkreuzen – ob er sie nun brauchte oder nicht. Und sei es nur, um geschäftig einige Servietten zu falten und den einzigen Pensionsgast, von dessen Ankunft vermutlich mittlerweile ganz Surgens wusste, in Augenschein zu nehmen.

Conradin duschte hastig, rubbelte sich die Haare trocken und zog sich frische Jeans und ein sauberes T-Shirt an. Während er sich rasierte, überlegte er, ob er das Eau de Toilette, das Anna ihm zum Geburtstag geschenkt hatte, auflegen sollte. Doch sofort schämte er sich für diesen Gedanken. Warum kam er überhaupt auf solche Ideen? Wollte er der Fremden etwa imponieren? Ach was. Doch er wollte auch nicht, dass sie ihn für einen Hinterwäldler oder einen eigenwilligen Provinzidioten hielt.

Eigentlich hatte Anna ihm dieses Geschenk symbolisch überreicht, um ihn daran zu erinnern, dass er sich wieder vermehrt um die Gunst der Damenwelt bemühen sollte. »Du verkriechst dich viel zu oft«, hatte sie ihn getadelt. »An Verehrerinnen mangelt es dir weiß Gott nicht, Bruder. Allerdings umgibst du dich auf den Dorffesten meistens mit deinen engsten Freunden, als wärst du ihr Zenturio und sie deine Legionäre ... Wie soll man da als Dame denn vorstellig werden und seine Werte (besonders die inneren) präsentieren?« Der Spott in ihrer Stimme war unüberhörbar gewesen. »Du musst die Kavallerie einfach mal zu Hause lassen und mir vertrauen. Der Duft ist deine erste Waffe, dicht gefolgt von Charme, mein Lieber! Charme!«

Conradin unterschied sich in dieser Hinsicht stark von seiner Schwester. Sie war gesellig, kontaktfreudig und auf jedem Fest die strahlende Sonne des kleinen Dorfuniversums. Er hingegen war eher jemand, der sich in eine Ecke zurückzog, in Ruhe ein Bier trank, die Leute beobachtete oder mit den Anwesenden gehaltvolle Gespräche führte. Von dem aufdringlichen und teilweise hysterischen Verhalten mancher paarungswilliger junger Frauen aus dem Tal fühlte er sich belästigt und überfordert. Conradin war bei den Menschen in der Umgebung nicht weniger gern gesehen als Anna, doch sie beide waren in ihrem Wesen einfach grundverschieden, und das wusste jeder. Das akzeptierte auch jeder.

Trotzdem war es nicht ganz von der Hand zu weisen, dass in den spöttischen Bemerkungen seiner Schwester ein Körnchen Wahrheit verborgen war. Da sie an diesem Abend nicht hier war, um ihn triumphierend anzugrinsen, beschloss er, es zu wagen. Er besprühte sich dezent mit dem Duftwasser. Roch gar nicht mal schlecht, fand er.

Nachdem das nun erledigt war, lief Conradin hastig die Treppe hinunter ins Erdgeschoss. Es blieb ihm nicht mehr viel Zeit, um den Tisch zu decken. Eilig platzierte er das Gedeck und trat einige Schritte zurück, um sein Werk zu begutachten. Wie Anna ihm aufgetragen hatte, hatte er eines der sauberen, hellblauen Tischtücher als Untergrund verwendet und das Ganze mit einer dunkelblauen Stoffserviette kombiniert. Dennoch wirkte der Tisch mit dem einzelnen Teller, dem Wein- und Wasserglas irgendwie verloren.

Blumen! Das war die Idee!

Conradin eilte nochmals in den Garten. Er sah sich hastig um. Das Blumenbeet war das Refugium seiner Schwester, aber da er sie jetzt nicht fragen konnte …

Rosen wären definitiv zu aufdringlich. Alles andere gefiel ihm nicht und passte auch nicht zum blauen Tischtuch. Ihm blieb eigentlich nur die eine Option: eine von Annas drei Sonnenblumen, die gerade ihre schweren Köpfe der untergehenden Sonne entgegenhielten. Conradin hatte kein gutes Gefühl dabei, und er war sich fast sicher, dass Anna seine Tat nicht mit einer Lobeshymne kommentieren würde. Andererseits wirkte der Tisch dieser Frau so verlassen und einsam, dass eine große, raumfüllende Blume hermusste. Eine, die Präsenz markierte. Fast als säße noch jemand am Tisch. Conradin schnitt die Sonnenblume ab und kehrte zurück in den Gastraum, wo er sie in einer schlichten, gläsernen Vase neben das Gedeck stellte. Dann füllte er eine Glaskaraffe mit Wasser und platzierte sie neben der Blumenvase.

Conradin war mit seinem Werk zufrieden. Er holte seine Küchenuniform aus der Wäschekammer, band sich die Schürze um und machte sich daran, das Abendessen zuzubereiten. Da heute ein extrem heißer Sommertag gewesen und die Abendluft noch immer angenehm warm war, beschloss er, eine Kaltschale anstelle einer Suppe zu servieren. Gazpacho. Danach sollte ein leichter Sommersalat mit Kernen, Gartenkräutern und Speckwürfeln folgen. Zum Hauptgang plante Conradin Hähnchenbrust an einer dezenten Zitronensoße mit Wildreis. Zum Nachtisch, sofern ihr

Hausgast denn noch einen wünschte, hatte Conradin noch ein selbst gemachtes Granatapfel-Sorbet anzubieten.

Als es achtzehn Uhr war und er alles vorbereitet hatte, ging Conradin zurück in die Gaststube, um auf die junge Frau zu warten.

Sie war pünktlich. Ihre Augen waren leicht gerötet. Entweder war sie gerade mitten aus dem Schlaf gerissen worden, oder … sie hatte geweint. Oder beides. Wie auch immer, Conradin war plötzlich froh, an die Blume gedacht zu haben.

»Guten Abend, Frau …« Weiter kam er nicht. Er hatte doch tatsächlich vergessen, den Namen seines Gastes im Buchungsregister nachzuschauen. Wie peinlich! Schon zum zweiten Mal an diesem Tag.

Die junge Frau, die ihm seine Verlegenheit wohl ansehen musste, setzte ein entspanntes Lächeln auf und streckte ihm die Hand entgegen. »Barbara, wenn's recht ist. Mit Anna habe ich es auch so geregelt.« Er nahm dankbar ihre Rechte und stellte sich ebenfalls vor. Wenigstens schien sie nicht kompliziert zu sein.

»Mein Tisch, nehme ich an?«, fragte sie und fasste nach dem Stuhl.

Conradin eilte herbei und half ihr, sich zu setzen. »Richtig. Du bist heute unser einziger Gast beim Abendessen. Aber das hat auch Vorteile!«, sagte er, um eine lockere Konversation bemüht.

»So? Welche denn?«, fragte sie scherzhaft. Er starrte sie einige Sekunden gebannt an. Nichts, was er auf diese Frage hätte antworten können, klang auch nur im Entferntesten normal.

Ich koche ausschließlich für dich … Das hörte sich ja wie moderner Minnesang an. Zu persönlich.

Ich stehe zu deiner freien Verfügung … Das konnte man falsch interpretieren und als aufdringlich einstufen. Als frech sogar. Nein, das ging auch nicht.

Ihre grünen Augen fixierten ihn. Unsicherheit breitete sich in ihrem Blick aus, als fürchtete sie, etwas Dummes gesagt zu haben.

»Dann musst du nicht so lange auf dein Essen warten«, erklärte er schließlich, obwohl das nicht der Wahrheit entsprach. Es war seine Aufgabe als Koch, die Mahlzeit auch dann rechtzeitig auf den Tisch zu bringen, wenn das Gasthaus voll war. Für einen gelernten Koch wie Conradin war das auch kein Problem. Aber es fiel ihm effektiv nichts Geistreicheres zu sagen ein. Normalerweise übernahm Anna die Konversation mit den Gästen, und er arbeitete im Hintergrund.

Barbara schien jedoch erleichtert zu sein, dass er ihre Frage überhaupt beantwortet hatte, denn sie lächelte sofort und erwiderte: »Das klingt gut. Ich freue mich.«

»Möchtest du Wein zum Essen, vielleicht einen Chardonnay?«, schlug er vor und fühlte sich in seiner Rolle als Gastgeber langsam etwas geschickter.

»Ein Glas Wein wäre großartig, sehr gern!« Barbara seufzte und lehnte sich in ihrem Stuhl zurück. Dabei schloss sie kurz die Augen, bevor sie ihn wieder freundlich ansah. Es war dieser flüchtige Augenblick, in dem Conradin bemerkte, wie unendlich lang und dicht der dunkle Kranz ihrer Wimpern war. Wie ein samtiger Schatten umrahmten diese zarten Härchen das Moosgrün ihrer Augen. Er war fasziniert. Normalerweise fielen ihm derartige Details nicht auf. Warum das ausgerechnet heute anders war, konnte er sich nicht erklären. Möglicherweise lag es daran, dass er nichts Besseres zu tun hatte, als ihren einzigen Pensionsgast zu bedienen. Da kam gelegentlich schon Langeweile auf, die man allenfalls mit solchen Beobachtungen zu kompensieren suchte …

Oder?

»Entschuldige übrigens, dass ich dich heute einfach vor dem Dorfladen habe stehen lassen«, sagte Conradin und füllte Barbaras Weinglas.

Erst schaute sie ihn erstaunt an, dann scherzte sie: »Kein Problem, ich hätte sowieso abgelehnt mitzufahren. Ich steige nicht zu Fremden ins Auto.« Dann fügte sie noch rasch an: »War nur ein Witz. Ich wollte eh lieber laufen. Trotzdem danke.«

Conradin nickte lächelnd, mehr fiel ihm dazu nicht ein. Dann wäre das ja geklärt.

Er servierte Barbara die einzelnen Gänge des Abendessens und war erstaunt, dass sie alles mit großem Appetit, wenn auch in ihrer gewohnt anmutigen Art, aß. Sogar den Nachtisch wollte sie noch kosten. Nach dem Essen wirkte sie zufrieden, und ihre Wangen schimmerten rosig. Es schien ihr jetzt bedeutend besser zu gehen als noch am Nachmittag oder kurz vor dem Abendessen. In der Zwischenzeit hatte sich die Gaststube mit weiteren Gästen gefüllt. Die Kartenspieler, Männer aus dem Dorf, waren aufgetaucht und bestellten ihr obligates Bier, einen Schoppen Wein oder einen Schnaps.

Als Conradin Barbara den Kaffee servierte, sagte sie, die während der Mahlzeit größtenteils geschwiegen hatte: »Vielen Dank für die köstlichen Kreationen! Ich werde mich hier die nächsten fünf Wochen bestimmt wohlfühlen!«

Er erinnerte sich wieder, dass Anna erwähnt hatte, dass die Frau aus Zürich so lange zu bleiben beabsichtigte. Allerdings war ihm nicht ganz klar, warum das so war. Weshalb machte eine so attraktive junge Frau den halben Sommer über allein Ferien in einem abgelegenen Bergdorf? Bevor er jedoch Gelegenheit hatte, sie nach ihren Absichten zu fragen, vernahm er ein lautes Poltern, als jemand zur Eingangstür hereinkam. Er seufzte innerlich. Es brauchte nicht allzu viel Fantasie, um erraten zu können, wer es diesmal war.

»Ah, da seid ihr ja!«

»Hallo, Mama …«, antwortete Conradin, ohne sich von Barbara abzuwenden. Ein verständnisvolles Lächeln huschte über ihr Gesicht, und sie stellte sich seiner Mutter sofort vor.

»Frau Rieder. Barbara ... Ein schöner Name! Ich bin Agnes Bärtsch, Conradins Mutter, aber das haben Sie ja schon gehört.« An ihren Sohn gewandt, sagte sie mit geschäftiger Miene: »Ich bringe noch frische Eier. Bedauerlicherweise hatte ich heute Morgen vergessen, sie mitzunehmen. Und vielleicht brauchst du Hilfe mit den Herren am Kartenspieler-Stammtisch?« Sie winkte zu den Männern hinüber.

Wer sollte ihr das glauben? Conradin jedenfalls nicht. Sie half Anna sowieso jeden Tag mit den Gästen, die ab neun Uhr auf einen Kaffee und ein Croissant einkehrten, und hätte die Eier einfach am nächsten Morgen mitbringen können. Und die Kartenspieler waren keine anspruchsvollen Gäste; mit ihnen kam Conradin bestens allein zurecht. Viel wahrscheinlicher war wohl, dass seine Mutter einen neugierigen Blick auf die junge Frau aus dem Unterland hatte werfen wollen. Wie vermutet versuchte sie nun, Barbara in ein Gespräch zu verwickeln, was Conradin kurzerhand unterband, indem er ihr einen strafenden Blick zuwarf. Er wusste ja, wo das meistens hinführte. Vom Familienstand bis zur Farbe der Lieblingssocken wollte Agnes immer alles ganz genau wissen. Conradin fand das den Gästen gegenüber aufdringlich und unhöflich. Seine Mutter deutete seinen düsteren Blick jedoch vollkommen falsch – auch das nicht zum ersten Mal. Sie zwinkerte ihm verschwörerisch zu, verabschiedete sich mit einem dramatisch zur Schau gestellten Gähnen, wechselte noch ein paar Worte mit den Kartenspielern und verließ dann das Gasthaus.

»Entschuldige ...«, sagte Conradin und strich sich unsicher die Hände an der Schürze ab. Tatsächlich hatte ihn Agnes' Auftritt ins Schwitzen gebracht. »Wo waren wir stehen geblieben? Du erwähntest, dass du fünf Wochen hierbleibst. Wanderferien?«, fragte er und versuchte, die aufkeimende Neugierde hinter einem höflichen Tonfall zu verbergen.

Barbara schüttelte jedoch entschieden den Kopf. »Nein«, antwortete sie seufzend, und ihr Blick verdüsterte sich augenblicklich. »Eigentlich bin ich hier, um die Beerdigung meiner Großmutter zu organisieren. Meine Oma ist vor wenigen Tagen gestorben und hat in ihrem Testament den ausdrücklichen Wunsch geäußert, hier beigesetzt zu werden. Wir wissen nicht, aus welchem Grund das so ist, aber wir respektieren ihren Letzten Willen.«

Wir? Also hatte sie doch einen Lebenspartner. War auch naiv gewesen anzunehmen, dass dem nicht so war. Bei ihrem Aussehen.

Bevor Conradin jedoch noch mehr in ihre Worte hineininterpretieren konnte, fuhr sie unaufgefordert in ihrer Erzählung fort: »Mein Bruder Simon organisiert alles zu Hause in Zürich und ich hier. Allerdings habe ich beschlossen, dass ich anschließend noch etwas länger in Surgens bleibe. Daher die fünf Wochen.«

Nachdem sie geendet hatte, war sich Conradin noch immer nicht sicher, ob sich das Wir nun auf ihren Bruder oder auf einen eventuellen Partner bezog. Einen Freund, der ihr nach der Beerdigung Gesellschaft leisten wollte, hatte sie jedoch nicht erwähnt. Das musste aber nichts bedeuten. Schließlich kannte sie Conradin kaum, und das alles ging ihn im Grunde genommen auch überhaupt nichts an. Er wollte sich gerade von Barbara abwenden, um ihr Zeit für sich selbst zu lassen, als sie sich mit einer Frage an ihn wandte.

»Conradin? Du kennst die Leute hier im Dorf bestimmt gut ... Ich habe mich gefragt, ob es dir etwas ausmachen würde, mich dem Dorfpfarrer vorzustellen. Ich möchte einen Termin mit ihm vereinbaren, damit ich ihm mein Anliegen schildern und die Trauerfeier und die Beerdigung planen kann.«

Conradin. Sie hatte »Conradin« gesagt.

Seinen Namen aus ihrem Mund zu hören, verpackt in die sanfte Melodie ihrer Stimme, löste bei ihm eigenartige Gefühle aus. Die Härchen in seinem Nacken stellten sich auf, und ein wohliger Schauer überlief ihn urplötzlich. Als er in ihre erwartungsvollen, aber tieftraurigen Augen sah, beeilte er sich, ihr zu antworten. »Selbstverständlich. Das mache ich gern. Heute ist es vermutlich zu spät dafür. Wollen wir das morgen zusammen angehen?«

»Sehr gern.« Barbara schenkte ihm ein entwaffnendes Lächeln.

»Gut, gib mir einfach Bescheid, wenn du so weit bist. Von der Arbeit her passt es mir von vierzehn Uhr dreißig bis siebzehn Uhr am besten.«

»Abgemacht.« Barbara erhob sich von ihrem Stuhl und strich die Tischdecke, die leicht verrutscht war, wieder zurecht. Einen kurzen Augenblick standen sie sich schweigend gegenüber, dann wünschte Barbara ihm eine gute Nacht, senkte den Blick und verschwand in Richtung Treppenhaus.

Conradin säuberte den Tisch und die Küche, goss sich ein Glas Rotwein ein und setzte sich damit in die Gaststube. Als die letzten Gäste das Gasthaus verlassen hatten, ging er in den hinteren Teil des Hauses, in die Wohnung, die er sich mit seiner Schwester teilte.

Die kleine Vier-Zimmer-Wohnung war im selben Stil eingerichtet wie die Hotelzimmer im vorderen Bereich des Gebäudes. Die Wände und der Boden waren aus hellem Holz. Anstelle einer bestimmten Farbe – auf die sich Anna und Conradin sowieso nicht hätten einigen können – hatten sie sich für eine modische Schwarz-Weiß-Optik entschieden. Zusammen mit dem warmen Goldton des Holzes ergab das eine gelungene Mischung aus rustikaler Bodenständigkeit und steriler Moderne. Die Vorhänge waren ebenso wie der flauschige Teppich im Wohnzimmer cremefarben, die ledernen Sessel und das dazu passende Sofa schwarz. Die einzige farbliche Ausnahme bildete ein alter grüner Kachelofen in der rechten hinteren Ecke. Der Wohnraum war mit seinen drei Fenstern tagsüber lichtdurchflutet und behaglich. Conradin und Anna beanspruchten jeder ein Schlafzimmer für sich; daneben hatten sie noch einen Raum, der ihnen als Büro diente.

Conradin schnappte sich ein Buch, setzte sich in den Sessel neben dem Kachelofen und genoss die Stille im Haus. Irgendwann stellte er fest, dass er denselben Satz nun bestimmt schon zum zehnten Mal gelesen hatte und ihn immer noch nicht verstand, weil er sich überhaupt nicht konzentrieren konnte. Seine Gedanken schweiften ständig ab. Er musste daran denken, dass im Augenblick das gesamte Gasthaus Alpenrose verlassen war. Mit zwei Ausnahmen. Er saß hier hinten und sie im vorderen Bereich des Hauses. Die Vorstellung, dass er nur durch wenige Holzwände und Dielen von ihr getrennt war, fühlte sich seltsam an. Vertraut irgendwie.

Jedenfalls – und das konnte er mit absoluter Sicherheit sagen – freute er sich auf den morgigen Nachmittag. Den Nachmittag mit ihr.

Kapitel 4

5. Mai 1935

Adeline

Liebes Tagebuch,

gestern war ein wunderschöner, sonniger Samstag. Gegen Abend zogen allerdings Gewitterwolken auf, und als ich nach diesem langweiligen (und später noch sehr aufregenden!) Tag endlich im Bett lag, hörte ich einige Tropfen gegen die Fensterscheibe meines Zimmers prasseln. Aber der Regen dauerte nicht lange an; heute Morgen jedenfalls begrüßte uns wieder herrlichster Sonnenschein. Das perfekte Wetter für ein Wochenende in der Villa Victoria.

Leider musste ich meine Eltern gestern zum Landsitz der Henrichs begleiten. Ich hätte mir nichts Öderes vorstellen können. Besonders mein Vater bestand jedoch darauf, dass ich auch mitkam. Die Henrichs hätten mich ausdrücklich mit eingeladen, meinte er. Ich konnte mir schon denken, warum das so war. Sie wünschen sich, dass ich mehr Zeit mit Gustav, ihrem einzigen Sohn, verbringe. Gustavs Mutter Helene gab vor, ihre Gartenlandschaft in diesem Frühling und Sommer neu gestalten zu wollen und dabei die Hilfe und den Rat anderer Frauen zu benötigen. Meiner Meinung nach war das nichts als ein Vorwand, um mich auf den Landsitz zu locken. Meine Eltern wissen genauso gut wie ich, was hinter diesen harmlos erscheinenden Einladungen steckt. Allerdings würden sie eine solche Verbindung im Gegensatz zu mir begrüßen.

Ich mag Gustav nicht, ich konnte ihn noch nie ausstehen. Er ist arrogant und verwöhnt. Es fehlt ihm an Dankbarkeit, Bescheidenheit und Menschenfreundlichkeit. Auch wenn er meint, dass seine reiche Herkunft es ihm erlaubt, heiße ich seinen Umgang mit den Angestellten nicht gut. Er spielt seine Macht gern aus und unterdrückt jene, die ihm von Standes wegen untergeben sind. Dazu kommt noch, dass Gustav mit seiner hellen, rosa Haut, den weizenblonden Haaren und der breiten Nase Ähnlichkeit mit einem gewöhnlichen Hausschwein hat. Seine schwulstigen Lippen möchte ich ebenfalls nicht küssen müssen. Ich habe es meinen Eltern noch nicht gesagt, aber eher werde ich Nonne, als dass ich Gustavs plumpen Avancen Beachtung schenke und ihn womöglich noch heirate.

Was mich an der Einladung bei den Henrichs jedoch am meisten ärgerte, war die Tatsache, dass ich nicht wie erhofft etwas Zeit mit Jonas verbringen konnte. Vater und Mutter bleiben am Wochenende selten einmal den ganzen Tag auf dem Anwesen, doch warum muss ich sie unbedingt immer noch auf ihre Ausflüge begleiten? Schließlich bin ich mittlerweile in einem Alter, in dem ich keine Lust mehr habe, meinen Eltern wie ein willenloser, treuer Schoßhund überallhin zu folgen. So aber wurden all meine Pläne und Hoffnungen durchkreuzt, mich ein wenig mit Jonas unterhalten zu können, und ich musste mich mit dem öden und selbstgefälligen Gustav abmühen. Kein Wunder, dass ich am Ende des Tages nicht nur schlecht gelaunt, sondern auch todmüde war. Ich schlich also mit nach unten gezogenen Mundwinkeln und einem bösen Blick in Vaters Richtung auf mein Zimmer und schloss die Tür lauter, als ich es sonst zu tun pflege. Sie sollten nur merken, dass ich es verabscheue, wenn man über mich und meine Zukunft verfügt, als wäre ich eine Immobilie, die an den Meistbietenden vergeben wird. Oder, noch schlimmer: Manchmal fühle ich mich sogar wie ein Kamel auf dem orientalischen Markt.

Jedenfalls hatte ich das Gefühl, selbst innerhalb der geschützten vier Wände meines Zimmers zu ersticken. An Schlaf war vorerst nicht zu denken. Ich riss also die Fenster auf, lehnte mich hinaus und sog die frische Luft ein. Es lag bereits Feuchtigkeit in der Atmosphäre, und ein leiser Nieselregen hatte eingesetzt. Meine Gedanken schweiften zu Jonas. Ich konnte nicht abstreiten, dass er mir gefiel. Sehr sogar. In diesem Moment, als ich meinen Tagträumen nachhing, raschelte es unter meinem Zimmerfenster. Jonas lief um das Haus herum; er schleppte einen Tontopf mit Zierorangen und ächzte leise. Es war bereits dunkel, und das einzige Licht, das ihm den Weg wies, war der goldene Schein aus den Fenstern des großen Salons im Erdgeschoss.

»Psst!«, rief ich und blickte zu Jonas hinunter. Vor Schreck hätte er beinahe den Topf fallen gelassen. Er hob den Kopf, und ein Lächeln breitete sich auf seinem Gesicht aus, als er mich erblickte. »Was machst du zu dieser späten Stunde noch? Hast du nicht längst Feierabend?«, wollte ich wissen. Eigentlich eine dumme Frage, ich sah ja, womit er beschäftigt war. Aber ich wusste nicht, wie ich sonst mit ihm ins Gespräch hätte kommen können.

Jonas hob den Blick himmelwärts und flüsterte gerade laut genug, dass ich es hören konnte: »Das Wetter schlägt um, und dieser Kandidat hier gehört zu der zartbesaiteten Sorte. Er treibt Blüten. Der Regen würde sie alle abschlagen, und das wäre schade. Deshalb bringe ich den Orangenbaum bis morgen ins Gewächshaus. Aber abgesehen von diesem Noteinsatz ... ist meine Schicht zu Ende.« Bevor ich noch etwas sagen konnte, stapfte er davon. Der Blumentopf musste langsam schwer werden. Selbst für jemanden, der so muskulös war wie Jonas.

Ich biss mir auf die Lippen und überlegte, was ich tun sollte. Ich beschloss zu warten, bis er zurückkehrte.

Nach einigen Minuten kam er wieder und blieb unter meinem Fenster stehen. Das Licht aus dem Salon erhellte sein Gesicht. »Bist du noch nicht müde, junge Dame?«, fragte er in neckendem Ton und grinste mich an.

»Nein, ich bin ausgelaugt. Wütend wohl auch. Du erinnerst dich an Gustav?«, antwortete ich. Die Henrichs waren schon früher hin und wieder bei uns zu Besuch gewesen. Bereits damals hatte Gustav es sich nicht nehmen lassen, den Sohn des Gärtners beim Spielen herumzukommandieren, als wäre er sein Leibeigener.

»Verstehe …« Jonas verschränkte die Arme vor der Brust und verzog das Gesicht zu einem noch breiteren Grinsen. Mein Herz blieb kurz stehen. Er sah atemberaubend schön aus, wie er so lässig unter meinem Fenster stand, die dunklen Haare leicht zerzaust.

»Ich … könnte runterkommen? Dann können wir uns besser unterhalten …« Ich trocknete mir nervös die Hände an meinem Kleid ab. Ich schwitzte leicht und wusste selbst nicht genau, warum ich ihm gerade diesen verwegenen Vorschlag gemacht hatte.

»Bekommst du dann keinen Ärger?«, fragte er anstelle einer Antwort.

Ich blickte mich kurz in meinem Zimmer um. »Wenn ich die Treppe nehme … schon, ja. Aber …« Ich starrte die Hausmauer unter meinem Fenster an. Sie war mit Kletterrosen überwuchert, die an einem Gestell aus dicken Bambusstäben befestigt waren. Jonas folgte meinem Blick und riss entsetzt die Augen auf.

Das ist nicht dein Ernst, schien er gerade sagen zu wollen, doch ich hatte mein Kleid bereits etwas gerafft, war hinausgestiegen und kletterte nach unten. Meine Arme und Beine zitterten, und ich kicherte nervös. Ich musste von Sinnen sein! Nach der Hälfte des Abstiegs spürte ich plötzlich Jonas' Hände um meine Taille, und kurze Zeit später war er neben mir.

»Langsam, ich helfe dir« flüsterte er und gab mir Halt. Zusammen erreichten wir den Boden schließlich ohne große

Zwischenfälle. Ich war etwas außer Atem. Vor Aufregung. Jonas lachte und schüttelte nur den Kopf. »Adeline, ich kann es nicht glauben. Du bist noch genau wie früher. Gehorsam und Standesdünkel waren nie deine Sache!«

Ich prustete ebenfalls los. Meine Nerven spielten völlig verrückt. Wir unternahmen einen Spaziergang. Der Nieselregen sorgte dafür, dass sich meine Haare an den Schläfen bald kräuselten. Ich musste ziemlich unordentlich ausgesehen haben. Nach einer Weile kehrten wir wieder zurück zu der Stelle unterhalb meines Zimmerfensters. In der Zwischenzeit war das Licht im großen Salon gelöscht worden; meine Eltern hatten sich offenbar schlafen gelegt. Meine Mutter hatte nach dem Besuch bei den Henrichs erneut sehr blass und erschöpft ausgesehen. Sie hatte über Schmerzen im Rücken und in der Brust geklagt.

Da standen wir uns also gegenüber, beide leicht nass. Über uns ein neugieriger Halbmond. Jonas' Augen glitzerten geheimnisvoll. Ich spürte, dass er sich zurückhielt. Das Herz pochte mir bis zum Hals. Dann drückte ich ihm einen Kuss auf die Wange, wandte mich hastig ab und kletterte wieder in mein Zimmer. Oben angekommen, drehte ich mich nochmals um. Jonas hob zum Gruß die Hand und verschwand dann in der Dunkelheit.

Ich berührte meine Lippen. Noch immer meinte ich, den Geschmack seiner Haut auf meinem Mund wahrzunehmen. Herb, würzig und verlockend.

Verständlicherweise konnte ich in dieser Nacht kaum mehr schlafen. Ob es ihm wohl auch so ergangen war? Würden wir uns wieder treffen? Was würde dann geschehen?

Ich weiß, dass ich mit dem Feuer spiele. Aber es fühlt sich so unendlich gut und richtig an. Wie kann es dann verwerflich sein? Bloß weil es von Menschen erschaffene, geschriebene und ungeschriebene Gesetze gibt? Ich kann in diesen Normen und Werten keinen Sinn erkennen. Ich verstehe sie nicht. Und ich werde mich nicht daran halten.

Als das Gewitter losbrach und dicke Tropfen gegen meine Fensterscheibe klatschten, schlief ich endlich ein.

Kapitel 5

Mitte Juli 2015

Barbara

Barbara war so in einen fesselnden Roman versunken, dass sie vergessen hatte, auf die Uhr zu schauen. Als Conradin um vierzehn Uhr dreißig plötzlich neben ihr auf der Terrasse stand, fuhr sie erschrocken aus ihrer Versunkenheit hoch. Sie brauchte einige Sekunden, um in die Realität zurückzufinden. Conradin schien das zu bemerken, denn er grinste amüsiert. Barbara klappte das Buch entschlossen zu und sammelte ihre Habseligkeiten ein.

»Lass dir ruhig Zeit!«, sagte er. »Ich warte einfach hier auf dich.«

Sie nickte lächelnd und hastete auf ihr Zimmer.

Der Vormittag war wie im Flug vergangen. Barbara hatte sich nach dem Frühstück, mit Schreibblock und Kugelschreiber bewaffnet, auf die Terrasse des Gasthauses Alpenrose gesetzt und mit der Planung der Beerdigung begonnen. Da sie dafür nicht den ganzen Donnerstagmorgen benötigen würde, hatte sie sich aus der hauseigenen Bibliothek noch ein Buch ausgeliehen – einen historischen Liebesroman. Um neun Uhr, Kaffeezeit bei den einheimischen Handwerkern, hatte für kurze Zeit ein geschäftiges Durcheinander auf der Gasthausterrasse geherrscht. Männer in Arbeitskleidung, die immer wieder neugierig zu Barbara herüberschauten, unterhielten sich lautstark und lachten über derbe Witze. Gegen zwölf Uhr mittags bestellte sie sich ein Sandwich.

Danach fesselte die Geschichte, die von der Liebe eines entrechteten Adligen und einer Burgherrin handelte, sie dermaßen, dass sie erst wieder an Conradin dachte, als er plötzlich neben ihr auftauchte.

Als Barbara von ihrem Zimmer zurückkehrte, kramte er in den Hosentaschen seiner Jeans, fischte den Autoschlüssel heraus und meinte: »Auto oder laufen?«

»Laufen natürlich!«, entschied Barbara bestimmt. »Ich möchte Surgens ja schließlich besser kennenlernen!«

Conradin grinste, steckte die Schlüssel wieder ein und wies mit einer zuvorkommenden Geste auf die Asphaltstraße. »Nach dir.«

Eine Weile liefen sie schweigend nebeneinanderher, dann sprach Barbara endlich an, was ihr schon bei ihrer Abreise in Zürich Kopfzerbrechen bereitet hatte. »Ich frage mich die ganze Zeit, weshalb es meiner Großmutter Rosa so wichtig war, genau hier beerdigt zu werden. Sie hat diesen Ort nie erwähnt. Ist das nicht seltsam, wenn er ihr so viel bedeutet hat, dass sie hier ihre letzte Ruhestätte haben wollte?«

Conradin zuckte mit den Schultern. »Vielleicht hat sie früher einmal hier gewohnt? Aber du hast schon recht. Dann hätte sie das bestimmt irgendwann erzählt.«

»Meine Eltern sind gestorben, als ich fünf Jahre alt war. Meine Großmutter hat meinen Bruder und mich bei sich aufgenommen. Sie ist ... sie war meine Oma, meine Mutter, meine beste Freundin. Wenn es etwas gegeben hätte, das ihr viel bedeutet hat, dann hätte sie darüber gesprochen. Ganz bestimmt! Ich verstehe das einfach nicht!«

Conradin musterte Barbara von der Seite, und sie erkannte Mitgefühl in seinem Blick. »Vielleicht weiß irgendjemand im Dorf Bescheid. Alte Menschen erinnern sich gern und oft an Geschichten aus vergangenen Zeiten, an Namen und besondere Begebenheiten ...«, sagte er nachdenklich und strich sich dabei mit der Hand übers Kinn. Plötzlich blieb er stehen und schnippte mit den Fingern. »Ich habe eine Idee! Wenn wir Glück haben, ist Magda, die Mutter des Pfarrers, zu Hause. Sie ist achtzig Jahre alt und lebt bei ihrem Sohn. Wie alt war deine Großmutter?«

»Neunundsiebzig ... Du denkst, diese Frau könnte etwas wissen?« Barbara schöpfte Hoffnung.

»Nun ja, die beiden sind jedenfalls fast gleich alt, und Magda lebt seit ihrer Kindheit in Surgens. Wenn deine Großmutter also irgendwann im Laufe ihres Lebens hier für längere Zeit gewohnt hat, müsste Magda davon Kenntnis haben.«

»Eine super Idee!« Barbara war begeistert, und neuer Tatendrang erfüllte sie. Über den Verlust ihrer Oma zu trauern war eine Sache, aber den Eindruck zu haben, etwas Wichtiges aus ihrem Leben nicht zu wissen, war etwas vollkommen anderes. Sie musste in Erfahrung bringen, warum Surgens Rosa so viel bedeutet hatte – oder zumindest, was es ihr bedeutet hatte.

Nach zwanzig Minuten erreichten sie das Pfarrhaus. Conradin klingelte. Barbara war plötzlich nervös und nagte unablässig an ihrer Unterlippe. Endlich wurde die Tür geöffnet. Ein Mann von ungefähr sechzig Jahren stand vor ihnen. Das Haar an seinen Schläfen war leicht ergraut. Lachfältchen hatten rund um seine Augen tiefe Kerben in die Haut gegraben und verliehen seinem Gesicht einen gütigen Ausdruck.

»Hallo, Conradin, was für eine Überraschung!«, begrüßte er sie und bat sie herein.

»Hallo, Rolf! Entschuldige, dass wir uns nicht vorher angemeldet haben. Wir bleiben nicht lange. Ich möchte dir nur kurz Barbara Rieder, einen Pensionsgast von uns, vorstellen. Sie wünscht einen Termin bei dir.«

Der Pfarrer nickte, reichte Barbara die Hand, stellte sich als Rolf Gerber vor und trat dann zur Seite, damit sie eintreten konnten. Er führte sie in eine sonnendurchflutete Wohnstube und bot ihnen einen Stuhl am Esstisch an. »Was möchtest du trinken Conradin, und was darf ich Ihnen anbieten, Frau Rieder? Kaffee oder Tee?«, fragte er höflich, doch Conradin und Barbara lehnten dankend ab. Sie hatten tatsächlich nicht vor, lange zu bleiben. Die Einzelheiten der Trauerfeier und der anschließenden Beerdigung wollte Barbara bei ihrem Gesprächstermin mit dem Geistlichen besprechen. Dabei würden sicher auch einige Tränen fließen. Sie wollte das jedoch nicht in Conradins Beisein riskieren. Sie kannten sich ja kaum, und der Gefühlsausbruch würde ihn nur in Verlegenheit bringen.

Der Pfarrer schien zu ahnen, was in ihr vorging, denn er sagte: »Sie wünschen also einen Termin an einem anderen Tag, Frau Rieder?«

»Ja, ja, bitte«, beeilte sie sich zu antworten. »Meine Großmutter ist gestorben, und ihr Letzter Wille war es, hier in Surgens beigesetzt zu werden.«

Wenn der Pfarrer dieses Ansinnen in irgendeiner Weise ungewöhnlich fand, ließ er sich nichts anmerken. Er nickte nur. »Und jetzt möchten Sie gern, dass wir uns mal betreffend der Einzelheiten der Beerdigung zusammensetzen.«

Barbara bejahte. Sie war dankbar, dass sich das Ganze so unkompliziert und relativ sachlich gestaltete. So hatte sie ihre Emotionen besser im Griff und fühlte sich entsprechend wohler.

»Morgen Vormittag würde mir sehr gut passen, was meinen Sie?«

Barbara stimmte erleichtert zu. Sie würde mit dem Pfarrer gut zurechtkommen, das spürte sie.

»Wäre das dann für heute alles?«, fragte der Geistliche, als Conradin und Barbara keine Anstalten machten, sich von ihren Stühlen zu erheben.

Die beiden tauschten einen unsicheren Blick. Schließlich kam Conradin ihr zu Hilfe. »Frau Rieder hätte noch eine Frage, die sie dir gern stellen möchte.« Er zwinkerte ihr aufmunternd zu.

Barbara räusperte sich, denn sie fühlte sich mit einem Mal sehr nervös. »Mir … mir ist bis jetzt nicht klar, warum meine Großmutter hier in Surgens beerdigt werden will. Niemand in der Familie kennt den Grund dafür. Mich würde interessieren, ob … sich vielleicht irgendjemand daran erinnert, dass meine Oma einmal hier im Ort gewohnt hat. Ihr Name ist Rosa Berger. Ihr Mädchenname war Seidel, Rosa Seidel.«

Der Pfarrer zeigte keinerlei Reaktion, als er den Namen hörte. Er legte die Stirn in nachdenkliche Falten. Schließlich machte er den erhofften Vorschlag. »Mir selbst sagt der Name leider gar nichts, doch das muss nichts heißen … Möglicherweise kann sich meine Mutter an Ihre Großmutter erinnern. Einen Augenblick, bitte.« Mit diesen Worten erhob sich der Geistliche und verließ den Raum. Sie hörten ihn nach Magda rufen.

Conradin und Barbara tauschten einen hoffnungsvollen Blick. Ob sie wohl Glück haben würden? Barbara spürte, wie ihr Herz beinahe schmerzhaft gegen die Rippen schlug. Ihre Gedanken rasten, und ihre Handflächen waren feucht. Sie fühlte sich hin- und hergerissen zwischen Neugierde, Hoffnung und Angst. Würde sie mit der Wahrheit überhaupt umgehen können?

Kurze Zeit später vernahmen sie langsame Schritte. Dann tauchte der Pfarrer mit einer alten Frau in der Stube auf und forderte sie auf, sich an den Tisch zu den Besuchern zu setzen. Die Mutter des Geistlichen saß leicht vornübergebeugt, wirkte sonst jedoch für ihr Alter erstaunlich rüstig. Das lichte, schlohweiße Haar stand ihr in Büscheln vom Kopf ab und erinnerte Barbara so an einen Heiligenschein. Mit milchig trüben, leicht geröteten Augen sah die Greisin Conradin und Barbara neugierig an.

»Mama, die junge Frau hier, Barbara Rieder, möchte dich fragen, ob du dich eventuell an ihre Großmutter Rosa Berger, geborene Seidel, erinnern kannst? Sie ist verstorben und wird in wenigen Tagen hier in Surgens beerdigt.« Der Pfarrer sprach auffallend langsam und ziemlich laut. Offenbar war seine Mutter schwerhörig.

Magda zuckte kurz zusammen, und ihre Augenlider flatterten. »Rosa Seidel …« Es klang wie ein Zischen, ein heiseres Geräusch.

Barbara und Conradin schauten die Frau überrascht an. Ihre ledrigen, mit blauen Adern überzogenen Hände umklammerten die Tischplatte. Magda krallte sich dermaßen an das Möbelstück, dass die Knöchel weiß hervortraten und ihre Arme leicht zu zittern anfingen.

»Kanntest du Rosa Berger, geborene Seidel, Mama?«, hakte der Pfarrer noch mal sanft nach und betrachtete seine Mutter besorgt.

Die Greisin schüttelte energisch den Kopf, sodass ihr wattiger »Heiligenschein« wie im Sturm über ihrem Kopf wogte. Ihre Lippen waren schmal geworden, und sie starrte zu Boden, als sie mit ihrer rauen, kaum hörbaren Stimme antwortete: »Nein. Nein. Ich kenne niemanden mit diesem Namen …«

Der Geistliche sah sie verdutzt an. »Mama?«

»Rolf, mein Junge, ich bin müde. Bringst du mich jetzt in mein Zimmer, ja?« Sie erhob sich vom Stuhl und strich sich die Schürze glatt. Ohne ein Wort des Abschieds wandte sie sich von Barbara und Conradin ab und ging davon. Der Pfarrer begleitete sie, kehrte aber nach wenigen Minuten zurück.

»Ich bitte vielmals um Entschuldigung für das unhöfliche Verhalten meiner Mutter. Ich weiß gar nicht, was mit ihr los ist. Ich fürchte, dass ich ihr Alter manchmal unterschätze. Bloß weil sie die meiste Zeit noch geistig rege und agil wirkt, heißt das nicht, dass sie es tatsächlich noch immer ist. Es tut mir wirklich leid. Offenbar ist sie heute etwas … verwirrt.«

»Das macht doch nichts.« Barbara winkte ab, bemüht, sich ihre Enttäuschung nicht allzu deutlich anmerken zu lassen. Sie hatte sich so viel von dieser Begegnung erhofft! »Trotzdem vielen Dank für Ihre Hilfe und die Gastfreundschaft. Dann sehen wir uns morgen, so gegen neun Uhr?«

»Perfekt!« Mit diesen Worten geleitete der Pfarrer sie zur Tür und verabschiedete sich von ihnen.

»Hast du Lust auf ein Eis … sozusagen zum Trost, dass wir nichts Neues erfahren haben?«, fragte Conradin, als sie sich ein Stück vom Pfarrhaus entfernt hatten. »Ein bisschen weiter noch, dann sind wir schon beim Dorfladen …«

»Sehr gern!« Barbara lächelte dankbar. Eine süße Ablenkung war nach dieser seltsamen Unterhaltung genau das Richtige.

In Gedanken versunken gingen sie nebeneinanderher. Schließlich hielt Barbara es nicht länger aus und platzte heraus: »Fandest du es nicht auch komisch, wie Magda reagiert hat?« Gespannt musterte sie Conradins Gesichtszüge. Eine steile Falte hatte sich zwischen seinen Augenbrauen gebildet.

»Ja, irgendwie schon.«

Barbara ließ nicht locker. »Ich glaube nicht, dass sie dement ist oder nur einen schlechten Tag hat. Ihre Stimmung ist gekippt, als sie den Mädchennamen meiner Oma gehört hat. Sie hat sich regelrecht verkrampft. Ich hatte fast den Eindruck, dass sie sich … ärgerte.«

Conradin schob die Hände in die Hosentaschen und murmelte etwas vor sich hin. Nach einigen Minuten des Schweigens meinte er: »Du hast recht. Magda wirkte auch auf mich total seltsam. Ich hatte eine andere Reaktion erwartet. Und, ja, man hätte tatsächlich denken können, dass sie verärgert war.«

Da sie beide nicht wussten, was sie mit dieser Information anfangen sollten, und das Verhalten der alten Frau für sie absolut keinen Sinn ergab, verfielen sie beide wieder in nachdenkliches Schweigen, bis sie den Lebensmittelladen erreicht hatten.

Die Ladenglocke kündigte ihr Eintreten an, und erneut wandten sich ihnen aus der Kaffee-Ecke alle Augenpaare zu. Ruth, die Kassiererin, wie auch die übrigen Einheimischen grüßten sie dann jedoch freundlich.

Conradin stellte ihnen Barbara kurzerhand mit Namen vor. Höflichkeiten wurden ausgetauscht und Hände geschüttelt. Barbara fühlte sich gleich weniger fremd, nachdem sie so herzlich willkommen geheißen worden war.

Conradin entschied sich für ein Erdbeerwaffeleis, Barbara bevorzugte ein Eis im Becher – Espressogeschmack.

»Ich lade dich ein.« Sie kramte in ihrer Handtasche nach der Geldbörse und schnitt ihm lächelnd das Wort ab, als er protestieren wollte. »Für deine Hilfe heute«, erklärte sie.

Ruth sah interessiert von einem zum anderen. Die Leute in der Kaffee-Ecke waren ebenfalls verstummt, und es war offensichtlich, dass alle Anwesenden gern eine genauere Erklärung gehabt hätten, wie diese »Hilfe« ausgesehen hatte. Doch die blieb ihnen leider versagt, denn in diesem Moment trat ein alter, gebrechlich wirkender Mann an die Kasse. Sein Hustenanfall zog jegliche Aufmerksamkeit auf sich.

»Wie ich sehe, geht es dir noch immer nicht besser, Heinrich«, sagte Ruth, und Mitgefühl schwang in ihrer Stimme mit.

In der Zwischenzeit hatte Barbara ihre Geldbörse auf das Förderband der Kasse gelegt und wühlte darin nach passendem Kleingeld. Plötzlich tippte der knotige Finger des Greises auf ihren Geldbeutel. Dorthin, wo sich in einem Sichtfenster ein Foto von Barbara und Simon befand, das sie im Alter von fünf beziehungsweise sieben Jahren im Sandkasten zeigte.

Der Alte wurde erneut von einem krampfartigen Hustenanfall geschüttelt, und seine Hand an Barbaras Portemonnaie zitterte. »Wer ... ist ... das?«, stieß er mit großer Mühe hervor.

Barbara starrte ihn erschrocken an. »D ...das bin ich ... mit meinem Bruder. Warum? Sind wir uns schon mal begegnet?« Soweit sie wusste, hatte sie den alten Mann noch nie in ihrem Leben gesehen. Conradins verständnisloser Gesichtsausdruck sprach ebenfalls Bände.

Heinrich, wie Ruth den Greis genannt hatte, zog Barbaras Geldbörse zu sich heran und hielt sich das Foto dann direkt vors Gesicht. Alle Anwesenden beobachteten ihn gespannt und tauschten verwirrte Blicke. Es herrschte eine fast gespenstische Stille im Laden, die nur gelegentlich durch Heinrichs Husten unterbrochen wurde. Der Alte zitterte plötzlich am ganzen Leib. Er fixierte Barbara, dann musterte er erneut das Foto. »Das sind Sie? Ganz sicher?«

Barbara nickte und wollte ihn gerade um eine Erklärung für sein seltsames Verhalten bitten, als seine Augen verräterisch glitzerten. Tränen glänzten in seinen Augenwinkeln, und er senkte verlegen den Blick.

Bevor Ruth, die langsam sichtlich die Geduld verlor, sich einmischen konnte, sagte er: »Oh, Sie sehen genauso aus wie sie.«

Ein weiteres Mal antwortete ihm nur verblüfftes Schweigen.

»Rosa? Kennen Sie sie? Wo ist sie?«, murmelte er.

Barbara schluckte mühsam und fühlte, wie ihr ebenfalls die Tränen in die Augen stiegen. »Rosa ... ist tot«, flüsterte sie, und es klang auch für sie schrecklich endgültig.

Heinrich taumelte und musste sich an der Kassentheke festhalten, um nicht hinzufallen. Jegliche Farbe war aus seinem Gesicht gewichen. Er war weiß wie eine Leinwand.

Kapitel 6

Adeline

Liebes Tagebuch,

erneut ist eine Woche verstrichen. Ich konnte an nichts anderes als an Jonas denken. Zu meinem Leidwesen luden meine Eltern gestern Gustav und seine Familie in die Villa Victoria ein. Damit Helene sich unsere Grünanlage ansehen könne, behaupteten sie. Und natürlich, um sich für das wunderbare Essen vom vergangenen Samstag zu revanchieren.

Offensichtlich nehmen sie an, dass ich nicht bemerke, was hier gespielt wird und wohin das führen soll. Ich fürchte, es kommt der Tag, an dem ich ihnen in Bezug auf meine Empfindungen für Gustav die ungeschminkte Wahrheit sagen muss. Gute Partie hin oder her, ich kann mich nicht einem Mann hingeben, den ich dermaßen abstoßend und moralisch unzumutbar finde wie den einzigen Zögling der Henrichs. Vielleicht besitze ich ein ungewohnt rebellisches Herz. Aber ob dem nun so ist oder nicht, ich kann es nicht auswechseln; ich wurde nun mal damit geboren.

Bevor die Henrichs jedoch bei uns eintrafen, kam noch unser Hausarzt aus der Stadt. Er untersuchte Mama und nahm ihr Blut ab. Ihre andauernden Rückenschmerzen, ihre Kurzatmigkeit und die wiederkehrenden Erschöpfungszustände gefallen Papa nicht. Der Doktor konnte nichts Genaueres sagen, versprach aber, sich wieder zu melden, sobald er die Blutproben analysiert habe.

Dann kamen die Henrichs.

Es fing schon grauenhaft an.

Als Mama Helene und deren Mann Robert ein Glas Früchte-Bowle anbot, meinte sie: »Adeline, Schatz, warum zeigst du Gustav nicht unser neues Wasserspiel im Garten? Bis wir Erwachsenen uns hier über die vergangene Woche ausgetauscht haben, dauert es noch eine Weile. Ihr würdet euch nur zu Tode langweilen.«

Ich hätte mich liebend gern von ihrer geistlosen Konversation ins Jenseits befördern lassen, wenn die Alternative Lustwandeln mit Gustav war.

»Du siehst bezaubernd aus in diesem weißen Kleid, Adeline«, *war das Erste, was er mit seiner nasalen, unangenehmen, von Arroganz durchzogenen Stimme sagte.*

Ich gab ihm keine Antwort und lächelte ihm nur zu, auch wenn dieses Lächeln weder von Herzen kam noch meine Augen erreichte. Bestimmt machte ich eher den Eindruck einer Wachsfigur. Aber man konnte mich nicht unhöflich nennen: Ich tat, was die Etikette verlangte. Gottlob leben wir nicht mehr im Mittelalter, sonst hätte ich vor diesem Hornochsen auch noch knicksen müssen.

Es kam, wie es kommen musste. Als wir den munter plätschernden Brunnen in der Mitte des Gartens erreichten, war Jonas gerade dabei, einige Büsche in Form zu schneiden. Er balancierte auf einer Bockleiter und begrüßte Gustav höflich, was dieser mit einem verächtlichen Schnauben in Richtung des Gärtnersohnes quittierte. Als Jonas keine Anstalten machte, seine Arbeit zu unterbrechen, fiel mir auf, dass sich Gustav ärgerte. Eine Ader pulsierte bedrohlich an seiner Schläfe, und seine rosige Haut nahm einen ungesunden dunkleren Rotton an. Ich tat, als bemerkte ich seinen Unmut nicht, denn mir kam es ganz gelegen, dass Jonas uns inmitten des Gartenlabyrinths Gesellschaft leistete und somit unbeabsichtigt meine Anstandsdame spielte.

Ich hatte wahrlich keine Lust darauf, dass Gustav mir zu nahekam. Ich kannte Jonas gut genug, um das Funkeln in seinen Augen richtig zu deuten, als er mir einen kurzen Blick zuwarf. Er dachte genau das Gleiche und hatte beschlossen, mich vor Gustav und seinen Avancen zu beschützen. Ich vermute, dass er sogar etwas eifersüchtig war.

Gustav, der sich über Jonas' Dreistigkeit mit jeder weiteren Minute mehr echauffierte, erhob sich schließlich vom Brunnenrand, auf den wir uns gesetzt hatten, und stolzierte zu Jonas hinüber. »Hätten Sie vielleicht den Anstand, Ihre Arbeiten so lange zu unterbrechen, bis wir uns von hier entfernt haben?« Unterdrückter Zorn schwang in seiner Stimme mit, und ich konnte Gustav ansehen, dass er sich nur mit Mühe beherrschen konnte.

Jonas drehte sich auf seiner Leiter betont langsam um, kletterte noch gemächlicher Sprosse für Sprosse herunter und baute sich schweigend vor Gustav auf. Er überragte ihn um mehrere Zentimeter und war im Gegensatz zu dem verwöhnten Sprössling der Henrichs muskulös und gut aussehend. Ich erkannte, wie wütend auch er war. An seinem Kiefer zuckte ein Muskel, und ich sah, dass Jonas sich nur mit Mühe beherrschen konnte. Einige Jahrhunderte früher hätten die beiden jetzt ihre Degen gezogen und sich duelliert, wobei Gustav das Recht besessen hätte, den Gärtner zu töten. Umgekehrt wäre dies natürlich etwas ganz anderes gewesen. Zu diesem Zeitpunkt begriff ich noch nicht, dass es bei der Feindseligkeit, die die beiden zur Schau stellten, eigentlich um mich ging.

»Gustav, so lass ihn doch seine Arbeit machen! Er stört uns ja nicht«, versuchte ich, die Situation zu beruhigen, bevor sie endgültig eskalierte.

Gustav wandte sich mir mit einem abfälligen Gesichtsausdruck zu, der mich erschreckte, und fuhr mich an: »Halt dich da raus, Frau! Mir missfällt seine Anwesenheit sehr wohl, und ich bin hier euer Gast. Also?« Er drehte sich zu Jonas um, dessen Augen sich zu zwei schmalen Schlitzen verengt hatten. Er sagte nichts und bewegte sich keinen Millimeter von der Stelle.

Ich blickte ihn flehend an und gab ihm stillschweigend zu verstehen, er solle es für den Moment auf sich beruhen lassen. Er kannte mich gut genug, um zu wissen, dass ich Gustavs Verhalten alles andere als lobenswert fand. Doch wenn wir eine Auseinandersetzung riskierten, würde Jonas sie aufgrund seiner sozialen Stellung unweigerlich verlieren. Das wollte ich nicht.

Jonas warf die Gartenschere mit einer wütenden Bewegung zu Boden, machte auf dem Absatz kehrt und hastete davon. Gustav wandte sich mir mit einem triumphierenden Lächeln zu und setzte sich wieder neben mich auf den Brunnenrand. Viel zu nahe, wie ich fand. Er versuchte, mir zu imponieren, indem er mir aufzählte, mit welch wichtigen Aufgaben ihn sein Vater mittlerweile in der Kanzlei betraut habe. Robert Henrich besitzt eine der größten Anwaltskanzleien in Friedrichshafen. Mir war langweilig und außerdem elend zumute. Meine Gedanken schweiften immer wieder zu Jonas. Wie gerne wäre ich ihm gefolgt!

Schließlich meinte Gustav: »Ah, da kommen unsere Eltern! Dann war's das wohl mit unserer privaten Unterredung. Es sei denn ... wir wechseln die Positionen und gönnen uns jetzt auf der Terrasse eine Früchtebowle. Was hältst du davon?« Er reichte mir die Hand, die ich nur mit Widerwillen nahm, und führte mich zurück zum Haus, indem er mir seinen Arm anbot. Unsere Eltern strahlten uns zwinkernd an, als wir scheinbar so vertraut ihren Weg kreuzten.

Während Gustav sich um die Getränke und Snacks kümmern wollte, behauptete ich, mich kurz ins Bad zurückziehen zu wollen. In Wahrheit verließ ich die Villa durch den Hintereingang und suchte Jonas, den ich entweder im Gewächshaus oder im Gartenschuppen vermutete. Ich fand ihn schließlich im Gewächshaus, wo er missmutig und ziemlich angespannt einige der Zierpflanzen in ihren Töpfen hin und her schob. Als ich eintrat, hob er, abgelenkt durch das Geräusch der sich schließenden Tür, den Kopf. Seine dunklen Augen funkelten, er wirkte aufgewühlt, von wilden, widersprüchlichen Emotionen beherrscht.

»Es ... tut mir furchtbar leid ...« Weiter kam ich nicht.

Mit zwei, drei Schritten war Jonas bei mir. Er schlang die Arme um meine Taille, zog mich näher an sich und küsste mich ungestüm, voller Verzweiflung und Verlangen. Mit einer Leidenschaft, die er wohl schon viel zu lange unterdrückt hatte. Als ich die anfängliche Überraschung über seine Reaktion überwunden hatte, gab ich mich der lang ersehnten Berührung seiner Lippen ebenfalls hin. Ich spürte die verlockende Wärme seines durchtrainierten Körpers, der dicht an meinen gedrängt war. Der Duft von Blumen, Gras und herber Männlichkeit umnebelte mich und raubte mir beinahe den Verstand. Ich vergrub die Hände in Jonas' dichtem Haar und gab mich der Süße des Augenblicks vollkommen hin.

Nach einer gefühlten Ewigkeit ließ er mich wieder los und schaute mich an. »Das hätte ich schon viel früher tun sollen«, bekannte er heiser, und ein schiefes Grinsen stahl sich auf sein Gesicht.

»Hättest du«, flüsterte ich und legte den Kopf an seine Brust. Ich spürte, wie sich sein Brustkorb hob und senkte, und hörte das aufgeregte Hämmern seines Herzens, das dem frenetischen Trommeln meines eigenen in nichts nachstand. »Wie viel Zeit ist vergangen?«, fragte ich erschrocken und dachte an Gustav, der noch immer auf mich wartete.

»Noch nicht genug«, war alles, was Jonas sagte. Er strich mir liebevoll eine Haarsträhne aus dem Gesicht. Dann zeichnete sich Verständnis auf seiner Miene ab. »Na, geh schon, sonst suchen sie bald nach dir!«

Vorsichtig spähte ich nach draußen, ehe ich das Gewächshaus verließ und durch den Hintereingang wieder ins Haus gelangte. Als ich die Terrasse völlig atemlos erreichte, wartete Gustav bereits mit den Getränken.

Er starrte mich verwirrt an. »Bist du ... gerannt?«, fragte er ungläubig und musterte mich von oben bis unten. »Du siehst vollkommen aufgelöst aus!« Womit er ausnahmsweise einmal recht hatte. Ein Kontrollblick in den großen Dielenspiegel hatte mir beim Hereinkommen bestätigt, dass ich tatsächlich aussah, als hätte ich mich gerade mit jemandem im Heu gewälzt. Meine Haare waren zerzaust, einige widerspenstige Strähnen hatten sich aus der Flechtfrisur gelöst. Ich hatte rote Wangen, und meine Augen leuchteten. Ich vermied es, Gustav direkt anzuschauen, denn ich fürchtete, dass er mir das, was ich soeben erlebt hatte, sofort ansehen würde. Mithilfe der Bowle gelang es mir allerdings, mich relativ bald zu beruhigen. Als unsere Eltern ihren Gartenrundgang beendet hatten und das Abendessen gereicht wurde, verhielt ich mich meiner Meinung nach beinahe wieder normal. Der strenge Blick meiner Mutter erinnerte mich jedoch daran, dass sie in meinem Gesicht lesen konnte wie in einem offenen Buch. Ob sie erriet, wer die Ursache dieses emotionalen Chaos war, das in mir herrschte, konnte ich freilich nicht sagen.

Kapitel 7

Mitte Juli 2015

Conradin

Conradin starrte Heinrich mit offenem Mund an. Wie alle anderen im Laden konnte er sich die Reaktion des alten Mannes auf Barbaras Foto überhaupt nicht erklären.

»Sie war … sie hat in dem Haus am Waldrand gewohnt«, murmelte Heinrich. Dann packte er seine Sachen, warf einen Geldschein auf die Kassentheke und verließ den Laden. Offenbar wollte er jetzt alleine sein.

Ruth schüttelte mürrisch den Kopf. Etwas hatte sich jedoch in dem kleinen Geschäft verändert. Die Kassiererin und die anwesenden Einheimischen beäugten Barbara nun mit offen zur Schau gestelltem Misstrauen. Conradin wusste, dass sich um das Haus am Waldrand zahlreiche Schauergeschichten rankten. Er hatte es immer für den üblichen Klatsch und Tratsch eines kleinen Dorfes gehalten. Mehr war es nicht. Dieser Meinung war er noch immer. Heinrich Weber war neunundsiebzig Jahre alt. Beinahe im gleichen Alter wie Pfarrer Rolfs Mutter. Schon möglich, dass er hin und wieder Begebenheiten aus der Vergangenheit mit anderen aus der Gegenwart vermischte. Barbara löffelte lustlos ihr Eis, während sie den Heimweg antraten. In ihrem Gesicht zeichneten sich Unsicherheit und Sorge ab.

»Nimm dir das jetzt bitte nicht zu Herzen, Barbara. Das alles hat nichts zu bedeuten«, versuchte Conradin, sie aufzumuntern.

»Es klang aber nicht danach. Den Blicken der anderen nach zu urteilen, scheinen hier alle über etwas Bescheid zu wissen, von dem sie nun glauben, dass es mit mir zu tun hat.« Sie blieb resigniert stehen.

Er hätte sie gern berührt, um sie zu trösten. Das stand ihm allerdings nicht zu. Auch wollte er die Trauer über den Verlust ihrer Großmutter nicht noch schlimmer machen. »Es ist so gut wie ausgeschlossen, dass Heinrich deine Rosa gemeint hat. Mit fast achtzig kann man sich nicht mehr daran erinnern, wie jemand mit fünf Jahren aussah. Und dass er ihren Namen kannte … das kann Zufall sein, oder aber er wusste ihn bereits. Du hast deine Oma bestimmt schon öfters namentlich erwähnt, seit du hier bist. Schließlich bist du ja ihretwegen hergekommen. Solche Dinge verbreiten sich in einer kleinen Siedlung wie dieser rasend schnell.« In Barbaras Augen konnte er jedoch erkennen, dass seine Argumente sie nicht überzeugten. »Du kannst versuchen, an einem anderen Tag mit Heinrich zu reden. Dann wird sich das bestimmt klären«, fügte Conradin noch hinzu.

Barbara nickte und ließ das Thema bis auf Weiteres fallen. »Was sagt man über das Haus am Waldrand?«, wollte sie stattdessen wissen und schob sich einen Löffel Kaffeeeis in den Mund. Erneut staunte Conradin, mit welcher Grazie sie selbst diese alltägliche Bewegung ausführte.

Er zuckte mit den Schultern. »Ach, dummes Geschwätz halt. Man munkelt, dass irgendein Fluch auf dem alten Holzhaus lastet, dass es Unglück bringt, dort zu wohnen. Der Besitzer kann es deshalb weder verkaufen noch vermieten.«

Neugierde blitzte in ihren Augen auf, und das Moosgrün wurde eine Nuance heller. »Das wäre eine Geschichte, die meine Schüler lieben würden. Sie sind verrückt nach Gruselstorys aller Art.«

»Du bist also Lehrerin?«, fragte Conradin interessiert. Sie nickte, ging jedoch nicht näher darauf ein. Ihre Gedanken kreisten wohl noch immer um das geheimnisvolle alte Holzhaus.

»Warum? Warum soll es Unheil bringen, an diesem Ort zu leben?«, hakte sie nach.

»Ach, was weiß ich! Du kennst doch die Schauermärchen, die sich in kleinen Dörfern wie unserem ausbreiten. Man sagt, dass eine Kräuterkundige in besagtem Haus gewohnt haben soll. Eine, die mit ihren Zaubertränken und Pülverchen den Männern den Kopf verdreht habe.« Nun lachte Barbara amüsiert, und Conradin fühlte Erleichterung in sich aufsteigen. Er sah Barbara nicht gern so betrübt.

»Ehrlich jetzt? Man erzählt sich, dass da eine Hexe oder so was in der Art gelebt haben soll? Das ist wirklich schräg … Und deshalb will nun niemand dieses Haus kaufen oder mieten? So etwas Absurdes habe ich schon lange nicht mehr gehört!«

Conradin musterte sie von der Seite. Sie hatte ein attraktives Lachen. Ihr ganzes Gesicht schien dann zu leuchten, und ihre Augen sprühten Funken. Ihr Kichern klang samtig, sinnlich und verspielt zugleich. Eine interessante Mischung. »So in etwa wird es von Generation zu Generation weitererzählt«, bestätigte er. »Deshalb meine ich ja: Du solltest dir diese Dinge nicht allzu sehr zu Herzen nehmen. Wenn du das Haus einmal gesehen hast, weißt du auch, warum es zu solchen Fantastereien anregt. Es hat wirklich Ähnlichkeit mit einem verwunschenen Knusperhaus!«

Sie warf den Kopf in den Nacken und lachte erneut. »Das will ich bei nächster Gelegenheit sehen, bitte!« Barbara blickte ihn flehend an.

»Von mir aus.« Und bei sich dachte er: Wie könnte ich dir auch nur einen Wunsch abschlagen, wenn du mich auf diese Art und Weise ansiehst?

Als sie das Gasthaus erreichten, waren sie in ausgelassener Stimmung. Sie schauten sich einige Sekunden unschlüssig an, dann seufzte Conradin. »Ich schätze, ich muss jetzt in die Küche. In einer Stunde gibt es für unseren einzigen Hausgast bereits Abendessen.«

»Dann solltest du Ihre Gnaden nicht warten lassen«, scherzte sie und verabschiedete sich von ihm.

Conradin beobachtete sie noch, bis sie hinter der Tür verschwunden war, die zum Treppenhaus in die oberen Etagen führte. Er zog sich um und ging dann in die Küche. Gerade wollte er sich an die Zusammenstellung des Menüs machen, als sein Handy klingelte.

Silvan. Einer seiner besten Freunde – oder wie Anna sie nannte: die »Kavallerie«.

»Conradin?« Sein Kumpel verlor selten viel Zeit mit Grußformeln und Höflichkeitsfloskeln. »Wie wär's mit heute? Es ist Donnerstag. Ist das Piano schon besetzt?«

Conradin konnte sich ein Grinsen nicht verkneifen. Sein Kumpel war ein begabter Klavierspieler, der an einem Donnerstagabend hin und wieder ein Konzert im kleinen Rahmen gab. Es war schon vorgekommen, dass die drei Freunde die Gaststätte für sich hatten, weil an diesem Abend keine Gäste den Weg bis zum Gasthaus Alpenrose auf sich genommen hatten. Einige Male hatte sich jedoch aus den Hausgästen und den einheimischen Wirtshausbesuchern eine gesellige Runde ergeben. Welche Variante also auch immer eingetreten war, Silvans Privatkonzerte waren Conradin und allen Anwesenden stets in guter Erinnerung geblieben.

»Ja, warum nicht? Wäre mal wieder Zeit für eine gute Flasche Wein, ein Bier und gepflegte Musik. Allerdings … falls nicht noch einige Dorfbewohner den Weg zu uns finden, wird das eine Runde unter uns – ich nehme an, Remo kommt auch?« Conradin lauschte dem kehligen Lachen seines Freundes und runzelte die Stirn.

»Klar kommt Remo auch. Aber … ich muss sagen, dass ich ein bisschen enttäuscht bin, dass du mich für so blöd hältst. Die Spatzen pfeifen es derzeit von allen Dächern, Kumpel. Du hast doch Hausgäste beziehungsweise einen Hausgast, oder nicht? Und wie immer: Anna Sweetheart ...«

Jetzt brach Conradin in schallendes Gelächter aus. In diesem Augenblick passierte seine Schwester die Tür zur Küche und beäugte ihn misstrauisch. Er winkte ihr jedoch zum Zeichen, dass alles bestens sei und sie sich um ihren eigenen Kram kümmern solle, zu. Sie grinste und verschwand.

»Ah, ich hätte es mir denken können. Es geht dir gar nicht um meine werte Gesellschaft – du willst unseren Gast in Augenschein nehmen. Und was Remo angeht ... wem sein Herz gehört, wissen wir ja bereits«, kommentierte Conradin die Ausführungen seines Freundes amüsiert und mit einem Anflug von Ironie in der Stimme.

»Ich bin mir nicht sicher, ob es wirklich eine Herzensangelegenheit ist, die Anna und Remo verbindet. Aber von Verbundenheit im weitesten Sinne kann man tatsächlich sprechen«, feixte Silvan.

Conradin nahm seinem Freund die Anspielungen auf Annas und Remos Techtelmechtel nicht übel. Seine Schwester verweigerte es hartnäckig, mit ihm darüber zu reden. Conradin wusste dennoch längst, dass sie sich seit Jahren sporadisch mit einem seiner besten Freunde traf. Und zwar nicht zum Teetrinken. Eine ernsthafte Beziehung war daraus jedoch bisher nicht geworden.

»Mein derzeitiger Gast lebt sehr zurückgezogen. Sie ist in einer traurigen Mission hier und zieht sich vermutlich frühzeitig auf ihr Zimmer zurück. Ich bin also nicht sicher, ob sie uns überhaupt Gesellschaft leisten wird«, erklärte er Silvan weiter.

»Das weiß ich, jeder hier im Dorf hat davon gehört, was sie hergeführt hat. Aber gerade deshalb würde ihr etwas Unterhaltung und Ablenkung guttun. Wirst du ihr das beibringen, ja? Bitte! Man hört nämlich auch, dass sie sehr hübsch sein soll ...«

Conradin verdrehte genervt die Augen. »Ich schau mal, was ich tun kann, doch ich möchte sie nicht bedrängen.«

»Prima, dann bis später! Ich gehe jetzt üben. Will ja einen guten Eindruck machen.« Silvan legte auf, und Conradin verstaute das Handy wieder in der Hosentasche.

»Wer war das denn?« Anna streckte den Kopf zur Küchentür herein.

»Silvan. Remo und er kommen heute noch vorbei. Musikabend, du weißt schon. Donnerstag?« Er hob den Blick und musterte seine Schwester aufmerksam. Wenn diese Botschaft jedoch irgendwas in ihr auslöste, so ließ sie es sich nicht anmerken. Ihr Gesichtsausdruck blieb unbeteiligt.

»Schön, mal sehen, ob noch einige Leute aus dem Dorf kommen, damit es hier etwas voller wird. Wäre mal wieder an der Zeit. Ich werde noch meine Freundinnen anrufen, vielleicht haben sie Lust, uns spontan Gesellschaft zu leisten.«

»Tu das!« Conradin wandte sich wieder seiner Arbeit zu. Heute würde er Barbara mit einer Rucolasuppe, einem Chicoréesalat und Saltimbocca verwöhnen. Süßspeise wie immer optional. So wie er die junge Frau einschätzte, war sie hungrig genug, um noch eine seiner neuesten Eiskreationen zu kosten.

Barbara erschien pünktlich in der Gaststube und wurde dieses Mal von Anna bedient, was Conradin ein bisschen ärgerte. Er konnte sich diese Empfindung selbst nicht erklären, aber er hätte ihr seine Kreationen gern persönlich an den Tisch gebracht und noch einige Worte dazu gesagt. Kochen war nebst einigen anderen Dingen seine große Leidenschaft. In der bunten Vielfalt von Düften und Geschmacksnuancen konnte er seiner Fantasie freien Lauf lassen. Und für sie ... gab er sich noch mehr Mühe als sonst. Bis jetzt war es ihm nie besonders wichtig gewesen, was Frauen über ihn dachten. An diesem Abend war er jedoch bei jedem Gang, den Anna servierte, nervös. Würde es Barbara schmecken? Kam Lob oder Tadel zurück? Lächelte sie, wenn sie seine Kreationen kostete? Schloss sie dabei kurz die Augen, um in sich hineinzuhören – so wie sie das am vergangenen Abend getan hatte?

»Was guckst du so, Bruder?« Anna grinste. Als er, nach Erklärungen suchend, beinahe ins Stottern geraten wäre, hob sie die Hand und meinte beruhigend: »Schon gut, Kleiner, kein Grund zur Panik. Es schmeckt ihr, okay? Sehr sogar!« Mit diesen Worten griff sie nach dem Hauptgang und verschwand.

Schließlich brachte seine Schwester den leeren Dessertteller zurück. »Das Limetteneis sei, ich zitiere: ›Lyrik für den Gaumen, eine zauberhaft zarte Melodie‹ …« Dabei zwinkerte Anna ihm zu, schürzte die Lippen und stemmte die Hände in die Hüften. »Verpasse ich hier gerade etwas, Conradin?«

Er beeilte sich, energisch den Kopf zu schütteln. »Ich will kein guter Koch sein, das weißt du. Ich möchte hervorragend sein. Das Urteil meiner Gäste ist mir wichtig.«

»Mhm«, war alles, was Anna noch von sich gab, dann wandte sie sich schmunzelnd ab. Kurz bevor sie die Küche verließ, drehte sie sich noch mal um. »Apropos ›Melodie‹: Silvan und Remo sind gerade angekommen. Sie warten mit dem Konzertbeginn, bis du auch da bist.«

Conradin riss sich die Schürze vom Leib, rannte nach hinten in die Wohnung und nahm hastig eine Dusche. Dieses Mal fackelte er nicht lange: Er besprühte sich von oben bis unten mit Annas Eau de Toilette. Er verteilte sogar etwas Haargel (ebenfalls ein Geschenk von seiner Schwester) in seiner hoffnungslos zerzausten Frisur. Dann betrachtete er sich im Spiegel. Er konnte nicht beurteilen, ob er gut aussehend war. Er wusste nur, dass er zumindest ansehnlich ausschauen wollte. Und was, wenn Barbara gar nicht mehr in der Gaststube war, bis er endlich kam? Er beeilte sich und riss hastig die Tür zum Restaurant auf.

Nur mit Mühe konnte er den Seufzer der Erleichterung unterdrücken. Bei seinem Eintreten hob Barbara den Blick und lächelte ihm zu. Wie am Mittag las sie in einem Buch und nippte dabei an einem Glas Rotwein. Silvan und Remo hatten sich bereits am Stammtisch niedergelassen und starrten beide in seine Richtung. Remo allerdings fixierte etwas hinter Conradins Rücken. Seinem entzückten Gesichtsausdruck nach zu urteilen, musste Anna soeben aufgetaucht sein. Silvan suchte Conradins Blick und hob fragend eine Augenbraue, wobei er kurz zu Barbara hinüberschaute. Conradin wischte sich die feuchten Hände an der Jeans ab und räusperte sich.

Barbara sah von ihrem Buch auf und schenkte ihm ein sanftes Lächeln. »Hallo! Du hast wieder einmal wunderbar gekocht. Wenn das jetzt jeden Abend so ist, wird man mich nach fünf Wochen wohl rollen können …«

»Danke!«

Dann wussten sie beide nicht mehr, was sie sagen sollten. Conradin vermutete, dass es nun an ihm wäre, die Unterhaltung fortzuführen, schließlich war er ja aus einem bestimmten Grund an ihren Tisch getreten. Er spürte Silvans drängenden Blick im Rücken.

»Ähm, heute ist Donnerstag, und … an manchen Donnerstagabenden spielt mein Freund Silvan uns etwas auf dem Klavier vor. Er ist sehr begabt. Wenn du also Lust hast … bist du herzlich dazu eingeladen zu bleiben. Wenn du allerdings lieber allein sein möchtest …«

»Oh, ich bleibe sehr gern, das klingt verlockend. Ich bin ein großer Fan von Klaviermusik!«

Conradin entspannte sich, und ein erleichtertes Lächeln breitete sich auf seinem Gesicht aus. »Gut, das freut mich!«

Dann beeilte er sich, Distanz zwischen sich und ihren Tisch zu bringen. Er setzte sich zu seinen Freunden an den Stammtisch. Silvan hatte ihm bereits bei Anna ein Bier bestellt.

Während Conradin sich mit Barbara unterhalten hatte, waren noch mehr Leute eingetreten. Die meisten von ihnen kannte er. Einige von Annas Freundinnen, Stammgäste aus dem Dorf und sogar einige ältere Herrschaften, die den Weg zum Gasthaus Alpenrose nur noch selten in Angriff nahmen.

»Dein Ruf eilt dir voraus, Kumpel«, scherzte Conradin und klopfte Silvan auf die Schulter. Dieser freute sich offensichtlich, dass er heute vor so einem großen Publikum spielen durfte, und erhob sich. Er setzte sich ans Klavier und begann mit dem Musikvortrag. Einige Lieder klangen bekannt, während andere Kompositionen eindeutig von Silvan selbst stammten.

Conradin ertappte sich dabei, wie sein Blick immer wieder zu Barbara schweifte. Ihre Wangen waren leicht gerötet, und sie hatte ihren Stuhl so gedreht, dass sie Silvan beim Spielen beobachten konnte. In ihren Gesichtszügen erkannte er eine Flut an Emotionen. Was ihr wohl gerade durch den Kopf ging? Ihr braunes Haar war mit einer schlichten Klammer hochgesteckt. Einige Strähnen hatten sich daraus gelöst und umschmeichelten ihre zarte Kinnpartie oder strichen über ihre rosa Lippen. Dieser elegant geschwungene Mund …

»Sie gefällt dir, was?«, flüsterte Remo in Conradins Ohr und stupste ihn seitlich in die Rippen.

Er senkte nur betreten den Blick. »Starre ich sie so offensichtlich an?«

»Nicht nur du … von daher fällt es gerade niemandem auf«, meinte Remo scherzhaft und wies mit dem Kopf auf die übrigen Herren in der Gaststube.

Conradin schmunzelte und nahm einen kräftigen Schluck von seinem Bier. »Sie hat was«, gab er schließlich zu.

Sein Kumpel gluckste amüsiert. »Mhm, so siehst du aus. Sie hat was«, äffte er ihn nach.

»Ja, das ist wie bei Anna. Die hat doch auch was, oder?«, erwiderte Conradin und brachte seinen Freund damit kurzerhand zum Schweigen.

Der Abend verlief sehr zufriedenstellend. Nach einer halben Stunde kamen noch mehr Leute aus dem Dorf, und Conradin musste seiner Schwester im Service helfen. Zu seinem Erstaunen blieb Barbara immer noch sitzen und lauschte Silvans Spiel. Sie schien die Musik zu genießen und bot einigen Einheimischen sogar Plätze an ihrem Tisch an, weil sonst bereits alle Stühle besetzt waren. Die Stimmung im Gasthaus wurde immer ausgelassener, und die Gäste wurden mit jeder weiteren Minute konsumfreudiger. Silvan seinerseits genoss das große Publikum sichtlich und dachte offenbar noch lange nicht ans Aufhören. Mittlerweile sangen die Anwesenden überdies mit, wenn sie das Lied kannten.

Conradin war gerade dabei, einem älteren Ehepaar eine Flasche Weißwein zu servieren, als Silvan eine kurze Ansprache hielt. Das Blut gefror Conradin in den Adern.

»Und jetzt, Ladies and Gentlemen … wird getanzt! Die nächste Melodie kann nur zu zweit genossen werden. Also, gebt euch einen Ruck und begebt euch in die Mitte des Raumes! Hier kommt Leonard Cohens *Hallelujah*!«

Conradin hätte mit etwas Derartigem rechnen sollen. Die Aufforderung zum Tanzen gehörte zu Silvans Konzerten. Die Gäste reagierten darauf meist mit großer Begeisterung. Nicht wenige unter ihnen wiesen in der Zwischenzeit einen beachtlichen Promillestatus auf und hatten ihre Hemmungen in Bezug auf ihre nicht vorhandenen Tanzkünste längst abgelegt. Um ihn herum fanden sich bereits begeisterte Paare. Conradin pochte das Herz bis zum Hals, und er hatte plötzlich Mühe, gleichmäßig zu atmen.

Remo fasste ihn am T-Shirt und flüsterte ihm ins Ohr: »Nun tu es endlich, Mann! Frag sie! Silvan ist beschäftigt, und ich ... habe meine Wahl schon getroffen. Wenn du dich allerdings nicht beeilst, wird dir jemand zuvorkommen!«

Conradin wusste, dass Remo recht hatte. Er hatte die interessierten Blicke einiger anwesender Herren den ganzen Abend beobachten können. Barbara schien all das jedoch nicht zu bemerken. Er musste sich jetzt sofort einen Ruck geben, oder ...

»Würdest du ... hättest du Lust ...?« Weiter kam er nicht, da fasste Barbara auch schon nach seiner Hand. Ein strahlendes Lächeln lag auf ihrem Gesicht.

»Gern«, sagte sie. Und: »Danke, dass du mich gerettet hast!« Sie zwinkerte ihm verschwörerisch zu.

Ungefähr vier Minuten dauerte das Lied. Vier intime, intensive Minuten. Conradin hatte den Eindruck, als wären alle Geräusche um ihn herum ausgeblendet, als hätte die Erde aufgehört, sich zu drehen. Da war nur sie. Er hatte die Hände um ihre Taille gelegt, während sie sich an seine Brust lehnte. Er war ihr noch nie so nahe gewesen. Conradin spürte die Wärme ihres Körpers und das Pochen ihres Herzens. Ihr Atem strich über seinen Hals und ließ ihn erschauern. Ihr Haar duftete nach Kokosnuss und Mango.

Plötzlich hob sie den Blick und sah ihn direkt an. Für einen kurzen Augenblick war es, als tauchten sie in die Seele des jeweils anderen ein. Ein Ozean an Emotionen war zwischen ihnen. Stürmisch und sanft zugleich. Tief und smaragdgrün.

Das Lied endete, und während die Menge um sie herum Silvan Beifall klatschte und um Zugaben bat, standen Barbara und Conradin sich noch immer schweigend gegenüber. Es war dieser magische Moment, in dem ihre Lippen nur noch wenige Zentimeter voneinander entfernt waren. Zu einem anderen Zeitpunkt und an einem anderen Ort – da war sich Conradin auf einmal sicher – hätten sie sich geküsst.

Doch hier und jetzt ließen sie die Arme sinken und lösten sich voneinander. Möglichst unauffällig und darum bemüht, ihren rasenden Puls unter Kontrolle zu bringen. Zumindest ging es Conradin so. In Barbaras Augen konnte er jedoch erkennen, dass sie einen ähnlichen Kampf focht.

»Ich glaube, ich habe für heute genug«, flüsterte sie mit einem kleinen Lächeln, trat an ihren Tisch und trank den letzten Schluck ihres Weins. »Ich werde mich jetzt zurückziehen.«

Conradin musste gegen den Drang ankämpfen, ihr seine Begleitung anzubieten. Er spürte jedoch bereits zahlreiche Augenpaare, die auf sie gerichtet waren, und wollte die Gerüchteküche nicht noch mehr anheizen. Also nickte er nur lächelnd und sagte: »Gute Nacht, Barbara!«

Kapitel 8

15. Mai 1935

Adeline

Liebes Tagebuch,

im Moment sind all meine Gedanken bei meiner Familie, besonders bei meiner Mutter. Jonas ist für mich jäh in den Hintergrund getreten. Am Samstag hing der Himmel für mich noch voller Geigen. Es war mein erster Kuss überhaupt, und ich sollte noch immer trunken vor Glück sein. Doch in meinem Herzen ist nur Trauer.

Gestern Abend hat sich unser Hausarzt Dr. Knobel aus der Stadt gemeldet. Es konnte kein gutes Zeichen sein, dass er um diese späte Stunde darauf bestand, persönlich vorbeizukommen. Der Arzt setzte sich mit meinen Eltern an den Esstisch, und ich wurde auf mein Zimmer geschickt.

Als Dr. Knobel das Haus verlassen hatte, eilte ich ins Esszimmer. Meine Eltern weinten, und Papa hielt Mamas Hand. Ich verstand nicht, was los war, sank auf einen Stuhl und schaute ängstlich von einem zum anderen.

»Mama ist sehr krank, Liebes«, erklärte mein Vater mit heiserer, emotionsschwerer Stimme.

Ich schluckte betreten und wusste nicht, was ich sagen sollte.

Schließlich hob meine Mutter den Blick und sah mich mit rot unterlaufenen, tränenverquollenen Augen an. »Ich habe Lungenkrebs.«

Die Nachricht traf mich wie ein Fausthieb, und eine eisige Hand griff nach meinem Herzen. Ich fühlte mich völlig hilflos und um Worte verlegen.

»Deine Mutter wird nun viel ruhen müssen, Adeline. Die Chancen stehen jedoch nicht gut, sagt Doktor Knobel. Wir müssen jetzt gut für Mama sorgen.«

Ich fühlte, wie etwas in mir zerbrach. Grenzenloser Schmerz breitete sich in meiner Brust aus, und ich hatte Mühe zu atmen. Wollte mein Vater damit sagen, dass Mama bald ... sterben würde? Dass es kaum noch Hoffnung gab? Tränen stiegen mir in die Augen, und meine Lippen begannen zu zittern. Ich ballte meine Hände zu Fäusten, sodass die Nägel sich schmerzhaft in meine Handinnenflächen gruben. Ich hatte schreckliche Angst, Mama zu verlieren! Angst vor dem unvorstellbaren Schmerz, den ihr Verlust in mir hinterlassen würde. Ich schluchzte laut auf, und mein Vater legte mir tröstend eine Hand auf den Arm.

Meine Mutter wandte sich ab und verbarg ihr Gesicht in den Händen. Ihre Schultern bebten, während sie stumm weinte.

Nach einigen Minuten, in denen niemand ein Wort sprach, erhob ich mich, küsste meine Mutter zärtlich auf die Wange und ging in mein Zimmer. Ich durfte es Mama mit meinem Kummer nicht noch schwerer machen! Ich legte mich auf das Bett, starrte an die Decke und lauschte dem Sturm meiner verzweifelten Gedanken. Trotz meiner Angst und des allumfassenden Schmerzes in meinem Inneren fiel ich irgendwann in einen dumpfen Schlaf. Dunkle Träume voller Trauer und Bedrängnis suchten mich heim. Als ich an diesem Morgen erwachte, fühlte ich mich erschöpft und leer.

Und so ist es immer noch.

Kapitel 9

19. Mai 1935

Adeline

Liebes Tagebuch,

trotz Mamas bereits fortgeschrittener Krankheit, aus der Dr. Knobel keinen Hehl gemacht hatte, hielten meine Eltern am gestrigen Samstag an ihrem Entschluss fest, auf unseren Landsitz zu fahren. Erneut war ein Besuch bei den Henrichs vorgesehen, den dritten Samstag in Folge, den sie auf irgendeine Weise mit dieser Familie verbringen wollten. Ich verstand nicht, warum sich Mama nun nicht schonte und zu Hause blieb. Sie ließ sich aber zu meinem Bedauern nicht umstimmen.

Ein Picknick sollte es dieses Mal sein.

»Ich habe euch jetzt bereits an zwei Samstagen Gesellschaft geleistet«, begann ich vorsichtig. »Bitte, darf ich dieses Mal hierbleiben und in Ruhe ein Buch auf der Terrasse lesen? Die Sonne und unseren wunderschönen Garten genießen? Bitte ...«

Der strenge und unerbittliche Blick meines Vaters traf mich und machte sogleich jegliche Hoffnung zunichte. Papa duldete keinen Widerspruch; ich sollte sie begleiten.

Dann jedoch strich mir Mama sanft eine Haarsträhne aus dem Gesicht und lächelte verständnisvoll. »Natürlich, Liebes, mach dir einen gemütlichen Tag im Sonnenschein. Wer weiß schon, wie viel Zeit uns das Leben schenkt, um Gottes Schöpfung zu genießen? Wir sollten keine Stunde ungenutzt lassen.« Wehmut lag in ihrer Stimme, und ein trauriger Ausdruck spiegelte sich auf ihrem Gesicht. Die Krankheit stimmte sie offensichtlich milde. Noch vor wenigen Tagen hätte sie meinen Vater in dessen strenger Erziehung unterstützt.

Ich blickte meine Mama dankbar an, legte den Kopf an ihre Brust und schlang die Arme um ihren Körper. Ich war ihr für ihre Unterstützung und Nachsicht zutiefst dankbar.

Tatsache ist nämlich, dass ich Gustavs Gesellschaft keinen weiteren Tag mehr aushalte. Sein selbstgefälliges Getue ist mir unerträglich. Je eher meine Eltern einsehen, dass aus uns beiden nichts wird, desto besser.

»Gustav wird furchtbar enttäuscht sein, dass du nicht kommst. Hoffen wir, dass er Verständnis hat!«, grummelte Papa noch, um seinen Standpunkt wenigstens ansatzweise zu verteidigen.

Ich nickte und senkte den Blick.

Als ich die Autoreifen auf dem gekiesten Vorplatz der Villa Victoria knirschen hörte, entrang sich mir ein Seufzer der Erleichterung. Ich zog mir eines meiner Lieblingskleider an, das dunkelgrüne mit der weißen Schleife in der Taille. Dann lief ich nach unten und in die Küche.

Die Köchin Maria riss bei meinem Anblick überrascht die Augen auf. Sie hatte wohl nicht erwartet, dass ich zu Hause bleiben durfte, denn das entsprach so gar nicht der Art meiner strengen Eltern.

»Ich sterbe vor Hunger, Maria. Wie wär's mit deinen berühmten Pfannkuchen? Mit Ahornsirup oder Marmelade ... oder heißer Schokolade?«

Maria wischte sich lächelnd die Hände an der Schürze ab. »Meine Güte, da hat aber jemand einen Bärenhunger! Das ist gut, mein Kind. Hast in den letzten Tagen ja gegessen wie ein Spatz.«

Ich nickte.

»Setz dich auf die Veranda, Liebes, ich mache mich gleich an die Arbeit!«

Ich tat wie geheißen und nahm auf einem Stuhl hinter dem Haus Platz. Die Sonne stand bereits recht hoch am Himmel, doch die Temperaturen waren noch angenehm kühl. In diesem Moment sah ich Jonas, wie er, mit einem Rechen und einem Eimer bewaffnet, am Haus vorbeilief. Heute waren wohl die vielen verschlungenen Kiespfade durch den Garten an der Reihe. Sie mussten regelmäßig von Unkraut befreit und mit frischen Kieseln bestückt werden. Jonas sah mich zuerst nicht, und so konnte ich ihn in aller Ruhe beobachten. Seine blauschwarzen, leicht zerzausten Haare, den muskulösen Rücken und die markante Linie seines Kinns. Nach den letzten Tagen der lähmenden und alles einnehmenden Trauer sehnte ich mich plötzlich verzweifelt nach ihm, nach seinem Kuss. Ich wünschte mir, die düstere Realität in seinen Armen vergessen zu können – und sei es nur für einen kurzen Augenblick. Ob er mich auch vermisste? Oder hatte er mich schon wieder vergessen?

Plötzlich, als hätte er meinen Blick auf sich gespürt, drehte er sich um, und ein schelmisches Lächeln erhellte seine Züge. Er winkte mir und kam näher.

»Setz dich zu mir! Hast du Hunger?«, fragte ich. Seine Augen suchten unruhig die Umgebung ab, als erwartete er jeden Moment, dass Papa wutentbrannt aus dem Haus gestürmt käme. »Es ist niemand da. Meine Eltern sind weggefahren. Zu Gustav und seiner Familie«, erklärte ich und bot ihm einen Stuhl an.

»Ich kann nicht ... mein Vater wartet. Aber ... wie wäre es in zwei Stunden? Dann habe ich Mittagspause.«

Ich verschluckte mich vor Aufregung und musste mehrmals husten.

Jonas lachte, sah sich kurz um und drückte mir einen Kuss auf den Mund. »Hallo ...«, raunte er heiser, und in seinem Blick sah ich die gleiche Leidenschaft brennen, die ich gerade selbst verspürte. »Triff mich bei der Pergola im Westteil des Gartens. Da kommt mein Vater nicht hin; er ist bei den anderen Angestellten im Bedienstetenhaus.« Er wandte sich hastig ab, als Maria mit einem Tablett auf der Veranda erschien.

Ich schaute ihm noch einige Sekunden wehmütig hinterher, dann fiel ich über die Pfannkuchen her, als wäre ich völlig ausgehungert. In meinem Kopf hörte ich die tadelnden Worte meiner Mutter: Du bist kein Holzfäller, Adeline, sondern eine Dame. Dreißigmal kauen, dann anmutig schlucken ... Früher hatten mich diese Worte stets ärgerlich gemacht. Heute erfüllte mich der Gedanke an Mama mit jähem Schmerz, und ich hatte plötzlich keinen Appetit mehr.

Maria zuliebe aß ich jedoch zwei der kleinen Pfannkuchen, dann ließ ich mir die Haare zu einem Zopf flechten und legte ein wenig Make-up auf. Bis zu meinem Treffen mit Jonas setzte ich mich mit einem Buch auf die Terrasse und hielt mein Gesicht in die Sonne.

Pünktlich um zwölf Uhr wartete ich beim Laubengang im Westteil des Gartens. Er war mit Reben überwuchert und bildete die Form eines Gartenpavillons. In seiner Mitte befand sich eine Blumenrabatte; rundherum standen Bänke. Zusätzlich gab es drei Chaiselongues, die jeden Tag wieder weggeräumt werden mussten, damit ihre weißen Polster nicht dem Regen zum Opfer fielen. Mama und Papa liebten es, an diesem lauschigen Plätzchen ein Buch zu lesen und ein kühles Getränk zu genießen. Den Angestellten war es eigentlich untersagt, sich an diesem Ort aufzuhalten oder gar das Mittagessen hier einzunehmen. Aber Jonas wusste ja, dass meine Eltern an diesem Tag fortgefahren waren.

Er war bereits da, als ich ankam, ein umwerfendes Lächeln auf dem Gesicht, und bot mir an, mich neben ihn zu setzen.

Wir nahmen auf einer der Leseliegen Platz. Während er sein Essen aß, das aus Brot, Käse und Früchten bestand, unterhielten wir uns über belanglose Dinge wie Musik, seine Ausbildung zum Gartenpfleger und natürlich über Gustav. Wir lachten viel, und ich merkte, wie glücklich und zufrieden mich Jonas' Gesellschaft machte. In diesen kostbaren Momenten gelang es mir sogar beinahe, Mamas Krankheit, die wie ein Schatten über allem lag, zu vergessen.

Nachdem er seine Mahlzeit beendet hatte, überraschte er mich. »Leg dich hin und mach es dir bequem! Ich möchte dir aus meinem Lieblingsbuch vorlesen.« Ich musste ihn ziemlich überrascht angestarrt haben, denn er brach in schallendes Gelächter aus, als er sagte: »Was? Erstaunt es dich, dass sich ein gewöhnlicher Gärtner für Literatur interessiert? Dachtest du etwa, ich könnte gar nicht lesen?«

Ich wurde rot und stotterte: »Natürlich weiß ich, dass du lesen kannst, es ist nur ... Ja, vermutlich nahm ich an, dass dir Bücher nichts bedeuten.«

In seinen Augen blitzte es belustigt, und er strich mir über die Wange. Eine Berührung, die mich erschauern ließ. Mit seiner dunklen, samtigen Stimme antwortete er: »Ich besitze zahlreiche Ratgeber zu Pflanzen, insbesondere Blumen. Sie faszinieren mich. Nebenbei gönne ich mir hin und wieder einige Seiten gehobene Literatur. Im Moment lese ich Thomas Manns Zauberberg. Bereits zum zehnten Mal übrigens.«

»Zum zehnten Mal?«, wiederholte ich ungläubig.

»Die in dem Roman behandelten Themen sind komplex. Man muss sie mehrmals durchgehen, um sie verstehen zu können. Jedes Mal entdecke ich etwas Neues zwischen den Zeilen. Es geht um Tod, Liebe, Politik ... Philosophie. Der Roman spielt in einem Sanatorium in den Schweizer Alpen nahe der Ortschaft Davos-Dorf.«

Ich starrte ihn weiterhin verblüfft an. »Ich dachte immer, ich wäre einigermaßen gebildet, aber dieses Buch habe ich

noch nie gelesen. Es muss ein außergewöhnlicher Roman sein. Es würde mich freuen, wenn du mir daraus vorliest.«
Ich streckte mich auf der Chaiselongue aus und schloss die Augen, während ich Jonas' Stimme lauschte.

Mit einer Hand hielt er das Buch, die andere legte er in meine. Er war ein ausgezeichneter Vorleser. Als er geendet hatte, philosophierten wir noch eine Weile über das Gehörte. Schließlich musste Jonas wieder an die Arbeit gehen.

»Das war schön«, sagte ich leise. »Kannst du das öfters machen?«

Jonas trat auf mich zu und half mir beim Aufstehen. Wir standen uns gegenüber, und unsere Körper berührten sich beinahe. »Bist du nur deshalb hergekommen? Der Literatur und der geistigen Erbauung wegen?«, fragte er, und seine Stimme verlor sich in einem Flüstern. Er strich mir eine Haarsträhne aus der Stirn, und seine Augen tasteten mein Gesicht ab und blieben schließlich an meinen Lippen hängen. Ich spürte seinen Atem auf meinen Wangen.

»Nein«, flüsterte ich.

Jonas küsste mich lange und leidenschaftlich. Er schlang die Arme um mich, als könnte er mir nicht nahe genug kommen und als wollte er mich nie mehr loslassen.

»Kommst du heute Abend noch mal hierher? Wenn der Mond am Himmel steht?«, fragte er, als seine Lippen mein Ohr streiften.

Ich wusste, was er meinte. »Ja«, war alles, was ich in diesem Moment hervorbrachte.

Als die Nacht hereinbrach, warf Jonas kleine Kiesel an mein Fenster – unser verabredetes Zeichen. Ich schlich auf leisen Sohlen aus dem Haus. Meine Eltern schliefen bereits tief und fest. Er wartete vor dem Hintereingang. Als ich in die Dunkelheit hinaustrat, nahm Jonas meine Hände, wirbelte mich im Kreis herum und küsste mich. Mein Herz pochte wie wild, als wir, lachend wie zwei verspielte Kinder, auf den verschlungenen Gartenpfaden zum Westteil rannten. Jonas hatte eine der Chaiselongues in der Pergola gelassen. Wir blieben davor stehen, beide atemlos und wohl auch aufgeregt. Er streichelte mich zärtlich und küsste mich erneut. Auf den Mund, auf den Hals, dann wanderten seine Lippen weiter nach unten.

Ich zitterte am ganzen Körper. Vor Aufregung, vor unterdrückter Leidenschaft ... ich wusste es nicht so genau.

»Machst du das zum ersten Mal?« Jonas blickte mir geradewegs in die Augen.

»Ja.« Meine Stimme war nur noch ein heiseres Flüstern.

»Ich auch«, raunte er, dann öffnete er Knopf für Knopf mein Kleid.

Kapitel 10

Barbara

Als Barbara am Freitagmorgen erwachte, fühlte sie sich schlecht. Einfach nur das: schlecht. Sie starrte einige Minuten an die Zimmerdecke und versuchte, dieses unbestimmte, miserable Gefühl in ihrem Inneren zu ergründen.

In eineinhalb Stunden hatte sie ihren Termin bei Pfarrer Gerber. Wenn sie doch nur nicht dorthin müsste! Die Besprechung über den Ablauf der Trauerfeier würde möglicherweise eher nüchtern verlaufen. Was danach folgte, schob Barbara nun schon seit ihrer Ankunft vor zwei Tagen vor sich her: Rosas Lebenslauf.

Sie seufzte und fuhr sich mit der Hand durch die Haare. Wie sollte sie das Leben einer Frau erzählen, die ihr Mutter, Vater, Freundin und Großmutter zugleich gewesen war? Mit Rosa verbanden sie so zahlreiche Empfindungen und Erinnerungen, dass sie gar nicht wusste, wo sie anfangen sollte. Dazu kam noch, dass sie den Lebenslauf gern mit Simons Hilfe geschrieben hätte. Was das anging, blieb ihr allerdings nichts anderes übrig, als zusammen mit dem Geistlichen einen Entwurf zu erstellen und ihn dann mit Simon zu besprechen. Ihr Bruder würde nämlich erst zur Beerdigung ihrer Großmutter nach Surgens kommen. Was Barbara noch zusätzlich belastete, war das nagende Gefühl, einem großen Fragezeichen gegenüberzustehen. Wie viel wusste sie eigentlich tatsächlich über Rosas Leben? Jedenfalls hatte

sie bis jetzt immer noch keine Ahnung, weshalb ihre Großmutter unbedingt in Surgens beerdigt werden wollte.

Magdas Reaktion und das seltsame Verhalten des alten
Heinrich Weber im Dorfladen fielen Barbara wieder ein.
Was hatte es mit diesem Bergdorf auf sich, und warum hatte
Rosa ihnen nie davon erzählt? Fast schien es, als läge ein be-
deutender Teil ihrer Vergangenheit im Schatten. Barbara
war hin- und hergerissen zwischen der Liebe zu ihrer Großmutter und dem schwelenden Gefühl, sie gar nicht richtig
gekannt zu haben. Was, wenn sie bisher nur Einblick in die
halbe Lebensgeschichte hatte? Im Grunde genommen kannte sie Rosas früheres Leben nur aus deren Erzählungen. Diese wiederum hatten offensichtlich einige Lücken enthalten,
denn sonst wüsste sie, welchen Stellenwert Surgens im Herzen ihrer Großmutter gehabt hatte.

Barbara erhob sich gähnend und schälte sich aus den Laken. Lustlos ging sie ins Bad und betätigte den Lichtschalter.
Während sie sich selbst im Spiegel betrachtete, murmelte
sie: »Aber das ist nicht alles, oder, Barbara? Da nagt noch
etwas an dir ...«

Sie horchte in sich hinein. Als sie gestern nach dem Musikabend auf ihr Zimmer gekommen war, hatte ihr Handy
drei unbeantwortete Anrufe angezeigt. David. Und während
sie sich dann vor dem Zubettgehen die Zähne geputzt hatte,
hatte er ihr noch eine SMS geschrieben.

*Barbara, ich weiß, ich habe einen Fehler gemacht. Kön-
nen wir reden?*

Sie hatte noch nicht entschieden, ob und was sie ihrem Exverlobten antworten sollte. Im Moment schwirrte ihr der
Kopf, und dort, wo einst ihr Herz gewesen war, klaffte eine
Wunde. Rosa, David ... es war einfach zu viel. Barbara war
klar, dass sie sich irgendwann nochmals mit ihrem ehemali-

gen Verlobten an einen Tisch würde setzen müssen. Sie würden auseinanderdividieren müssen, wem was gehörte. Jedenfalls sah Barbara das so. Sie konnte sich jedoch vorstellen, dass David nicht wegen der Aufteilung der Wohnungseinrichtung mit ihr diskutieren, sondern über den »Preis« ihrer Rückkehr verhandeln wollte. Er würde sie dazu nötigen, ihm ihre Bedingungen bekannt zu geben. Sie kannte ihn gut genug. In seiner jetzigen misslichen Lage würde er jede ihrer Forderungen widerstandslos akzeptieren – Hauptsache, diese reumütige Unterwürfigkeit sorgte dafür, dass sie ihn wieder in ihr Leben ließ. Ihn zurücknahm.

So simpel war das jedoch nicht. Barbara vertraute ihm nicht mehr. Sie fühlte sich gedemütigt und verraten. Egal, was David tat, sie hatte den Respekt vor ihm verloren. Dennoch schmerzte sie die Tatsache, dass etwas, dem sie zehn Jahre ihres Lebens gewidmet hatte, so sang- und klanglos untergegangen war. Im Moment war sie von Wut und Enttäuschung beherrscht, doch würde das so bleiben? Was, wenn sie es plötzlich bereute, nicht mit ihrem ehemaligen Verlobten geredet zu haben? Sie musste ihm auf die Textnachricht antworten, sonst würde er sie mit seinen Kontaktversuchen nur weiter terrorisieren. Barbara war sich allerdings noch nicht im Klaren darüber, was sie ihm mitteilen wollte. Auf jeden Fall wünschte sie sich, dass er ihr nun etwas Zeit ließ. Privatsphäre, Abstand, um ihr Gefühls- und Gedankenchaos zu ordnen.

Barbara schüttelte den Kopf und senkte den Blick. Sie ertrug den müden, ausgezehrten Ausdruck ihrer Augen im Spiegel nicht länger. Nachdem sie sich gewaschen und die Zähne geputzt hatte, ging sie zurück ins Zimmer und öffnete den Kleiderschrank, als sich die Stimme in ihrem Inneren erneut zu Wort meldete.

Dann wäre da noch was, du weißt schon, was …

Richtig. So ungelegen das nun kam – der Tod ihrer Großmutter und die Angelegenheit mit David waren nicht ihre einzigen Probleme.

Conradin …

Barbara erinnerte sich an ihren Tanz am vergangenen Abend. Sie beide waren sich dabei sehr nahegekommen. Für einen kurzen Moment hatte sie geglaubt, ihre Lippen würden sich berühren. Die Anziehung zwischen ihnen war körperlich spürbar gewesen. Wenn sie ehrlich zu sich selbst war, war es diese Begebenheit, die dazu geführt hatte, dass sie so grauenhaft geschlafen hatte. Ihre Gedanken waren immer wieder zu Conradin zurückgekehrt. Die Erinnerung an seine Hand an ihrer Taille und seinen tiefgründigen, intensiven Blick jagte ihr einen warmen Schauer über den Körper. Am meisten erschreckte sie die Erkenntnis, dass sie seine Nähe, seinen Atem an ihrem Ohr, genossen hatte. Sie war entsetzt, festzustellen, dass sie Conradin tatsächlich gern geküsst hätte.

Seit sie dieses Nest am Ende der Welt betreten hatte, kreisten ihre Gedanken in der Tat immer wieder um den attraktiven Gasthausbesitzer. Conradin … Sein Name fühlte sich auf ihrer Zunge zartschmelzend und süß an.

Energisch und verärgert zugleich schüttelte Barbara den Kopf und griff nach einer karierten Bluse, die sie mit einer Jeans kombinierte. Sie musste den Verstand verloren haben, an solche Dinge überhaupt zu denken! Hatte sie nicht bereits genug Probleme?

Das war vermutlich das »Lückenbüßer-Phänomen«, von dem ihre beste Freundin Sonja immer sprach.

»Wenn man von einem Mann verarscht, verlassen, misshandelt, ausgenutzt …« – Sonjas Liste ging noch endlos lange weiter – » … wurde, bleibt unerklärlicherweise und jeder Vernunft zum Trotz eine Lücke in uns zurück. Dämlich, wie wir sind, versuchen wir dann, sie zu füllen, indem wir uns dem nächsten, x-beliebigen Typen an den Hals werfen. Das ist leider keine seriöse und ernst zu nehmende Wahl, sondern nur eine Kurzschlussreaktion auf den Verlustschmerz, den ein anderer ausgelöst hat.«

Sonja musste es ja wissen. Mit ihrem Verschleiß an Männern war sie auf dem Gebiet der amourösen Verstrickungen zwischen den Geschlechtern eine ausgesprochene Expertin. Ihre Weisheiten umfassten ein schier endloses Repertoire an Kapiteln wie ›Die Geschlachtete-Reh-Falle und sinnvolle Methoden, sie zu vermeiden‹ … ›Die Ich-schreibe-nicht-weil-er-nicht-schreibt-weil-ich-nicht-schreibe-Taktik‹ und viele mehr.

Barbara biss sich auf die Lippe und schmunzelte. Sonja halt. Einige ihrer Ratschläge waren mit Vorsicht und einem Augenzwinkern zu genießen. Ab und zu beinhalteten ihre Theorien jedoch auch ein Körnchen Wahrheit, fand Barbara. Sie war sich nicht sicher, ob am »Lückenbüßer-Phänomen« nicht doch etwas dran war. Nachdem ihr Leben nun zahlreiche unerfreuliche Wendungen genommen hatte, sehnte sie sich vielleicht unbewusst nach Glückshormonen, nach Leichtigkeit, nach kribbelnder Aufregung. Conradin, der mit seinem diskreten Sex-Appeal bestimmt auf viele junge Frauen anziehend wirkte, benebelte nun ihre Sinne. Schließlich war sie auch nur eine Frau und vor solchen Angriffen nicht gefeit. Schon gar nicht in ihrem jetzigen Zustand.

Es war nun aber von monumentaler Wichtigkeit, dass sie einen klaren Kopf behielt. Sie konnte kein weiteres emotionales Desaster verkraften. Außerdem kannte sie diesen Conradin kaum. Was, wenn das Verlangen, das sie in seinen haselnussbraunen Augen gesehen hatte, nur körperlicher und oberflächlicher Natur war? Barbara war definitiv nicht der Typ für einen bedeutungslosen Flirt und einen One-Night-Stand. Plötzlich war Barbara wütend auf sich selbst. Sie hatte sich gehen lassen! Sie musste fortan vorsichtiger sein und ihre Gefühle besser kontrollieren. Schließlich war sie hier, um die Beisetzung ihrer Großmutter zu planen und emotional zu heilen. Sie wollte ihr Leben nicht noch unnötig verkomplizieren, indem sie auch noch eine Bettgeschichte anfing.

Sie würde sich von nun an ein wenig von Conradin distanzieren. So einfach war das.

Barbara kämmte sich die Haare und steckte sie mit Haarklammern am Hinterkopf fest, wobei ihr einige Strähnen ins Gesicht fielen. Als sie mit ihrer Morgentoilette fertig war, griff sie nach ihrer Handtasche und ging nach unten, um zu frühstücken. In einer Stunde musste sie bei Pfarrer Gerber sein. Ihre Grübeleien hatten sie viel zu lange aufgehalten!

Als sie die Gaststube betrat, wurde sie von Agnes Bärtsch begrüßt, die den Frühservice übernommen hatte. Von Conradin fehlte jede Spur, was Barbara gerade sehr gelegen kam. Sie fürchtete sich vor dem, was sie in seinen Augen entdecken könnte, und noch mehr vor dem, was genau das in ihr auszulösen vermochte. Nach dem Frühstück erhob sie sich hastig, kramte ihre Sachen zusammen und wollte sich auf den Weg ins Dorf machen. Sie hatte die Eingangstür schon beinahe erreicht, als unerwartet Conradin in dem kleinen Vorraum erschien.

»Hey, Barbara, warte …« Er blieb neben ihr stehen. Ein scheues Lächeln breitete sich auf seinem Gesicht aus.

Sie spürte, wie ihr die Knie weich wurden und ihr Herzschlag sich beschleunigte. Barbara ignorierte diese Signale jedoch, gab sich Mühe, sich nichts anmerken zu lassen, und bedachte Conradin mit einem distanzierten Blick.

»Ich … äh … brauchst du Hilfe mit Pfarrer Rolf? Soll ich dich begleiten und dann wieder abholen? Ich muss erst kurz vor dem Mittagessen in der Küche sein. Es ist schon alles vorbereitet …« Er hatte die Hände in die Taschen seiner Jeans gesteckt und die Augenbrauen erwartungsvoll hochgezogen.

»Nein, danke, ich finde den Weg. Ich weiß ja jetzt, wo er wohnt«, antwortete Barbara knapp, senkte den Blick und stürmte aus dem Haus. Sie ließ Conradin einfach stehen und wandte sich nicht einmal mehr zu ihm um. Barbara hatte daher keine Ahnung, wie er ihr Verhalten einstufen würde. Gut möglich, dass sie ihn nun beleidigt hatte. Na ja, wenn es nur verletzter Eroberer-Stolz war, konnte sie gut damit leben. Wenn nicht … aber davon war nicht auszugehen. Sie verwarf diesen Gedanken augenblicklich und konzentrierte sich auf die bevorstehende Aufgabe.

Barbara erreichte das Haus des Geistlichen rund zwanzig Minuten später, klingelte und wurde wie schon tags zuvor freundlich hereingebeten. Sie war erleichtert, die missmutige Mutter des Pfarrers diesmal nicht anzutreffen.

Es war bereits halb zwölf, als Barbara das Heim des Dorfpfarrers wieder verließ. Sie hatten den Ablauf der Trauerfeier detailliert besprochen, und Barbara hatte Rolf, den sie nun auch duzen durfte, alles erzählt, was sie über das Leben ihrer Großmutter wusste. Er hatte ihren Ausführungen schweigend und aufmerksam gelauscht, sich Notizen gemacht und höflich den Blick gesenkt, als sie zwischendurch in Tränen ausgebrochen war. Einzig den Termin für die Beisetzung hatten sie noch nicht festlegen können. Der hing davon ab, wie weit und schnell Simon die Dinge in Zürich regeln konnte. Da Rosa jedoch eine Einäscherung gewünscht hatte, standen sie, was die Beerdigung anbelangte, nicht unter Zeitdruck.

Barbara und Simon waren sich einig, dass sie sich lieber genug Zeit mit der Planung ließen. Die Feier sollte etwas Besonderes werden, hatten sie beschlossen. Schließlich trugen sie jenen Menschen zu Grabe, der ihnen näher gewesen war als irgendjemand sonst.

Sie nahmen Abschied von ihrer Oma und … ihrer Mama. Bei diesem Gedanken drängten sich wieder Tränen in Barbaras Augen, die sie hastig mit dem Handrücken wegwischte.

Kurz vor zwölf Uhr erreichte sie das Gasthaus. Die Sonne stand mittlerweile hoch am Himmel und brannte erneut gnadenlos auf sie nieder. Seit ihrer Ankunft in Surgens hatte es noch nicht geregnet, wie Barbara nun erstaunt feststellte. Nicht einmal ein Sommergewitter hatte die Vegetation von ihrer anhaltenden Trockenheit erlöst. Barbara wischte sich den Schweiß von der Stirn. Der Marsch vom Dorf zum Gasthaus Alpenrose war zwar nicht besonders anstrengend, dennoch war Barbara der Sonnenhitze, die vom Asphalt zurückgeworfen wurde, schonungslos ausgesetzt gewesen.

Sie setzte sich unter einen der Sonnenschirme auf der Terrasse und genoss den Duft des frischen Heus, der die Luft erfüllte. Viele der einheimischen Bauern waren schon seit den frühen Morgenstunden dabei, das Gras einzufahren, das sie vor einigen Tagen geschnitten, gewendet und zum Trocknen auf den Wiesen gelassen hatten. Der Lärm der Landwirtschaftsmaschinen vermischte sich mit den gelegentlichen Rufen und dem fröhlichen Gelächter der Bauersleute. Die Terrasse des Gasthauses füllte sich allmählich, als verschiedene Gäste zum Mittagessen eintrudelten. Ein Tisch bestand, so vermutete Barbara, aus Mountainbikern. Weiter hinten saß, der grau-orangefarbenen Arbeitskleidung nach zu schließen, eine Gruppe von Bauarbeitern, die den Schatten unter den Sonnenschirmen offensichtlich genossen. An Barbaras Nachbartisch hatte sich eine Wandergruppe niedergelassen.

»Möchtest du etwas aus der Karte auswählen, oder nimmst du das Mittagsmenü der Hausgäste?«, fragte Anna, die neben Barbara aufgetaucht war, und erklärte ihr, was Conradin heute als Tagesgericht vorgesehen hatte.

Barbara bestellte den Rindfleischsalat und eine Flasche Wasser und lehnte sich entspannt in ihrem Stuhl zurück. Da sie den Termin mit dem Pfarrer nun hinter sich hatte, stand ihr ein freier Nachmittag bevor, den sie zum Ausspannen oder Erkunden nutzen konnte. Ein großer Teil von Surgens und seiner Umgebung war ihr immer noch unbekannt. Barbara beschloss, auf eigene Faust eine kleine Wanderung zu unternehmen. Sie überlegte kurz. Ein verlockender Gedanke durchzuckte sie: Sie könnte sich das alte Haus am Waldrand ansehen. Sie war nämlich schrecklich neugierig. Irgendjemand würde ihr sicher erklären können, wo es sich befand? Andererseits ... so garstig, wie die Einheimischen bisweilen auf diese Thematik reagierten, konnte sie wohl kaum einen von ihnen nach dem Weg dorthin fragen. Und einfach die Gegend absuchen wollte sie auch nicht. Woran sollte sie das Haus erkennen?

Mit Conradin an deiner Seite wäre das jetzt kein Problem. Er könnte dich zu dem abgeschiedenen Häuschen führen. Überdies würde eine Wanderung mit ihm zusammen bestimmt mehr Spaß machen, dachte Barbara wehmütig, verdrängte diesen Gedanken jedoch sogleich wieder. Sie würde auch allein einen schönen Nachmittag verbringen. Auch wenn sie ihre Neugierde in Bezug auf das geheimnisvolle Haus am Waldrand vorerst nicht würde stillen können.

Gesagt, getan. Nach dem Mittagessen huschte Barbara an der Küche vorbei auf ihr Zimmer, zog sich eine kurze Hose und ein ärmelloses Top an und packte ein wenig Proviant, Sonnenmilch sowie ihre Sonnenbrille in einen kleinen Rucksack. Dann startete sie ihre Erkundungstour. Sie folgte der steil ansteigenden Straße, die beim Gasthaus abbog und nach einer Weile in den Wald mündete. Satte Weiden säumten den Weg. Jene Abschnitte, die noch nicht dem Ernteschnitt zum Opfer gefallen waren, boten Wildblumen in allen Farbnuancen ein Zuhause. Die meisten von ihnen hatte Barbara noch nie gesehen, geschweige denn kannte sie die Namen der filigranen Gewächse. Dennoch verzauberten das lebensfrohe Gelb, das demütige Weiß und das verträumte Indigoblau die junge Frau.

Barbara blieb immer wieder kurz stehen und ließ den Blick über die Landschaft gleiten. Sie kniff die Augen zusammen und suchte angestrengt nach einem verlassenen Holzhaus am Waldrand … Leider konnte sie aus dieser Entfernung nicht mit Sicherheit sagen, ob es sich bei den zahlreichen Häuschen in Waldnähe um Ställe oder zerfallene Wohnhäuser handelte. Sie seufzte enttäuscht.

Als sie nach einiger Zeit den Wald erreichte, lag der Duft von Tannennadeln, Harz und Moos in der Luft. Die ansteckende Leichtigkeit der Bergblumen wich einer majestätischen, altehrwürdigen Kraft, wie sie nur knorrige, tief verwurzelte Bäume ausstrahlen konnten. Barbara genoss den Schatten, den der Forst ihr spendete. Sie setzte sich auf einen Stein und kramte in ihrem Rucksack nach ihrer Trinkflasche. Anschließend folgte sie dem Schotterweg weiter, bis sie den Wald hinter sich ließ und sich vor ihr erneut Weiden ausdehnten. Darauf grasten braune Kühe, die sie argwöhnisch beäugten. Auf der Anhöhe angelangt, schlenderte Barbara gemächlich den Bergweg entlang, vorbei an hölzernen Katen und Ferienhäusern, kleinen Baumgruppen, Schafherden und sogar einer Alp. Erneut hielt sie Ausschau nach einem verwunschen wirkenden Häuschen. Ein Haus am Waldrand … diese rudimentäre Beschreibung passte hier auf fast alle Gebäude. Langsam sah sie ein, dass sie allein tatsächlich nicht weiterkommen würde.

Sie begegnete auf ihrem Ausflug nur wenigen Leuten, vorwiegend jedoch Wanderern. Die Einheimischen waren mit ihren Arbeiten auf den Feldern beschäftigt und würdigten sie beim Vorbeigehen kaum eines Blickes. Touristen waren hier offenbar keine Seltenheit.

Gegen sechzehn Uhr kehrte Barbara zum Gasthaus Alpenrose zurück und ging auf ihr Zimmer. Sie wollte sich vor dem Abendessen noch etwas ausruhen und eine kalte Dusche nehmen.

Um achtzehn Uhr betrat sie die Gaststube. Schon bei ihrem Eintreten spürte sie, dass etwas anders war als sonst. Eine seltsame Stimmung herrschte im Gastraum.

Conradin saß mit einem alten Mann, der ihr den Rücken zugekehrt hatte, am Stammtisch und unterhielt sich mit ihm. Als sie eintrat, verstummte er jedoch sofort und tauschte mit dem Fremden einen vielsagenden Blick. Es dauerte eine Weile, bis Barbara klar wurde, um wen es sich bei dem Gast handelte.

Conradin erhob sich von seinem Platz am runden Tisch, kam auf sie zu und murmelte: »Du hast Besuch. Heinrich möchte mit dir reden. Wenn es für dich in Ordnung ist, würde er dir beim Abendessen gern Gesellschaft leisten.«

Barbara sah ihn überrascht an.

Mit einem nicht zu deutenden Blick fügte er noch an: »Ah ja, und dann war da noch ein Telefonanruf für dich. Du sollst einen David zurückrufen …« Damit verschwand Conradin in der Küche und ließ Barbara mit Heinrich Weber allein.

Kapitel 11

9. Juni 1935

Adeline

Liebes Tagebuch,

ich habe dich die letzten Wochen etwas vernachlässigt. Es geschah so viel und alles auf einmal, dass ich keine Zeit und keine Muße fand, mich auch noch dem Schreiben zu widmen.

Meiner Mutter geht es seit der Diagnosestellung durch Dr. Knobel nicht besonders gut. An den folgenden zwei Wochenenden verbrachte sie die meiste Zeit ruhend auf der Terrasse. Es ist wichtig, dass sie sich schont.

Heute ist Pfingstsonntag, und meine Mama war erneut so erschöpft, dass sie nicht einmal die Messe besuchen konnte. Das hat es in all den Jahren, seit ich ein kleines Mädchen war, noch nie gegeben. Dieser Umstand macht mir schmerzlich bewusst, wie schlecht es um ihre Gesundheit bestellt ist.

Ihr Atem klingt manchmal flach und röchelnd, und ihre Haut hat zunehmend die Farbe und Beschaffenheit von Pergament angenommen. Vater und ich sind sehr besorgt. Dr. Knobel hat uns jedoch mitgeteilt, dass es kaum etwas gibt, was er noch für sie tun kann. Die Krankheit sei bereits sehr weit fortgeschritten, sagt er.

Ich bin einfach untröstlich! Ich frage mich die ganze Zeit, wie das möglich sein kann. Warum hat man denn nicht früher gemerkt, dass sich der Krebs in ihr ausbreitet?

Der Arzt meint, das sei in der Regel so. Er behauptet, dass diese Krebsart über Jahre unentdeckt wachse. Bei Entdeckung derselben sei es für eine erfolgreiche Behandlung meistens schon zu spät. Oft sei die Diagnose daher mit dem Todesurteil gleichzusetzen. Wichtig sei nun, so Dr. Knobel, dass wir Mama gut pflegen, ihr jeden Wunsch von den Augen ablesen und ihr, falls es schlimmer kommt, schmerzlindernde Medikamente geben.

Im Allgemeinen übernehme ich nun die Betreuung meiner kranken Mutter, da Vater mit der Situation restlos überfordert ist. Zudem ist er im Augenblick geschäftlich sehr beansprucht. Im Moment ist mein Leben deshalb von stetigen Herausforderungen und Veränderungen geprägt. Am schlimmsten sind jedoch die Angst und der Schmerz, die mich nicht mehr schlafen lassen. Ich kann mir ein Leben ohne meine Mutter nicht vorstellen. Es quält mich, dass ich mich so oft mit ihr gestritten und gegen ihre Regeln rebelliert habe. Es sind die kleinen Dinge, die mir fehlen werden, wenn sie nicht mehr da ist. Eine tröstende Umarmung, die Wärme ihrer Stimme, der Stolz in ihren Augen, wenn mir etwas besonders gut gelungen ist. Sie war bei meinem ersten Atemzug, meinen ersten Worten und Schritten dabei. Sie wird immer ein Teil von mir bleiben. Ich werde sie bis an mein Lebensende lieben. Mit all ihren Eigenheiten. Und die Erinnerung an sie werde ich hüten wie einen wertvollen Schatz. In meinem Geist soll sie so weiterleben, wie ich sie gekannt habe, bevor der Krebs ihr jede Würde nahm.

Und neben den belastenden Umständen rund um Mamas Krankheit steht immer noch die Angelegenheit mit Jonas im Raum. Einem verborgenen Raum ...

Natürlich blieb es bei Jonas und mir nicht bei dieser einen Liebesnacht. Unsere Leidenschaft scheint unersättlich zu sein, und ich bin sicher, wenn meine Eltern davon Kenntnis hätten, wären sie über mein unzüchtiges Verhalten entsetzt.

An dem Wochenende, das auf unser erstes heimliches nächtliches Treffen im Pavillon folgte, verabredeten wir uns erneut nachts in unserem geheimen Versteck. Letztes Wochenende trafen wir uns zudem sogar tagsüber im Gewächshaus zu einem verbotenen Stelldichein. Jonas' Vater war an diesem Tag auf dem Markt, um Saatgut zu kaufen. Niemand wagte es, in seiner Abwesenheit das Reich der Gärtner zu betreten. Wir waren also allein und ungestört.

In Jonas' dunklen Augen sehe ich jedes Mal, wenn wir allein sind, ein Verlangen und eine Intensität, die ich bisher bei keinem Mann meines Standes beobachtet habe. Die meisten von ihnen mustern mich abschätzend, lüstern oder besitzergreifend, nicht aber leidenschaftlich und liebevoll. Nicht auf diese tiefe, ehrliche, verletzliche und aufgewühlte Art und Weise, die Jonas eigen ist.

Seit einer Woche leidet er jedoch an einem hartnäckigen Husten. Ich habe deshalb ein schlechtes Gewissen, weil ich vermute, dass er sich bei unseren nächtlichen Begegnungen im Gartenpavillon erkältet hat. Obwohl Juni ist, können die Nächte noch empfindlich kühl werden. Der erkaltende Schweiß, der sich wie Perlen auf unserer Haut sammelte, nachdem wir uns geliebt hatten, führte wohl ebenfalls zu diesem unerfreulichen Einbruch in Jonas' Gesundheit. Und was mich betrifft, habe ich auch eine dunkle Vorahnung, die mich kaum noch schlafen lässt ...

Kapitel 12

30. Juni 1935

Adeline

Liebes Tagebuch,

es sind nun sechs Wochen seit meiner ersten gemeinsamen Nacht mit Jonas vergangen. Seit vier Wochen warte ich vergeblich auf das Einsetzen meiner Blutungen. Meine Befürchtungen scheinen sich zu bewahrheiten ... Manchmal meine ich, ein ungewohntes Ziehen in meinen Brüsten zu spüren. Ich habe Angst und fühle mich schrecklich hilflos.

Da ich mit meinen Eltern nicht darüber reden kann, schlich ich mich tagsüber zu Jonas und erzählte ihm von meiner Not.

Er war im hinteren Teil des Gartens damit beschäftigt, einige Zierpflanzen umzutopfen. Sein Hemd war schweißnass, und sein muskulöser Rücken zeichnete sich unter dem feuchten Stoff deutlich ab. Die Sonne brannte gnadenlos vom Himmel und spiegelte sich in seinen glänzenden Haaren wider. Er hörte mich nicht kommen.

Ein überwältigendes Glücksgefühl erfüllte mich, als ich ihn beim Arbeiten beobachtete. Seltsam, wie ich in seiner Gegenwart jedes Mal alle Sorgen vergesse! Das Spiel seiner Muskeln ließ mich unwillkürlich an unsere letzte gemeinsame Nacht denken. An die Hitze seiner Brust auf meiner. Ich räusperte mich, damit er sich zu mir umwandte.

Jonas riss erstaunt die Augen auf, denn er hatte mich um diese Tageszeit nicht im Garten erwartet. Normalerwei-

se würde ich das Risiko niemals eingehen, und das wusste er. Hastig legte er sein Werkzeug nieder, suchte die Umgebung nach Beobachtern ab und trat auf mich zu.

»Ist etwas passiert?«, fragte er erschrocken, und sein Blick glitt erneut gehetzt über den Kiesweg der Grünanlage.

Ich gab ihm zunächst keine Antwort. Ein Kopfschütteln wäre einer Lüge gleichgekommen. »Jonas, ich ... ich muss mit dir reden«, gestand ich und senkte verlegen den Blick. Ich spürte, wie ich errötete.

Er fasste mich am Arm und zog mich vom Weg weg in den Schatten eines Baumes. Nun waren wir vor neugierigen Augen geschützt. Noch immer musterte er mich voller Besorgnis und schwieg. Er machte es mir nicht einfach. Ich wand und zierte mich noch einige Sekunden, dann platzte ich mit der Wahrheit heraus.

»Jonas, ich vermute, dass ich schwanger bin. Es ... tut mir sehr leid.« Meine Stimme zitterte plötzlich, und Tränen drängten sich in meine Augen. So kannte ich mich selbst gar nicht. Die Anspannung der letzten Wochen machte sich nun bemerkbar.

Ich beobachtete Jonas ängstlich. Anfangs wirkte sein Gesichtsausdruck schockiert ... Oder war er eher überrascht? Es schien, als fehlten ihm für einen Moment die Worte. Dann erhellte jedoch ein liebevolles Lächeln seine Züge.

Er trat einen Schritt auf mich zu und strich mir mit dem Daumen zärtlich über die Wange. »Das muss dir nicht leidtun, Adeline. Du hast dir nichts zuschulden kommen lassen. Wenn jemand diesen Umstand bedauern müsste, dann ja wohl ich. Ich habe dich in diese unmögliche Situation gebracht.«

Ich schüttelte energisch den Kopf. Das Gespräch nahm eine Wendung, die mir nicht gefiel. »Du hast nichts falsch gemacht!«, protestierte ich verzweifelt und wollte die Schuld wieder auf mich nehmen.

Jonas umarmte mich. Ich drückte mein Gesicht an seine Brust und fühlte das gleichmäßige Pochen seines Herzens an meinem Ohr. »Wir lieben uns, Adeline – das tun wir doch, oder? Dann ist das, was geschehen ist, auch kein Verbrechen. Wir haben niemandem ein Leid zugefügt.«

Ich nickte und schluchzte trocken auf. Ich wusste, dass meine Eltern das anders sehen würden, ganz anders. Sie würden Jonas für das, was geschehen war, die alleinige Schuld geben, da war ich mir sicher. So ist nun mal ihre Sicht auf die Welt. Gemäß ihrer Anschauung hatte Jonas mich verführt, geschändet und gebrandmarkt. Kein Mann aus unseren gesellschaftlichen Kreisen würde mehr um meine Hand anhalten wollen, es sei denn, mein Vater entschädigte ihn reichlich dafür. Das würde meine Familie und mich in eine ewige Abhängigkeit von einem zukünftigen Ehemann zwingen. Bei dem Gedanken wurde mir flau. Auch meldete sich an dieser Stelle mein schlechtes Gewissen. Ich sollte Mama in der jetzigen Situation nicht noch mit solchen Problemen belasten. Das hat sie nicht verdient!

»Warum kann ich dich nicht heiraten?«, begehrte ich auf und brach erneut in Tränen aus.

Jonas strich mir beruhigend über die Haare. »Das würde dein Vater nie zulassen, und mein alter Herr würde mich ebenfalls tief beschämt davonjagen. Wir müssen eine andere Lösung finden. Noch fällt dein Zustand nicht auf ...«

Plötzlich dämmerte mir, worauf er hinauswollte, und ich löste mich empört von ihm. »Du verlangst, dass ich mich Gustav an den Hals werfe, damit er denkt, es wäre sein Kind? Wie kannst du es wagen!« Verbitterung und Fassungslosigkeit schwangen in meiner Stimme mit, und ich glaubte, mich verhört zu haben. »Willst du dich vor der Verantwortung drücken? Das wäre zu schön, was?«

In diesem Augenblick nahm ich an, mich in Jonas getäuscht und mich bezüglich seiner Gefühle für mich Illusionen hingegeben zu haben, bis er mich erneut am Arm fasste und zu sich zog. Er unterbrach meinen wütenden Redeschwall, indem er mich leidenschaftlich küsste. Seine Augen glühten, und ich erkannte darin nicht nur Zorn und Hilflosigkeit, sondern auch wildes Verlangen. Und ... grenzenlose Zärtlichkeit.

Mit leiser Stimme, so leise, dass ich ihn kaum verstand, raunte er: »Dann lass uns von hier fortgehen. Ins Ausland. Lass uns irgendwo, wo uns niemand kennt, neu anfangen, eine Familie gründen. Nur wir beide.«

Ich starrte ihn mit offenem Mund an. »Das würdest du tun?«

»Die Frage ist doch wohl eher, würdest du es tun und all das hier zurücklassen ...«, murmelte er und blickte mich durchdringend an.

Meine Gedanken schweiften zu meinen strengen, standesbewussten Eltern, zu den ebenso biederen Henrichs und zu Gustav ... dem arroganten, selbstgefälligen, stets unangenehm lächelnden Gustav. Aber auch das Bild meiner pflegebedürftigen, leidenden Mutter tauchte vor meinem inneren Auge auf, und mir sank der Mut. Wer würde sich denn um sie kümmern, wenn ich nicht mehr bei ihr war? Wer würde ihre Hand halten, wenn sie ihren letzten Atemzug tat? Mein Vater würde mir diese Selbstsucht niemals verzeihen, da war ich mir absolut sicher. Und ich würde mir selbst auch nie vergeben können, wenn ich Mama in der schwersten Zeit ihres Lebens im Stich ließe. Ich ertrage den Gedanken nicht, mich nicht von ihr verabschieden zu können. Uns bleibt nur noch so wenig gemeinsame Zeit, und dann ist meine Mama für immer fort ...

»Ich bin mir nicht sicher, Jonas. Ich kann meine Mutter nicht im Stich lassen, nicht jetzt! Allerdings ... wenn sie stirbt, gibt es niemanden mehr, der wenigstens halbwegs auf meiner Seite steht. Papa wird unsere Beziehung und unser Kind nie im Leben gutheißen; er würde mich, uns, für diesen ›Fehltritt‹ bestrafen. Denn nichts anderes wäre es für ihn: ein Fehltritt«, sagte ich zögerlich. »Ich weiß nicht, ob ich bereit bin, mit dir fortzugehen. Wenn ich mitkomme, kann ich nie mehr zurückkehren. Mein Vater wird mir zeitlebens nicht verzeihen können.«

»Dann lass uns warten. Bis du dir sicher bist, was dir wichtiger ist«, erwiderte er mit ernstem Blick.

»Ein bisschen Zeit haben wir noch«, gab ich zu bedenken und legte die Hand auf meinen Bauch. »Wohin wollen wir überhaupt gehen?«

»In die Schweiz«, antwortete er. Als ich ihn nur verständnislos ansah, fügte er noch hinzu: »Zum Zauberberg.«

Kapitel 13

Mitte Juli 2015

Conradin

Als Conradin an diesem Abend die Küche betrat, war er alles andere als motiviert. Seit Barbara bei ihnen wohnte, hatte er sich jeweils wie ein kleines Kind darauf gefreut, sie mit seinen Kochkünsten zu verwöhnen und vor allem zu überraschen. Irgendetwas war jedoch in der Zwischenzeit geschehen, das er nicht einordnen konnte und das ihn übellaunig zurückließ. Bei ihrem gemeinsamen Tanz zu *Hallelujah* war noch alles in Ordnung gewesen. Dabei waren sie sich sehr nahegekommen; ihre Lippen hatten sich beinahe berührt. Nach diesem intimen Moment hatte Conradin kaum mehr einschlafen können. Immer wieder waren seine Gedanken zu der schönen Lehrerin zurückgekehrt, und er fragte sich, warum das so war.

Normalerweise dachte er nicht viel und lange über Frauen nach, und es war noch überhaupt nie vorgekommen, dass ihm der Anblick – oder die Nähe – einer jungen Frau den Schlaf geraubt hatte. Vergangene Nacht hatte er sich jedoch Stunde um Stunde unruhig auf seinem Lager hin- und hergewälzt und sich gefragt, wie sie sich wohl an diesem Morgen gegenübertreten würden. Würde noch etwas von der magischen Spannung des gestrigen Abends zwischen ihnen zu spüren sein?

Irgendwann war er zu dem Schluss gekommen, Barbara einfach anzubieten, sie an diesem Morgen zu begleiten, wenn sie zu ihrem Besuch im Dorf aufbrach. Er hatte selbstverständlich nicht im Entferntesten damit gerechnet, dass sie ihn dermaßen brüsk abblitzen lassen würde. Sie hatte ihn kaum eines Blickes gewürdigt und war regelrecht vor ihm geflüchtet! Nachdem Anna ihm nun am Nachmittag auch noch erzählt hatte, dass für Barbara ein Telefonanruf von einem gewissen David eingegangen war, war es um Conradins gute Laune definitiv geschehen gewesen. Aufgrund von Barbaras Erzählungen und Bemerkungen hatte er immer angenommen, dass sie keinen Partner hätte. Die Bitte, David zurückzurufen, klang aber nicht gerade danach, als wäre dieser Mann eine flüchtige Bekanntschaft. Der Anrufer hatte Anna gesagt, dass er bereits mehrmals versucht habe, Barbara auf dem Handy zu erreichen, und dass er sich langsam Sorgen mache!

Wütend schnitt Conradin einige Karotten klein und warf sie achtlos in eine Schüssel. Dann knallte er die Tür des Kühlraumes zu und schliff die Klinge des Küchenmessers, als hinge sein Leben davon ab. Erst das amüsierte Lachen seiner Schwester riss ihn aus seinen düsteren Gedanken. Er wusste nicht, wie lange sie schon im Türrahmen gestanden und ihn beobachtet hatte.

»Darf ich fragen, welche Laus dir über die Leber gelaufen ist?«, scherzte sie, verstummte jedoch sofort, als sie seinen zornigen Blick auffing. »Schon gut, ich bin ja schon weg«, murmelte sie, hob in einer beschwichtigenden Geste die Hände und verließ die Küche wieder.

Conradin konnte sich seine schlechte Laune und die latente Aggressivität selbst nicht erklären, aber es hatte irgendwas mit Barbara zu tun. War er etwa eifersüchtig? Auf wen denn? Dieser David konnte ja auch irgendwer sein. Allerdings – und das war wohl der Sachverhalt, der ihn am meisten beunruhigte – war er ein Mann. Ein Mann, der sich in irgendeiner Weise so sehr um Barbara sorgte, dass er sie mehrmals telefonisch zu erreichen versucht hatte. Und ihr Bruder war er definitiv nicht – der hieß Simon, wie Conradin wusste. Das ließ nur einen Schluss zu: David musste Barbaras Partner sein.

Conradin ärgerte sich über sich selbst. Warum kümmerte es ihn, wer dieser David war und welche Rolle dieser Mann in Barbaras Leben spielte? Sie war ein Pensionsgast wie jeder andere, mehr nicht. Oder? Ein Gast, der bald wieder abreisen und in sein gewohntes Leben zurückkehren würde.

Trotz all dieser logischen Argumente gelang es Conradin an diesem Abend nicht, seine schlechte Laune abzuschütteln. Er war heilfroh, dass Anna sich nicht freigenommen hatte, sondern den Service übernahm. So musste er nicht selbst in die Gaststube und Barbara bedienen. Er hätte keine Ahnung gehabt, wie er ihr begegnen sollte. Außerdem hatte sich Heinrich inzwischen an ihren Tisch gesetzt. Conradin hätte gern gewusst, was der alte Mann ihr zu erzählen hatte, was er über die Vergangenheit ihrer Großmutter wusste. Bis gestern war Conradin noch Barbaras Vertrauter und Helfer gewesen – jedenfalls hatte er sich das eingebildet – und hätte daher als Erster erfahren, was ihre Erkundigungen ergeben hatten. Er war jedoch nicht mehr davon überzeugt, dass sie ihn auch weiterhin auf dem Laufenden halten würde. Bestimmt nicht nach heute Morgen! Nach wie vor konnte Conradin sich ihr verändertes Verhalten nicht erklären; er war ihr in keiner Weise zu nahe getreten.

Nachdem das Dessert serviert worden war und er die Küche wieder auf Hochglanz gebracht hatte, duschte Conradin und zog sich um. Seine Neugierde ließ es jedoch nicht zu, dass er sich in der Wohnung verkroch. Zu seinem eigenen Erstaunen knetete er erneut etwas Gel in seine frisch gewaschenen Haare und legte ein bisschen von Annas Eau de Toilette auf. Was war eigentlich mit ihm los? Konnte es sein, dass Barbara ihn dermaßen interessierte, dass er sich ihretwegen zum Deppen machte? Schon möglich. Fürs Erste wollte er darüber jedoch nicht mehr nachdenken.

Conradin ging zurück in den vorderen Teil des Hauses, öffnete in gespielter Selbstsicherheit die Tür zum Gastraum, trat hinter die Theke und zapfte sich ein Bier. Dann setzte er sich an den Stammtisch und nahm sich vom Fensterbrett hinter sich eine Tageszeitung, die er scheinbar intensiv studierte.

Heinrich saß noch immer bei Barbara. Sie unterhielten sich angeregt und lachten sogar hin und wieder. Den Gesprächsfetzen nach zu urteilen, die Conradin aufschnappte, redeten sie aber über Barbaras Beruf, nicht über ihre Großmutter. Er hatte das Wichtigste also verpasst.

Kurze Zeit später erhob sich der alte Mann von seinem Stuhl, deutete eine altmodische Verbeugung an und sagte zu Barbara: »Sie entschuldigen mich sicher, junge Dame. Ich bin ja nicht mehr der Jüngste und muss mich nun auf den Heimweg machen. Ich bin rechtschaffen müde und möchte mich bald schlafen legen.«

Sie stand ebenfalls auf und reichte Heinrich zum Abschied die Hand, bevor sie sich wieder niederließ. Dummerweise saß sie so, dass sie Conradin genau im Blick hatte, wie ihm auffiel. Er tat weiterhin so, als wäre er mit den Regionalschlagzeilen und dem Wetterbericht beschäftigt.

Anna, die die Szene vom Tresen aus beobachtet hatte, fragte: »Noch etwas zu trinken für dich, Barbara?«

Conradin war sich absolut sicher, dass Barbara verneinen und sich auf ihr Zimmer zurückziehen würde. Stattdessen sagte sie mit einem freundlichen Lächeln: »Ein Bier, bitte!« Ihre Züge wirkten müde und angespannt. Er blinzelte verwirrt, gab sich jedoch Mühe, sich sein Erstaunen nicht anmerken zu lassen. Conradin hätte geschworen, dass seine Anwesenheit dazu führen würde, dass Barbara das Feld schnellstmöglich räumte. Hatte er im Grunde nicht sogar genau das feststellen wollen? Plötzlich hellte sich seine Stimmung ein bisschen auf. Barbara hätte vor ihm davonlaufen können wie am Morgen, doch sie tat es nicht …

Ein Fortschritt, ein kleiner zwar nur, aber immerhin, dachte Conradin nicht ohne Genugtuung. Er hob vorsichtig den Blick von der Zeitung und spähte zu Barbara hinüber. Glücklicherweise war sie gerade dabei, etwas in ihr Handy zu tippen, und beachtete ihn nicht. Eine steile Falte hatte sich zwischen ihren Augenbrauen gebildet, und ihr Mund war zusammengekniffen. Schrieb sie eine SMS an diesen David? Nach einigen Minuten legte sie das Mobiltelefon energisch zur Seite. Dann hob sie so unvermittelt den Blick und sah Conradin über die Tische hinweg an, dass es ihm nicht mehr gelang, rechtzeitig wegzuschauen. Einige Sekunden fixierten sie sich gegenseitig, ohne ein Wort zu wechseln. Dann stand Barbara plötzlich auf, schnappte sich ihr Bierglas und setzte sich zu Conradin an den Stammtisch.

Er starrte sie entgeistert an, doch innerlich stieß er einen Jubelschrei aus. Was hatte den Gesinnungswandel bewirkt? Er verstand diese Frau wirklich nicht … Von allen Frauen dieser Welt verstand er sie am wenigsten, so viel stand fest.

»Hat dir das Abendessen geschmeckt?«, fragte er in Ermangelung einer geistreicheren Gesprächseröffnung und faltete die Zeitung betont lässig zusammen.

»Mhm, sehr gut, das Essen, wie immer«, antwortete sie knapp. Keine Gegenfrage, keine Diskussion. Barbara machte es ihm nicht besonders leicht, ein Gespräch in Gang zu bringen.

»Und wie war es bei Pfarrer Rolf?«

»Na ja, den Umständen entsprechend. Er macht seine Sache sehr gut, und ich bin überzeugt, dass er Simons und meinen Wünschen gerecht wird.«

Erneut stellte sich zwischen ihnen Schweigen ein. Conradin schätzte Annas »Plapper-Gen«, wie er es nannte, nicht immer, und oft genug ärgerte er sich über ihre gesellige Art, die ihm manchmal sogar aufdringlich erschien. Heute jedoch rettete seine Schwester ihn vor der peinlichen Stille, die sich unangenehm am Stammtisch auszubreiten drohte. Er trank einen Schluck von seinem Bier, um beschäftigt zu wirken. In ebendiesem Moment ließ sich Anna seufzend auf einen Stuhl neben ihm plumpsen und strich sich lachend die Haare aus der Stirn. Sie hatte sich ebenfalls ein Bier gezapft und nahm einen kräftigen Zug.

»So, ziemlich ruhig für einen Freitagabend, was? Wo sind denn all die Leute?«, sagte sie, um das Schweigen zu durchbrechen, wie Conradin vermutete.

»Ist heute nicht dieses Country-Konzert in Jenaz? Ich habe von ein paar Leuten gehört, dass sie da hinwollen. Silvan und Remo gehen auch hin.«

Anna war geistesgegenwärtig genug, nicht nachzufragen, warum er seine Freunde denn nicht begleitete. Bestimmt hatte das Konzert noch nicht angefangen. Stattdessen sprach sie Barbara freiheraus auf die Unterhaltung mit Heinrich an! Conradin hätte das niemals gewagt, nicht nach heute Morgen.

»Und, hast du von Heinrich etwas Neues über deine Großmutter erfahren? Kannte er sie?«, wollte Anna wissen und nippte an ihrem Bier, wobei sie die junge Lehrerin interessiert anschaute. »Conradin hat mir erzählt, dass du versuchst herauszufinden, was sie mit Surgens verbunden hat.«

Zu Conradins Erstaunen schienen Barbara die Fragen nicht einmal unangenehm zu sein. »Nun ja, wie man's nimmt. Es ist ein Anfang, mehr nicht. Heinrich war die ›Sandkastenliebe‹ meiner Großmutter Rosa. Er dachte zuerst, das Foto in meiner Geldbörse würde sie zeigen. Ich muss als Kind der kleinen Rosa offenbar sehr ähnlich gesehen haben.« Als sie Conradins fragenden Blick erhaschte, fuhr sie fort: »Heinrich kann sich nur daran erinnern, wie

Rosa vor all den Jahren aussah, weil er selbst ein Foto von ihr besitzt. Es zeigt sie als Fünfjährige, und Heinrich ist auch auf der Fotografie zu sehen. Sie waren als Kinder beste Freunde. Anscheinend lebte damals ein Fotograf bei Rosas Mutter. Der hat auch die Aufnahme gemacht.«

»Dann wohnte deine Großmutter also tatsächlich in Surgens? Wurde sie auch hier geboren?«, hakte Anna neugierig nach.

Barbara nickte. »Heinrich zufolge, ja. Ich wusste davon allerdings nichts. Es würde aber ihre Verbundenheit mit diesem Ort erklären. Heinrich sagt, dass Rosa hier mit ihrer Mutter Adeline gelebt hat. Adeline soll einer deutschen Industriellenfamilie aus dem Bodenseeraum entstammen. Diese Information habe er seiner Mutter allerdings erst Jahre später entlocken können. Im Alter von fünf Jahren, einige Zeit nachdem das Foto von diesem Fotografen gemacht wurde, sei Rosa jedoch verschwunden. Da Heinrich selbst noch ein Kind war, als das geschah, hat er bis heute nicht verstanden, was damals vorgefallen ist, auch wenn er seither nie aufgehört hat, zu versuchen, diesem Geheimnis auf die Spur zu kommen. Auch Jahre später habe es nur Mutmaßungen über besagten Vorfall gegeben, sagt er. Einige Zeit nach Rosas Verschwinden sei dann auch Adeline, meine Urgroßmutter, zusammen mit dem Fotografen aus Surgens weggezogen.«

»Und sie wohnten in dem Haus am Waldrand«, vermutete Anna.

»Ja«, gab Barbara zu und warf Conradin einen nachdenklichen Blick zu. »Allerdings erzählt man sich über das unheimliche Häuschen ja nicht gerade Gutes, wie ich gehört habe. Es sollen sich ja sogar Schauergeschichten darum ranken. Das Haus sei verflucht und bringe seinen Bewohnern Unglück.«

»Wusste Heinrich dazu nichts Genaues zu sagen? Wie es zu diesem Ruf kam?«, fragte Conradin, der nun zum ersten Mal das Wort ergriff.

Barbara nickte zaghaft. »Zu jener Zeit hielt man Adeline für eine kräuterkundige Frau, die Männer ins Verderben lockte. Man sagte ihr überdies nach, eine ›Engelmacherin‹ zu sein, die mit dem Teufel im Bunde steht. Heinrichs Eltern sahen es da – verständlicherweise – nicht gern, dass er sich mit Rosa angefreundet hatte, und wollten nicht, dass er den Kontakt mit ihr und ihren Leuten weiterhin pflegte. Das Foto der beiden Kinder entstand an einem Nachmittag, an dem sich Heinrich wieder einmal heimlich von zu Hause fortgeschlichen hatte. Er kann sich auch nur so gut an jenen Nachmittag erinnern, weil seine kleine Freundin damals Geburtstag hatte und einige Zeit später verschwand.«

»Das unerwartete Verschwinden des Kindes muss doch Anlass zu neuen Gerüchten und Schauermärchen gegeben haben«, bemerkte Anna nachdenklich.

»Natürlich!« Barbara nickte. »Heinrich hat mir erzählt, dass seine Mutter ihm fortan rigoros verboten habe, auch nur in die Nähe des Hauses der ›Hexe‹ zu gehen, wie sie Adeline nannte. Obwohl anzunehmen war, dass einige Leute mitbekommen hatten, was mit Rosa geschehen war, hat man wohl aus Hass gegenüber Adeline das Gerücht bestätigt, sie hätte womöglich ihr eigenes Kind verkauft oder gar getötet. Rechtliche Konsequenzen hatte die Angelegenheit für Adeline allerdings nie. Deshalb ist für Heinrich heute offensichtlich, dass einige Leute in Rosas Verschwinden involviert waren. Dennoch halten die älteren Leute bis heute an der Vorstellung fest, dass das Haus von einer Hexe bewohnt wurde und von toten Kinderseelen heimgesucht wird. Manche fürchten sogar, der Geist der Hexe könnte noch immer dort hausen. Mittlerweile kennt niemand mehr den genauen Grund, aber man meidet das Haus einfach, weil es verwunschen sein soll.«

»Und an all das kann sich der alte Heinrich noch so genau erinnern? Ich meine, immerhin war er damals erst fünf Jahre alt«, wandte Conradin nun zweifelnd ein.

»Wie er mir erklärte, konnte er nie aufhören, an jene Zeit und Rosas seltsames Verschwinden zu denken. Als er ungefähr dreizehn Jahre alt war, schlich er sich eines Nachmittags nach der Schule heimlich zum Haus am Waldrand. Ein Dorfbewohner entdeckte ihn und benachrichtige seine Eltern, die außer sich vor Zorn über seinen Ungehorsam waren. Ob er denn nicht mehr wisse, warum man das Haus am Waldrand meiden solle und wie gefährlich es sei, fragten sie ihn erbost. ›Reicht es nicht, dass bereits ein Kind spurlos verschwunden und der Hexe zum Opfer gefallen ist? Muss ich dich erneut daran erinnern, was der kleinen Rosa passiert ist?!‹, schalt ihn seine Mutter damals und wies dabei erneut auf Adelines scheinbar düstere Machenschaften hin.« Barbara seufzte. »Aus Heinrichs Generation kann sich kaum mehr jemand an Rosa erinnern, da sie noch Kinder waren, als all das passierte. Außerdem war Heinrich der Einzige, der näheren Kontakt zu Rosa hatte. Die Erwachsenen gaben nur die Gerüchte weiter und tuschelten hinter vorgehaltener Hand. Öffentlich wurde die Geschichte um Rosas Verschwinden nie. So ist daraus eine Art … Sage entstanden, die nur die Hälfte erzählt und die Wahrheit weitgehend verschweigt. Doch wie gesagt, Heinrich hat nie aufgehört, nach der Wahrheit zu suchen. Und das, was er mir heute Abend erzählte, setzt sich zusammen aus den Beobachtungen, die er als Kind machte, und dem, was er später nach und nach erfuhr oder sich zusammenreimte.«

»Womit wir nur bei der gegenwärtigen Version der Geschichte angekommen wären. Die Wahrheit kennen wir aber immer noch nicht«, murmelte Conradin.

Barbara nickte frustriert. »Genauso ist es. Ich weiß nun, dass meine Großmutter hier ihre ersten Lebensjahre verbracht hat, eine deutsche Mutter hatte und in einem Haus am Waldrand wohnte, um das sich seit Adelines Auftauchen in Surgens seltsame Hexengeschichten ranken … Irgendwann verschwand die kleine Rosa unter scheinbar rätselhaften Umständen. Aber das war's dann auch schon. Mehr ist nicht bekannt.« Sie nahm einen kräftigen Schluck von ihrem Bier.

Conradin beobachtete sie dabei. Seine Augen blieben an ihren Lippen hängen, und für einen kurzen Augenblick verlor er sich in einem Tagtraum. Er stellte sich vor, diese beerenroten, samtig weichen Lippen mit seinem Mund berühren, kosten zu dürfen. Er gab sich jedoch einen Ruck und nutzte die Gunst der Stunde. Da Barbara nun wieder mit ihm redete und Anna und ihn sogar bereitwillig über ihre Unterhaltung mit Heinrich informiert hatte, wagte er vorzuschlagen: »Warum schaust du dir das Haus am Waldrand nicht einfach einmal an? Das hattest du doch eh vor. Wer weiß, vielleicht findest du dort ja noch etwas Interessantes heraus?«

Barbara drehte das Bierglas in den Händen und hielt den Blick auf den Tisch gerichtet. »Daran hatte ich gedacht, ja. Ich hatte in den letzten Tagen seit meiner Ankunft allerdings den Eindruck, dass die Leute hier immer noch sehr empfindlich auf dieses Thema reagieren. Erinner dich nur an Magda, Pfarrer Rolfs Mutter! Niemand will so recht darüber sprechen; das Haus gilt sogar als verwunschen, kein Mensch möchte darin wohnen. Mache ich mich nicht unbeliebt, wenn ich die Vergangenheit heraufbeschwöre?«

»Es ist im weiteren Sinne auch deine Vergangenheit, und du hast ein Recht darauf, sie zu erfahren. Lass die Leute reden! Du bist nicht von hier; es muss dich nicht kümmern, was sie von dir halten. Ich denke allerdings, dass deine Großmutter sich gewünscht hätte, dass du die Wahrheit über sie – und damit auch über dich – erfährst.« Conradin schwieg einen Moment nachdenklich, bevor er sagte: »Deshalb war es vielleicht ihr Wunsch, hier ihre letzte Ruhestätte zu finden. Vielleicht wollte sie, dass du ihr Geheimnis lüftest.« Dann holte er Luft und bemühte sich, den nächsten Satz belanglos klingen zu lassen: »Ich kann dich begleiten, wenn du möchtest. Zum Haus am Waldrand, meine ich.«

Zu seinem Erstaunen hob Barbara den Blick und schaute ihn geradewegs an. »Das wäre wirklich lieb von dir. Ich nehme dein Angebot sehr gern an. Wann …?« Sie zögerte. Offenbar wollte sie ihn nicht allzu sehr drängen.

Conradin lächelte. Dieser Triumph bedeutete ihm mehr, als er bereit war, sich selbst einzugestehen. Sein Herz jubelte, und die schlechte Laune war wie weggeblasen. »Wie wär's mit Dienstag? Vorher kann ich leider nicht, keine Chance. Dieses Wochenende haben wir eine Gruppe hier, die eine Tagung abhält. Ich kann Anna damit nicht allein lassen.« Seine Schwester nickte und sah Barbara bedauernd an. »Und am Montag muss ich noch in den Großmarkt, den Monatseinkauf erledigen. Danach bin ich frei.« Er hoffte inständig, Barbara würde sich damit einverstanden erklären.

»Hm, erst Dienstag also. Aber na gut, wenn es nicht eher geht …« Barbara wirkte einen Moment enttäuscht, doch dann winkte sie ab. »Ach was, ich habe mir auch noch einiges vorgenommen, was ich bis dahin erledigen muss. Ich möchte mich nach der Aufregung der letzten Tage außerdem gern etwas ausruhen, bevor die nächste schockierende Offenbarung in mein Leben platzt!« Sie zwinkerte ihm und Anna zu und leerte ihr Glas. »Jetzt lege ich mich aber aufs Ohr. Morgen ist Samstag, und ich habe mir vorgenommen, mich in den umliegenden Dörfern einmal in aller Ruhe umzusehen. Ich kenne das Prättigau überhaupt nicht. Am Sonntag möchte ich Pfarrer Rolfs Predigt hören. Es interessiert mich, wie er den Gottesdienst gestaltet, wie er auf die Gemeindemitglieder eingeht. Außerdem habe ich die Kirche noch nie von innen gesehen und bin auf das Orgelspiel gespannt.« Barbara erhob sich von ihrem Stuhl und winkte ihnen zum Abschied. Und selbst diese kleine Geste war leicht und charmant, fand Conradin.

»Gute Nacht, Barbara!« Nachdem die junge Frau im Treppenhaus verschwunden war, wandte er sich an seine Schwester. »Denkst du, du schaffst den Frühservice am Sonntag allein, bis ich aus der Kirche zurück bin? Mama ist ja da, um dir mit den Tagungsgästen zu helfen. Ich werde, bevor ich gehe, wie immer alles vorbereiten.«

Anna starrte ihn mit offenem Mund an. »Seit wann besuchst du denn den Gottesdienst? Das ist ja ewig nicht mehr vorgekommen!«

»Seit dieser Woche, Schwesterherz.«

»Aha!«, war alles, was Anna dazu noch zu sagen hatte.

Kapitel 14

Adeline

Liebes Tagebuch,

zwei Monate ist es her, seit ich mich das letzte Mal Papier und Feder widmete. Eine schreckliche Zeit liegt hinter mir, und niemand weiß, ob mich nun nicht auch noch eine ebensolche erwartet. Es gibt meiner Ansicht nach wenige Erfahrungen im Leben eines Menschen, die grausamer sind, als seiner eigenen Mutter beim Zerfall zusehen zu müssen.

Mamas Gesundheitszustand verschlechterte sich täglich. Sie verlor an Appetit und aß selbst Gemüsebrühe nur noch mit großem Widerwillen. Ihre Haut hatte die Farbe von Wachs, die Augen lagen in tiefen, umschatteten Höhlen, und ihre Wangenknochen ragten wie spitze Felsen aus ihrem ehemals vollen, rosigen Gesicht hervor.

Wir waren in der Vergangenheit nicht immer gleicher Meinung, und oft genug ärgerten mich ihre Überzeugungen bezüglich Sittsamkeit. Dennoch war und blieb sie meine Lebensspenderin. Gerade weil sie stets großen Wert auf Schicklichkeit und ein tadelloses Äußeres gelegt hatte, wusste ich, wie entwürdigend es für sie sein musste, vom Krebs entstellt zu werden.

In den letzten Wochen ihrer Krankheit hatte ich Jonas nicht sehr oft zu Gesicht bekommen. Meistens war Mama einfach zu schwach, um auf unseren Landsitz zu reisen.

Ihre Pflege beanspruchte außerdem meine volle Aufmerksamkeit und gewährte mir kaum freie Zeit. Natürlich vermisste ich Jonas schrecklich, und das Kind unter meinem Herzen wuchs ebenfalls ungeachtet der widrigen Umstände weiter und mahnte mich täglich: Wir mussten diesbezüglich dringend eine Lösung finden, denn ungeschehen ließ es sich nicht mehr machen.

Am vergangenen Wochenende bestand meine Mutter darauf, in die Villa Victoria gebracht zu werden. Ein letztes Mal. Letzteres sprach sie nicht aus, doch ich erkannte es in ihren Augen, und Vater merkte es auch. Sie spürte wohl, dass der Tod nahte, und wollte diese Welt in unserem Haus auf dem Land verlassen, umgeben von ihrem blühenden, verlockend duftenden Garten. Eine Vorstellung, die mich innerlich zu zerreißen drohte. Das Wissen, meine Mutter bald ans Jenseits zu verlieren, schnürte mir die Luft zum Atmen ab. Die Tatsache, dass der Tod in unserem Landhaus Einzug halten sollte, während sich das Leben in der wildromantischen Farbenpracht der Gartenblumen draußen zeigen würde, erschien mir seltsam grotesk. Der Umstand hingegen, Jonas endlich wieder in die Arme schließen zu können, tröstete mich ein wenig. Ich hoffte, dass mir seine Wärme neue Kraft schenken würde, um den Verlust meiner Mutter besser zu ertragen.

Jonas und ich beschlossen, noch am selben Wochenende zu fliehen. Meine Schwangerschaft ließ sich nicht mehr länger verbergen. Deshalb brachen wir ziemlich überstürzt in der Nacht vom einunddreißigsten August auf den ersten September auf.

Als ich Mama am Abend vor unserer Flucht einen letzten Gutenachtkuss gab, sah ich in ihren Augen, dass sie verstand. Vater schien zu diesem Zeitpunkt noch nichts von meinem Zustand zu merken, aber Mama ... Ihr durchdringender und sorgenvoller Blick hatte trotz der Tatsache, dass sie von der Krankheit bereits stark geschwächt und gezeichnet war, häufig auf mir geruht. Auf meinem leicht gewölbten Bauch, um genau zu sein. Sie erkannte, dass ich mich verabschiedete und nicht mehr wiederkehren würde. Aber sie sagte kein Wort.

Jonas und ich sind nun seit einer Woche unterwegs. Wir hatten gehofft, dass uns mehr Zeit bliebe, denn wir hätten gern alles in Ruhe geplant. Meine schlanke und zierliche Gestalt machte es jedoch unmöglich, die Veränderung, die sich in meinem gesamten Körper einstellte, noch länger zu kaschieren. Meine Kleider waren in der Taille und im Brustbereich zu eng geworden. Der Tag, an dem ich überhaupt nichts Passendes zum Anziehen mehr in meinen Schränken finden würde, schwebte drohend über mir wie ein Damoklesschwert.

Ich war hin- und hergerissen. Der Wunsch, bei meiner Mutter zu bleiben, bis sie ihren letzten Atemzug tun würde, war übermächtig in mir. Doch würde ich bis zu ihrem Tod bleiben, gäbe es für mich keine Fluchtmöglichkeiten mehr, das war mir klar. Außerdem wusste ich, dass wir diesen Sommer vermutlich nicht noch einmal in die Villa Victoria zurückkehren würden, wenn Mutter hier starb. In seiner Trauer würde mein Vater es nicht ertragen, sich dort aufzuhalten, wo Mutters Präsenz noch allgegenwärtig war.

Eine Beerdigung in unseren Kreisen war darüber hinaus meistens ein etliche Tage andauerndes Ereignis, das im Voraus eine aufwendige Planung verlangte. Mein Vater würde in seiner Verzweiflung anordnen, dass ich mich um alles kümmere.

Mir war klar, dass ich meine Schwangerschaft nicht so lange vor der Öffentlichkeit würde geheim halten können, bis die Trauerfeierlichkeiten vorüber waren und sich Vaters Orientierungslosigkeit ein wenig gelegt hatte. Es gab nur *einen Weg: Jonas und ich mussten sofort, noch an diesem Wochenende, fliehen.*

Die Entscheidung war mir nicht leichtgefallen, und ich weinte mich seit unserem Aufbruch allabendlich in den Schlaf. Jonas war untröstlich, doch er konnte mir diese Bürde nicht abnehmen. Der Bruch mit meinem Elternhaus zugunsten einer Zukunft mit ihm und dem Kind forderte von mir einen hohen Tribut.

»Ich werde meinem Vater nie wieder unter die Augen treten können«, flüsterte ich eines Abends mit tränenerstickter Stimme, als wir in einer billigen Absteige übernachteten.

Jonas strich mir besorgt über das Haar, und in seinen Augen glitzerten ebenfalls Tränen. »Hätte ich eine bessere Lösung für uns beide gefunden, wären wir nicht hier, das musst du mir glauben. Ich liebe dich mehr als alles andere auf der Welt.«

Ich wusste, dass er die Wahrheit sprach, und nickte. »Meine Mutter, wo immer sie nun weilt – in dieser oder jener Welt –, wird mir diesen Verrat ebenfalls niemals verzeihen«, fuhr ich fort und schluchzte ungehemmt.

Jonas schwieg, schloss mich in die Arme und wiegte mich sanft hin und her. Es gab nichts, was er hätte sagen können. Nichts konnte diese Dinge ändern oder gar ungeschehen machen. Ich würde mit der Bürde der Schuld ewig leben müssen. Wenn es tatsächlich eine Hölle gab, würde ich bestimmt dorthin kommen. Aus verschiedenen Gründen. Dessen war ich mir sicher.

Im Moment gibt es neben den Geldsorgen, dem schlechten Gewissen und der Trauer um meine Mutter allerdings noch etwas, das mir große Sorgen bereitet. Jonas' Husten hat sich immer noch nicht gebessert! Seit Mai hält diese Bronchitis hartnäckig an. Ich weiß, dass er das wenige Geld, das er besitzt, für unsere Flucht und unseren Neuanfang zur Seite gelegt hat und deshalb bis heute keinen Arzt aufgesucht hat. Was ich anfänglich für eine harmlose Erkältung hielt, bereitet mir langsam Sorgen. Mein Geliebter hat bereits beträchtlich an Gewicht verloren, was sicher nicht nur den Strapazen der letzten Woche zuzuschreiben ist.

Am vergangenen Abend, nachdem er erschöpft eingeschlafen war, faltete ich seine Kleider auf einem Stuhl ordentlich zusammen. Dabei fiel mir das Stofftaschentuch in seiner Hose auf. Es war voller blutiger Flecken.

Kapitel 15

Barbara

Als Barbara am Samstagmorgen erwachte, fühlte sie sich ebenso müde wie tags zuvor. Das Gespräch mit Heinrich hatte sie ziemlich aufgewühlt. Zu erfahren, dass sie eine Urgroßmutter hatte, deren Namen bisher nie erwähnt worden war, war schon schockierend genug gewesen. Von dem alten Mann jedoch auch noch mitgeteilt zu bekommen, dass die Wurzeln ihrer Ahnen in Deutschland lagen und sie sogar einer reichen Familie entstammte, hatte Barbara komplett aus der Fassung gebracht. Es war, als hätte jemand kurzerhand die Welt, die sie seit Kindertagen kannte und liebte, aus den Angeln gehoben und verrückt. Sie wusste gar nicht, wo sie mit dem Ordnen ihrer Gedanken und Gefühle anfangen sollte. Fakt war, dass sie rein gar nichts über ihre Familie und ihre Wurzeln wusste. Und das wenige, das sie von Heinrich erfahren hatte, vermochte die Lücken ihrer Vergangenheit, die sich plötzlich aufgetan hatten, nicht zu schließen.

Und dann war da immer noch David. Nachdem sie seine Anrufe auf dem Handy nicht entgegengenommen und seine SMS unbeantwortet gelassen hatte, hatte er sich doch tatsächlich erdreistet, im Gasthaus anzurufen! Sie hatte ihm am vergangenen Abend nach dem Essen eine kurze Textnachricht gesendet, damit er aufhörte, sie mit seinen SMS zu terrorisieren. Barbara wollte nicht, dass Anna und Conradin da mit hineingezogen wurden. Sie hatte auch keine Lust, die Fragen der beiden zu beantworten, die sie mit Sicherheit stellen würden, sollte David täglich anrufen.

Wir können reden, David. Aber nicht jetzt. Im Moment bin ich noch nicht so weit. Ich bin mit dem Tod meiner Großmutter sehr beschäftigt und brauche nun Ruhe und Zeit für mich. Bitte respektiere das! Barbara.

Er hatte ihr bereits eine Minute später geantwortet; sie hatte die Nachricht jedoch erst in ihrem Zimmer gelesen.

Sehr gern. Lass Dir alle Zeit, die Du brauchst. Kuss, David.

Als sie diese gönnerhafte Antwort gesehen hatte, schlug eine Zorneswelle über Barbara zusammen. Was bildete er sich eigentlich ein? Sie kannte ihn gut genug – er machte sich bereits Hoffnungen. Falsche Hoffnungen!

Nach dem Frühstück nahm Barbara den Bus und fuhr nach Schiers. Gemäß ihren Internetrecherchen sollte es sich dabei um den Regionalknotenpunkt des Tals handeln. Dort angekommen, war sie jedoch etwas enttäuscht. Sie hatte sich den Ort belebter vorgestellt – mit zahlreichen Einkaufsmöglichkeiten. Die gab es zwar tatsächlich, allerdings brauchte es ein wenig Geduld, bis man sie alle gefunden hatte. Die meisten von ihnen befanden sich glücklicherweise in der Bahnhofstraße. Abseits davon entdeckte Barbara schließlich noch weitere hübsche Geschäfte. Im Sportgeschäft kaufte sie ein Paar neue Wanderschuhe und eine Trekkingjacke. Dann schlenderte sie weiter und machte einen Abstecher in den nächsten Laden – eine Boutique. Dort deckte sie sich mit zusätzlichen Tops und T-Shirts ein, da sie ihren Vorrat aufgrund der anhaltenden Hitze bereits aufgebraucht hatte. Sie konnte von Anna nicht verlangen, dass sie jeden zweiten Tag für sie wusch, bloß weil sie selbst versäumt hatte, mehr Kleidung mitzunehmen …

Auch heute brannte die Sonne wieder von einem wolkenlosen Himmel. Kurz entschlossen erkundigte Barbara sich nach dem Weg zum Schwimmbad, das etwas abseits lag, wie eine Einheimische ihr erklärte.

Barbara bezahlte den Eintritt, zog sich in einer der Kabinen den Bikini an und setzte sich mit einem Eis unter einen Schatten spendenden Laubbaum. Sie genoss die Lebendigkeit dieses Ortes, das übermütige Kreischen der Kinder, das Kichern der jugendlichen Mädchen und die Mutproben der Jungs auf dem Sprungbrett. Gegen drei Uhr trat sie den Heimweg nach Surgens an. Den Rest des Tages verbrachte sie lesend auf der Terrasse des Gasthauses. Ihre Ruhe wurde nur einmal durch die angereiste Gruppe gestört, die auf der Terrasse eine Pause machte, bevor sie sich wieder in den Saal zurückzog und die Tagung fortsetzte.

Pünktlich um Viertel vor zehn am nächsten Morgen kam Barbara bei der Kirche im Dorf an und beeilte sich, ins kühle Innere des Gebäudes zu gelangen. Einige Gläubige hatten bereits Platz genommen; der größte Teil der Bankreihen war jedoch noch unbesetzt. Sie griff nach einem Gesangbuch und suchte sich in der Mitte des Kirchenschiffes einen Sitzplatz.

Pfarrer Rolf war gerade dabei, sich auf der Kanzel einzurichten, und winkte Barbara erfreut zu, als er sie entdeckte. Sie erwiderte den Gruß. Die vor ihr sitzenden Kirchenbesucher hatten sich zu ihr umgedreht und musterten sie, wie sie leicht amüsiert bemerkte.

Das Surgenser Gotteshaus war wie die meisten Reformierten Kirchen von schlichter Architektur, die durch klare

Linien bestach. Im Gegensatz zu vielen Kirchenbauten der Katholiken waren die Wände dieses Kirchengebäudes kahl und schmucklos. Einfache Holzbänke füllten das Kirchenschiff aus. Der Chor, wie man den vorderen Teil des Gebäudes nannte, war von einer bemalten Kuppel überdacht. Bunte Glasfenster ließen gedämpftes Licht ins Innere des Steingebäudes. Eine simple Holzkanzel im linken Abschnitt, gleich vor den Chorbänken, komplettierte den sakralen Bau.

Während die Kirchenglocken läuteten, verirrten sich noch weitere einzelne Besucher in das Gotteshaus … Das dürftige Interesse der Dorfbewohner am Sonntagsgottesdienst überraschte Barbara. Drei Viertel der Bankreihen blieben leer. Sie war sich sicher, dass das nicht an Pfarrer Rolf lag, sondern eher am Zeitgeist.

Pünktlich um zehn Uhr begann das Orgelspiel, das den Beginn des Gottesdienstes markierte. Just in dem Moment, als die Orgel verstummte, ging die Eingangspforte nochmals mit einem Quietschen auf. Offenbar stahl sich noch ein Nachzügler herein.

»Hallo …«, flüsterte Conradin wenig später, als er sich neben Barbara auf die Bank setzte und sein Gesangbuch vor sich in die dafür vorgesehene Halterung stellte.

Barbara hätte vor Schreck beinahe aufgeschrien. Ihr Herz raste, denn sie hatte nicht bemerkt, dass sich ihr jemand genähert hatte.

»Entschuldige, wenn ich dich erschreckt habe«, murmelte Conradin, dem ihr entsetzter Gesichtsausdruck offenbar nicht entgangen war. Sie starrte ihn nur strafend an und schwieg.

Rolf hatte bereits mit der Begrüßung der Gemeinde und dem Eingangswort begonnen. Conradin schien das jedoch wenig zu kümmern, denn er fuhr in seinem Flüstern fort, als wohnte er nicht gerade einem Gottesdienst bei.

»Ich dachte … also ich dachte, ich könnte dich nachher gleich mit einigen wichtigen Gemeindemitgliedern bekannt machen. Dem Gemeindeoberhaupt beispielsweise.«

Barbara nickte nur halbherzig und sah demonstrativ nach vorne. Sie wusste noch nicht, was sie von Conradins Erscheinen halten sollte.

Eigentlich hatte sie sich vorgenommen, sich etwas von ihm zu distanzieren. Es war ihr jedoch bewusst, dass sie schon am Freitagabend gegen ihren neu gefassten Vorsatz verstoßen hatte, indem sie sich von sich aus einfach kameradschaftlich an seinen Tisch gesetzt hatte. Aber vorgestern war auch ein besonderer Tag gewesen. Sie hatte nach dem Gespräch mit Heinrich und den verstörenden Neuigkeiten dringend etwas Ablenkung gebraucht – ein offenes Ohr, irgendjemanden … Außerdem hatte Anna ihnen ja ebenfalls Gesellschaft geleistet. Bestimmt hatte sie also keine falschen Signale gesendet – oder doch?

Gib's zu, Barbara, du findest ihn einfach anziehend. Sehr sogar …

Sie schüttelte unmerklich den Kopf. Wenn dem so war, musste sie ihre Gefühle besser verbergen und öfter den Verstand einschalten. Was, wenn Conradin ihr so nahekam, dass sie ihm plötzlich tatsächlich nicht mehr würde widerstehen können? Wo würde das dann hinführen?

Als sie ihm den Kopf zuwandte, hob Conradin belustigt eine Augenbraue und grinste. Hatte er sie etwa die ganze Zeit von der Seite beobachtet? Sie verstand zuerst nicht, was ihn so amüsierte, bis sie merkte, dass das Orgelspiel soeben wieder geendet hatte. Sie aber hatte, in Gedanken versunken, das zuletzt angestimmte Kirchenlied noch leise weitergesungen.

»Er macht das sehr gut, unser Pfarrer, nicht wahr?«, fragte Conradin gut gelaunt, als der Gottesdienst zu Ende war und sich die Leute von ihren Plätzen erhoben und dem Ausgang zuströmten.

»Ja, schon. Aber ich habe schlecht geschlafen«, brummte Barbara und wich seinem neugierigen Blick aus. Dankbar, aufgrund der tosenden Orgelmusik und der läutenden Glocken nicht weiterreden zu müssen, folgte sie Conradin nach draußen. Vor der Kirche wurde sie erneut von interessierten Augenpaaren gemustert. Bevor sie sich jedoch davonstehlen konnte, berührte Conradin sie sanft am Arm und stellte sie einem ernst dreinblickenden Mann um die fünfzig vor.

»Das sind Christian Dürr, unser Gemeindeoberhaupt, und seine Frau«, erklärte er.

Barbara nannte ihren Namen und bot erst der Dame, dann Herrn Dürr die Hand zur Begrüßung. Mit Befremden registrierte sie, dass ihre zierlichen Finger in seiner riesigen Rechten regelrecht versanken. Ein unangenehmes Gefühl, das Barbara unwillkürlich frösteln ließ.

Christian Dürr war ein stattlicher, breitschultriger Mann, der Barbara um rund zwei Köpfe überragte. Seine volle Stimme und das imposante Auftreten verliehen ihm die nötige Präsenz, die er als Ranghöchster der Gemeinde zweifellos brauchte. Barbara zweifelte keinen Augenblick daran, dass Dürr großen Einfluss auf die anderen Dorfbewohner ausübte. Seine schmalen, etwas zu energisch wirkenden Lippen unter dem buschigen schwarzen Schnurrbart ließen erahnen, dass er von Ehrgeiz getrieben war. Zu diesem Zeitpunkt war sich Barbara noch nicht sicher, ob sie den schwarzhaarigen Hünen mochte oder ob für sie eine unterschwellige Gefahr von ihm ausging. Eines war jedoch anzunehmen: Die Surgenser teilten seine Meinung – welche das auch immer war – uneingeschränkt.

Dürr musterte sie mit unverhohlener Neugierde und meinte in seinem klingenden Bariton: »Wie ich hörte, beabsichtigen Sie, Ihre Großmutter hier in Surgens zu beerdigen. Mein aufrichtiges Beileid übrigens.« Er neigte scheinbar betroffen den Kopf, so tief, als verbeugte er sich vor ihr.

Barbara bedankte sich höflich und hoffte inständig, das Thema bald wechseln zu können. Zu ihrem Entsetzen räusperte sich Conradin nun und fiel mit der sprichwörtlichen Tür ins Haus.

»Frau Rieder ist nicht nur wegen der Beerdigung hier. Sie folgt den Spuren der Vergangenheit und sucht nach ihren Wurzeln ...«

Bevor Conradin dies genauer ausführen konnte, fiel ihm das Gemeindeoberhaupt bereits ins Wort. Seine Stimme hatte eine bedrohliche Färbung angenommen, und die Lippen wirkten noch schmaler als zuvor. »Das ist mir zu Ohren gekommen.« Unmut schwang in seinem Ton mit, und das augenblickliche Verstummen der Gespräche um sie herum deutete ebenfalls darauf hin, dass ein heikles Thema angeschnitten worden war. »Es gibt einen Grund, warum wir Ereignisse, die geschehen sind und nicht mehr verändert werden können, ›Vergangenheit‹ nennen. Bedenken Sie, dass ein Tümpel schnell trübes Wasser aufweist, wenn man den Schlamm auf seinem Grund mit einem Stock aufwühlt. Wunden, die die Zeit heilte, sollten nicht unnötig wieder aufgerissen werden.« Mit diesen Worten wandte Christian Dürr sich ohne Abschiedsgruß von ihnen ab und legte seiner Frau, die noch kein Wort gesagt hatte, einen Arm um die Schulter.

Barbara stand wie ein begossener Pudel da. Einige Gottesdienstbesucher betrachteten sie interessiert. Ihre Blicke legten ihr nahe, den Anweisungen des Gemeindeoberhauptes Folge zu leisten.

Endlich brach Conradin den Bann, indem er Barbara leicht an der Hand berührte und murmelte: »Lass uns gehen.«

Es dauerte eine Weile – fast die halbe Wegstrecke zurück zum Gasthaus –, bis Barbara das eben Erlebte verdaut hatte. »Was war das denn?«, fragte sie schließlich und machte ihrer Verwirrung und ihrem Unverständnis mit einem Schnauben Luft.

»Keine Ahnung, was das sollte.« Conradin zuckte mit den Schultern und blickte sie schuldbewusst an. »Eigentlich wollte ich dich ihm vorstellen, damit er dir bei deinen Recherchen helfen kann. Immerhin verfügt die Gemeindeverwaltung über ein Archiv, in dem zahlreiche historische Fakten gesammelt worden sind. Ich hatte gehofft, Dürr würde dir anbieten, alte Protokolle und Chroniken einsehen zu dürfen. Mit dieser Reaktion habe ich nicht gerechnet. Tut mir ehrlich leid. Ich habe ihn immer für einen Mann mit Prinzipien gehalten, nicht für jemanden, der dem Dorfgeschwätz und lächerlichen Schauermärchen Glauben schenkt.«

»Letzteres scheint aber genau der Fall zu sein«, erwiderte Barbara verärgert. »Er hat mich behandelt, als wäre meine Urgroßmutter tatsächlich eine Hexe gewesen.«

Da Conradin dem nichts mehr hinzuzufügen hatte, schwiegen sie den Rest des Weges. Beim Gasthaus angekommen, fragte er sie: »Und, was hast du heute bei dem schönen Wetter noch vor?«

Sie seufzte ergeben. »Ich muss dringend meinen Bruder anrufen, um ihn auf dem Laufenden zu halten. Außerdem haben wir den Termin für die Beisetzung immer noch nicht festgelegt. Ich vermute, dass die Beerdigung ungefähr in einer Woche sein wird.«

»Ich muss dann mal in die Küche. Die Tagungsgruppe …«, erklärte Conradin und wies mit dem Finger auf die Tür hinter seinem Rücken.

Barbara nickte. Doch keiner von ihnen machte Anstalten, sich zu verabschieden.

Ich würde gern in deiner Nähe bleiben, dachte sie unwillkürlich und spürte eine gefährliche Wärme in ihrem Inneren aufsteigen. Conradins Blick glitt über ihr Gesicht und blieb schließlich an ihren Augen hängen. Hastig sah sie zu Boden und hoffte inständig, dass Conradin im Halbdunkel des Eingangsbereiches nicht sah, wie sie errötete.

»Gutes Gelingen!«, wünschte sie ihm noch und beeilte sich, auf ihr Zimmer zu gelangen.

Oben angekommen, ließ sie sich mit klopfendem Herzen auf ihr Bett fallen. Was zum Henker war eigentlich mit ihr los? Sie benahm sich ja wie ein hormongesteuerter Teenager! Die Glut in ihrem Innern wollte jedoch nicht nachlassen, und Barbara ertappte sich dabei, wie ihre Gedanken immer wieder zu Conradin wanderten. Wie fühlte es sich wohl an, seine warmen Lippen auf ihren zu spüren? Bei der Vorstellung seiner starken Hände auf ihrem Körper stieg ein elektrisierendes Kribbeln in ihr auf. Das Blut rauschte ihr in den Ohren.

Verflixt, das kann ja noch heiter werden!, dachte sie und schnappte sich ihr Telefon.

Simon hob nach dem zweiten Klingeln ab.

Kapitel 16

Adeline

Liebes Tagebuch,

wieder ist alles ganz anders gekommen, als ich es plante und hoffte. Noch bei meinem letzten Tagebucheintrag hatte ich angenommen, die bisher schrecklichste Zeit meines Lebens hinter mir zu haben. Doch ich habe mich bitter getäuscht.

Ich hatte einen Traum.

Den Traum von einem Leben mit Jonas und unserem Kind.

Von einem Leben auf dem sagenumwobenen Zauberberg, der meinem Geliebten so viel bedeutete.

Dafür habe ich alles aufgegeben – mein altes Leben, meine Herkunft, meine Familienbande. Ich habe meine kranke Mutter und meinen verzweifelten Vater kläglich im Stich gelassen. Aus Selbstsucht? Mangels Alternativen? Ich weiß es nicht.

Was allerdings sicher ist, ist die Tatsache, dass mich Gott dafür bestraft hat. Hart und grausam.

Jonas' Zauberberg gibt es wirklich, doch konnte ich, nach allem, was passiert war, nicht mehr dorthin gehen.

Ich erinnere mich, wie die Sonnenstrahlen sich einen Weg durch die nachlässig zugezogenen Vorhänge des Pensionszimmers bahnten und meine Wangen wärmten. Es war der achte Oktober 1935, und wir waren schon fast an unserem Ziel in den Schweizer Bergen angelangt. Ich drehte mich auf die Seite, um Jonas wach zu küssen.

Bei seinem Anblick erschrak ich jedoch bis ins Herz. Die Haut, die sich wie dünnes Pergament über sein knochiges Gesicht spannte, wirkte an diesem Morgen noch fahler als sonst. Die Augenlider waren geschlossen und die Gesichtszüge in Erschöpfung erstarrt. Das Kopfkissen war mit feinen Blutstropfen gesprenkelt. Ich wollte Jonas behutsam eine verschwitzte Haarsträhne aus dem Gesicht sreichen, als ich mitten in der Bewegung innehielt.

Seine Haut war eiskalt!

Panisch schreckte ich hoch und flüsterte seinen Namen. Ich fasste ihn an der Schulter und rüttelte ihn sanft.

Nichts.

In diesem grauenhaften Augenblick begriff ich, dass ich das zärtliche Glitzern in seinen Augen niemals wieder sehen würde. Ich würde nie mehr die glühende Hitze seiner leidenschaftlichen Berührungen spüren, nie mehr seine wohlklingende, sanfte Stimme vernehmen.

Was ich in meiner grenzenlosen Naivität für eine hartnäckige, aber letztendlich harmlose Bronchitis gehalten hatte, musste eine tödliche Krankheit gewesen sein!

Jonas war fort. Für immer.

Schmerz, scharf wie ein Messer, durchfuhr mich, und traf mich bis ins Herz. Tränen strömten über meine Wangen, und ein nicht enden wollendes Schluchzen schüttelte mich. Als spürte das Kind in meinem Leib, dass etwas nicht in Ordnung war, fühlte ich in meinem Unterleib ein heftiges Ziehen.

Dann ging alles sehr schnell.

Niemand zeigte an unserem Schicksal besondere Anteilnahme. Wir waren ein fremdes, ausländisches Paar, das überdies nicht einmal verheiratet war. Anstelle von Mitleid verriet der Gesichtsausdruck der meisten Menschen, die von Jonas' Tod erfuhren, Gleichgültigkeit, ja sogar stumme Vorwürfe. In einigen Augen erkannte ich offene Abscheu angesichts meines leicht gewölbten Leibes.

Die Besitzer des Gasthauses ließen Jonas' Leichnam so schnell wie möglich fortbringen. Ich besaß kein Geld für eine ehrenvolle Bestattung. Deshalb erhielt er nur ein Armenbegräbnis, irgendwo an einem mir unbekannten Ort.

Ich kann gar nicht sagen, woher ich nach diesen Ereignissen – gebrochen, verzweifelt und verloren – überhaupt noch die Kraft nehme weiterzuleben. Vielleicht ist es die tapfere kleine Seele, die in mir heranwächst, die mir stummen Beistand leistet und mir allen Widrigkeiten zum Trotz ein treuer Begleiter ist.

Ich vermisse Jonas mehr als jeden anderen Menschen in meinem Leben. Er fehlt mir so sehr, dass ich jeden Morgen mit dem Gefühl aufwache, bei lebendigem Leib zerrissen zu werden. Das Brennen in meiner Brust lässt einfach nicht nach. Irgendwann, so hoffe ich, werde ich mich an den Schmerz gewöhnen. Verschwinden wird er nie, das weiß ich mit unumstößlicher Gewissheit. Jonas wird immer ein Teil meines Lebens bleiben. In Form der Qual in meinem Herzen und als lieb gewonnene Erinnerung, als ein Duft, den ich nie vergessen werde … und nicht zuletzt werde ich ihn zeitlebens in den Zügen seines Kindes erkennen.

Ich setzte meine Reise also ohne meinen Geliebten fort. Er hätte das so gewollt, und für eine Rückkehr nach Hause war es jetzt ohnehin zu spät. Meine Mutter war bestimmt bereits gestorben und der Verrat an meinem Elternhaus unverzeihlich. Ich kannte Vater gut genug. Er würde mich wie einen räudigen Hund davonjagen.

So fügte es sich, dass ich gestern, zwei Tage nach Jonas' Tod, in diesem Tal in den Bergen ankam. Steile, bewaldete Abhänge säumten das Talbecken zu beiden Seiten. Ich fragte nach dem Zauberberg und nach Davos.

Schon nach kurzer Zeit stellte sich jedoch heraus, dass dieses Ziel für eine Frau wie mich keine Option war. Eine alte Dame sprach schließlich das aus, was ich in den Blicken zahlreicher anderer bereits gelesen hatte:

»Meine Liebe, ich an Ihrer Stelle würde mich lieber in ein abgelegenes Bergdorf zurückziehen, als mich den feinen Herrschaften in Davos anzuschließen. In ihrer Welt ist für jemanden wie Sie ganz gewiss kein Platz!« Dabei musterte sie mitleidig meine mittlerweile schmutzige und schadhafte Kleidung, mein stumpfes, ungepflegtes Haar und den gewölbten Bauch.

Erst da wurde mir bewusst, dass ich mit der Flucht aus Friedrichshafen alles zurückgelassen hatte. Meine Herkunft und mein Stand zählten nun nichts mehr. Ich war eine Getriebene, eine Heimatlose.

In meiner Verzweiflung beherzigte ich den Rat der alten Frau und suchte mir eines der abgelegensten Dörfer, die man in diesem Alpental finden konnte. Ich erfuhr von einer Ortschaft, die hoch in den Bergen liegen sollte. Wäre da nicht die Kirche gewesen, deren Turm man selbst vom Talboden aus sehen konnte, hätte niemand auch nur geahnt, dass dort oben noch Menschen lebten.

Mittellos und erschöpft, kam ich also gestern in Surgens an.

Ein seltsamer Name, wie ich fand. Noch seltsamer war jedoch die raue, kehlige und bisweilen kaum verständliche Sprache der an diesem Ort beheimateten Menschen. Man gab mir für den Anfang ein Zimmer in einem der wenigen Gasthäuser. Als Gegenleistung für Kost und Logis verpflichtete mich der mürrische Wirt, ihm in Gaststube und Küche zu helfen.

Und da bin ich nun. Ohne Hoffnung, aber immerhin mit einem Dach über dem Kopf. Ich habe keine Ahnung, wie ich all

das überleben werde. Fern der Heimat, ohne die Unterstüt-
zung meiner Familie, ohne meinen geliebten Jonas ...

Und um mich herum nur diese unfreundlich dreinschau-
enden, knurrigen und obendrein ungehobelten Fremden.

Vielleicht gibt mir der Gedanke Kraft, dass ich es nicht
für mich tue, sondern für ... sie.

Oh ja, ich bin mir sicher, ich erwarte ein Mädchen.

Kapitel 17

Ende Juli 2015

Conradin

Endlich Dienstag! Nach dem Mittagsservice entledigte sich Conradin hastig seiner Kochuniform und sprang unter die Dusche. Er ließ das heiße Wasser über seinen Körper laufen und schloss für einen Moment die Augen. Es war mit jedem Tag schlimmer geworden: Hatte er anfangs nur hin und wieder an Barbara gedacht, drehten sich seine Gedanken seit ihrem gemeinsamen Tanz beinahe obsessiv und pausenlos um sie. Wenn sie sich ihm gegenüber so abweisend verhielt wie am Freitag, beschäftigte ihn das. Seit sie sich einverstanden erklärt hatte, mit ihm zusammen das alte Haus am Waldrand zu besichtigen, hatte sich in ihm außerdem eine bisher nicht gekannte Nervosität bemerkbar gemacht. Eine Mischung aus unbändiger Vorfreude, Angst und Unsicherheit.

Er trat aus der Dusche, trocknete sich ab und streifte sich Jeans und T-Shirt über. Einige Sprühstöße von seinem Duftwasser, und fertig war er.

Als Conradin den dämmrigen Eingangsbereich des Gasthauses erreichte, erwartete Barbara ihn dort bereits. Ein Lächeln huschte über ihre zarten Züge und ließ sein Herz unwillkürlich einen Schlag aussetzen. Er bemühte sich um ein möglichst gelassenes Grinsen, war sich jedoch nicht sicher, ob ihm das in Anbetracht seines urplötzlich erhöhten Pulses auch gelang.

»Fertig?«, fragte er daher betont lässig und vergrub die Hände in den Taschen seiner Jeans.

»Fertig!« Barbara öffnete die Tür und trat ins Freie.

Conradin folgte ihr in einigem Abstand, um nicht aufdringlich zu wirken. Er wusste nicht, woran das lag, aber in ihrer Nähe fühlte er sich wie ein tollpatschiger kleiner Junge. Er strich sich unsicher über den Dreitagebart – hätte er sich noch rasieren sollen? Was, wenn Barbara Bärte ungepflegt fand? Na ja, nun war es zu spät für solche Zweifel; das hätte er sich früher überlegen müssen …

Nachdem sie das Gasthaus hinter sich gelassen hatten, übernahm Conradin die Führung und zeigte Barbara den Weg zum Haus ihrer Urgroßmutter. Sie folgten einer gut ausgebauten Schotterstraße, die gelegentlich von Tannen gesäumt wurde, kaum anstieg und schließlich an einem Holzlagerplatz vorbeiführte.

»Das Haus scheint ziemlich abgelegen zu sein«, bemerkte Barbara nach rund zehn Minuten, als immer noch kein Holzhaus in Sicht kam.

Conradin musterte sie amüsiert. Die Ungeduld war ihr anzusehen. »Es liegt außerhalb des Dorfes. Ich glaube, seine ursprünglichen Besitzer sind Holzfäller gewesen. Es machte also Sinn, das Haus in Waldnähe zu bauen. Vermutlich stammt der Holzlagerplatz, der auch heute noch genutzt wird, aus dieser Zeit.«

»Riechst du das?«, fragte Barbara völlig unvermittelt, blieb stehen, schloss die Augen und schnupperte.

Conradin verzog den Mund zu einem Grinsen, während er sie beobachtete. »Nein …?«

Sie öffnete die Augen wieder, und einmal mehr überraschte und verzauberte ihn das glühende Moosgrün ihrer Iris. »Regen, ich rieche Regen!«, erklärte sie und ging weiter.

Er folgte ihr und meinte dann in neckendem Ton: »Kein Wunder! Wolken ziehen auf. Ich denke aber, dass die Hitze noch bis ungefähr neunzehn Uhr anhält.«

»Glaube ich nicht.« Sie schüttelte energisch den Kopf.

Dickköpfig ist sie also auch noch. Süß irgendwie, dachte Conradin. Nach weiteren fünf Minuten tauchte hinter einer Wegbiegung endlich ein einsam gelegenes kleines Haus auf.

»Das ist es«, erklärte Conradin.

Sie blieben beide stehen und sahen sich um.

Seit Conradin zum letzten Mal hier gewesen war – und das war nun auch schon einige Jahre her –, hatte sich das Holzhaus kaum verändert. Wie ein scheues Wildtier schmiegte es sich in den Schatten des nahen Waldes, während sein überwucherter Garten, der etwas abseits lag, in warmes Sommerlicht getaucht war. Abgesehen vom gelegentlichen Gezeter eines Rabenpaares und dem geschäftigen Surren und Summen der Insekten war kein Laut zu hören.

Die Fensterläden, deren einstmals rote Farbe mehrheitlich abgeblättert war, saßen schief in den Angeln oder waren komplett abgefallen. Einige Fensterscheiben waren zerbrochen. Die anderen wirkten wie dunkle, seelenlose Augen, die sie boshaft anstarrten.

Die Vegetation des Gartens hatte sich längst selbstständig gemacht. Efeuranken hatten den Holzzaun beinahe vollständig verschlungen, während Rosenstöcke und Beerensträucher keck außerhalb der hölzernen Barriere wuchsen, als hätten sie zeitlebens nichts anderes getan. Neben dem Hauptgebäude befand sich eine windschiefe Kate, die früher sicher als Schuppen für die Gartengeräte gedient hatte. Mehr noch als das verlassene Haus erinnerte sie an ein Relikt aus einem Märchen der Gebrüder Grimm. Fehlte tatsächlich nur noch die böse Hexe …

»Ein herzliches Willkommen sieht anders aus«, scherzte Conradin und musterte Barbara von der Seite. Ihr Blick lag gebannt auf dem verwahrlosten Grundstück vor ihnen.

»Da hast du recht«, gestand sie, »dennoch …«

Sie hielt inne, und Conradin, der inzwischen ein paar Schritte weitergegangen war, drehte sich neugierig zu ihr um. Sie nagte an der Unterlippe, und für kurze Zeit glaubte er, einen verletzlichen Ausdruck über ihre Züge huschen zu sehen.

»Trotz des verwahrlosten Zustandes des Hauses und des Gartens erkennt man noch die einstige Schönheit des Ortes. So, als lastete bloß ein Fluch darauf – wie auf Dornröschens Garten.« Sie strich sich eine Haarsträhne aus dem Gesicht. »Einst blühten hier Rosen. Pralle, reife Beeren waren zum Ernten bereit. Dort drüben sind die Überreste einer Holz-bank – mit Blick auf den Sonnenaufgang im Osten. Das war bestimmt einmal ein lauschiges Plätzchen. Jetzt sieht es al-lerdings tatsächlich recht verwildert aus.« Ein wehmütiges Lächeln huschte über ihre Züge.

»Wollen wir reingehen?«, schlug Conradin vor und nahm den zwischen all dem Unkraut kaum noch sichtbaren Pfad vom Weg zum Haus in Angriff. Barbara folgte ihm schweigend. Drei steinerne Stufen führten zur Eingangstür. Diese hing zwar noch in ihren Angeln, das Holz hatte sich durch die Einwirkung von Feuchtigkeit jedoch derart verzo-gen, dass man sie nicht mehr ganz schließen konnte. Con-radin öffnete die Tür, die laut knarzte. Er blinzelte. Der Flur, der sich nun vor ihren Augen auftat, lag im Halbdunkel, und feine Staubpartikel schwirrten wie winzige Insekten im Licht, das durch die Eingangstür hineinfiel. Er trat zur Seite und ließ Barbara den Vortritt.

Conradin folgte ihrem Blick, der die Wände offenbar nach Bildern absuchte und sich bis in jeden Winkel des Hauses vorzutasten schien. Es war in diesem Moment, in dem sie sich völlig unbeobachtet fühlte und von Staunen und Neugierde eingenommen war, als es Conradin wie ein Blitzschlag durchfuhr: Sie ist unvergleichlich schön. Ich würde alles darum geben, sie auch nur ein einziges Mal küssen zu dürfen.

Er folgte ihr schweigend, als sie den Flur entlanglief und in das Wohnzimmer trat. Ihre Finger strichen immer wieder gedankenverloren über verstaubte, spinnwebenüberzogene Kommoden, Ziergegenstände oder den verblichenen Stoff der Vorhänge. Es erfüllte Conradin mit warmer Zuneigung, ihr einfach dabei zuzusehen, wie sie selbstvergessen durch den Raum schlenderte und versuchte, die Flut von Eindrücken zu ordnen. Noch immer schwiegen sie beide. Es war, als flößte ihnen dieser Ort Ehrfurcht ein. Das einzige Geräusch, das die Stille durchschnitt, war das Knarren des Holzbodens unter ihren Füßen.

Conradin ließ sich schließlich in einen verstaubten Ohrensessel fallen, während Barbara sich anschickte, den großen Schrank in der linken Ecke des Raumes nach Hinweisen zu durchsuchen. Was sie fand, beschrieb sie Conradin in knappen Worten. Die oberen Regale waren mit Porzellangeschirr gefüllt. Es folgte eine Schublade voller Kerzen. Im unteren Teil des massiven, dunklen Holzmöbelstücks befanden sich Nähutensilien und Stoffreste.

Mit einem enttäuschten Seufzen wandte sich Barbara ab und setzte ihren Rundgang fort. Sie zog an der Schublade einer Kommode und warf auch da einen neugierigen Blick hinein.

»Briefpapier«, kommentierte sie ohne Begeisterung.

Conradin hatte sich im Sessel zurückgelehnt und die Beine auf dem verstaubten Wohnzimmertisch ausgestreckt, der mit einer schmutzigen Häkeldecke bedeckt war.

»Ich gehe nach oben«, verkündete Barbara schließlich, nachdem sie im Wohnzimmer nichts Brauchbares hatte finden können. Conradin beeilte sich, aus dem Sitzmöbel aufzustehen, und stieß dabei beinahe den kleinen Tisch um. Er folgte ihr die Treppe nach oben in die erste Etage. Von hier führte noch eine schmale Stiege auf den Dachboden.

Das massive Doppelbett mit den geschnitzten Bettpfosten war ordentlich gemacht; Kissen und Decke waren mit rosafarbener, inzwischen leicht verblichener Bettwäsche bezogen. Nur die fingerdicke Staubschicht, die allem anhaftete, erinnerte daran, dass hier seit vielen Jahren niemand mehr gelebt hatte. Auf dem Boden lagen außerdem vertrocknete Fliegen und tote Käfer, die sich offenbar durch die zerbrochenen Fensterscheiben einen Weg ins Innere des Hauses gebahnt hatten. Vereinzelt waren die Dielen auch mit Blättern bedeckt, die der Wind hereingeweht hatte.

»Das Haus hat schon etwas Verwunschenes an sich«, flüsterte Barbara ehrfürchtig und ließ den Blick über eine kleine Spiegelkommode in der rechten Ecke neben dem Fenster gleiten.

»Dornröschens Zimmer«, meinte Conradin scherzhaft und wies auf den verspielt verzierten Spiegelrahmen der Kommode. Dies war zweifellos das Gemach einer Dame gewesen. Er stellte sich Barbara darin vor – zu einer anderen Zeit. Der Raum seiner Fantasie war frisch gekalkt und sauber, die Fenster neu und blank geputzt, und die Bettwäsche duftete frisch und …

»Ich hatte recht!«, stieß sie triumphierend aus und wies mit dem Daumen aus dem Fenster hinter sich.

Ein feiner Nieselregen hatte eingesetzt, genau wie sie vorausgesagt hatte. Conradin trat neben Barbara, wobei sein Arm ihren kurz streifte. Ausgehend von der Stelle, an der sie ihn berührt hatte, kletterte ein wohliges Kribbeln durch seinen gesamten Körper.

»Soll vorkommen. Allerdings sehr selten«, meinte er ausweichend und verzog den Mund zu einem schiefen Grinsen.

»Mhm! Bist ein schlechter Verlierer!«, konterte sie.

Er beschloss, ihre Bemerkung einfach zu übergehen, und wechselte das Thema. »Hast du etwas Interessantes gefunden, oder sollen wir uns langsam auf den Rückweg machen?«, fragte er.

»Nein, ich habe nichts entdeckt, was mich weiterbringen würde. Irgendwo muss es Hinweise darauf geben, was mit Rosa passiert ist und warum Adeline und ihr Mann, der Fotograf, selbst plötzlich verschwunden sind. Das Haus sieht aus, als wäre es Hals über Kopf verlassen worden, mitten im Alltag. Alles ist noch hier. Das Einzige, was fehlt, sind offenbar Bilder und persönliche Erinnerungsstücke. Das ist ungewöhnlich, findest du nicht?« Barbaras Blick blieb an der Stiege zum Dachboden hängen. »Ich möchte unbedingt noch da rauf. Wenn es Dinge gibt, die man vor den Augen der Leute verbergen will, verstaut man sie dann nicht auf dem Speicher?«

»Stimmt«, pflichtete ihr Conradin bei. »Ich gehe voran; die Holztreppe sieht nicht sehr vertrauenswürdig aus.« Die Stufen knarrten bedenklich unter seinen Schritten. Er stieß die kleine Tür am Ende der Stiege auf und bückte sich, um hindurchzupassen. Er ließ seinen Augen etwas Zeit, um sich an das dämmrige Licht hier oben zu gewöhnen. Durch ein kleines rundes Fenster ohne Scheibe drang ein wenig Tageslicht in den gedrungenen Raum. Barbara stand bereits hinter ihm. Er spürte ihren aufgeregten Atem im Rücken. Conradin trat zur Seite, damit sie sich umsehen konnte.

»Hm …«, war alles, was sie sagte. Barbara verzog enttäuscht den Mund und seufzte resigniert. Conradin konnte es ihr nicht verübeln. Er hatte sich vom Dachboden eines derart geheimnisumwitterten Hauses auch mehr erhofft. Außer einigen Stühlen, Reinigungsutensilien und zwei Stoffbündeln war der Dachboden leer. Eine dicke Staubschicht bedeckte den Boden und die wenigen Habseligkeiten, die hier standen.

»Das kann doch nicht sein! Wieso ist dieser Speicher so leer?«

Conradin zuckte mit den Schulern: »Vielleicht haben sie nicht besonders lange hier gewohnt, oder sie waren sehr arm und besaßen gar nicht genug Sachen, um sie auf dem Dachboden aufzubewahren?«

»Lass uns gehen.« Enttäuscht wandte sie sich um und stieg die Holztreppe hinunter in die erste Etage. Conradin folgte ihr und schloss die Tür zum Dachboden hinter sich. Barbara war bereits auf dem Weg ins Erdgeschoss.

Draußen angekommen, wollte sie noch einen kurzen Abstecher in den Garten machen.

»Da ich mich mit Pflanzen überhaupt nicht auskenne, kann ich nicht sagen, worum es sich bei den wild wuchernden Gewächsen hier handelt«, sagte sie mutlos. »Nur die Rosen und die Beeren kenne ich.«

»Die letzte Bewohnerin des Hauses soll einen beeindruckenden Blumen- und Kräutergarten gehabt haben, heißt es«, erklärte Conradin, der neben Barbara getreten war und den Blick über das Gestrüpp schweifen ließ. Sie wandte sich ab und schlenderte zu der baufälligen Kate neben dem Hauptgebäude. »Ich denke nicht, dass du da drin etwas findest, das dir über den Verbleib deiner Vorfahren Aufschluss geben könnte. Ich vermute, da sieht es nicht viel spannender aus als auf dem Dachboden.«

Barbara wirkte skeptisch. »Sollten wir nicht überall nachsehen? Kann sich nicht in jedem verborgenen Winkel ein wichtiger Hinweis verbergen? Ich weiß nicht …«

In der Zwischenzeit hatten sich die anfangs harmlos wirkenden Wolken zu einem düsteren Dach zusammengezogen. Ein Blitz zuckte über den Himmel, dem kurz darauf ein ohrenbetäubender Donnerschlag folgte. Innerhalb weniger Sekunden wurde aus den vereinzelten Regentropfen ein Platzregen. Die Luft kühlte sich merklich ab.

»Komm lieber wieder ins Haus! Wir schauen uns den Schuppen ein andermal an. Ich traue dem morschen Holz nicht, wenn es zusätzlich noch vom Regen aufgeweicht wird«, rief Conradin und fasste Barbara unaufgefordert an der Hand. Sie rannten, so schnell sie konnten, zurück zu dem Holzhaus und die steinernen Stufen empor zum Eingang. Conradin schob die Tür wieder auf und zog Barbara mit sich in den Flur, wo sie einige Sekunden schwer atmend stehen blieben. Dann brachen sie beide in schallendes Gelächter aus. Conradin stieß – so gut es ging – die Tür hinter ihnen zu. Sie lauschten dem Geräusch des Regens, der gegen das Holz prasselte, dann wurde Conradin bewusst, dass er immer noch Barbaras Hand hielt.

Er konnte sich jedoch nicht dazu durchringen, sie loszulassen.

»Du bist klatschnass!«, prustete sie und strich mit den Fingern leicht über das T-Shirt, das nun an seinem Körper klebte wie eine zweite Haut.

Er ließ ihre Hand los und schob ihr eine nasse Haarsträhne aus dem Gesicht. Ihre Blicke trafen sich. Conradin spürte Barbaras Hände auf seinem Bauch. Er trat einen Schritt näher auf sie zu, während seine Finger sanft über ihre Wangen glitten.

Als er merkte, dass sich ihre Arme um seine Taille schlossen, neigte er den Kopf und berührte mit dem Mund ihre Lippen. Zuerst nur behutsam, als kostete er eine besonders süße Beere. Als Barbara seine Berührung erwiderte, wurde sein Kuss fordernder. Er nahm ihr Gesicht in die Hände und küsste sie leidenschaftlich. All die verwirrenden Gefühle, die sich in der letzten Woche in ihm angestaut hatten, schlugen nun wie eine Flutwelle über ihm zusammen.

Er schmeckte frischen Regen auf ihren Lippen. Und etwas, das er nicht beschreiben konnte. Er nahm ihren Geschmack wahr, ihr ureigenes Aroma.

Sie tauschten Küsse aus, die wie Feuer auf seinem Mund brannten und ihm den Atem raubten. Seine Finger strichen die Hügel und Täler ihres Körpers entlang. Conradin erkannte mit plötzlicher Klarheit, dass das Verlangen nach ihr weit gewaltiger war, als er angenommen hatte.

»Warte …«, flüsterte er atemlos und lehnte die Stirn an ihre. »Lass uns das langsam angehen.«

Alles in ihm schrie danach, sie lieben zu dürfen – hier und jetzt. Er wollte sie überall spüren, schmecken und riechen. Sich in ihrer Wärme verlieren. Sofort.

Sein Verstand ermahnte ihn jedoch, nun die Kontrolle zu behalten. Sie verdiente es, respektvoll behandelt und umworben zu werden. Sie verdiente seine Zurückhaltung, seinen Anstand, seine Geduld. Er konnte warten. Aber wollte er es auch?

Glücklicherweise nahm sie ihm diese Entscheidung ab, indem sie sich von ihm löste und mit rauer Stimme sagte: »Du hast recht. Wir sollten nichts überstürzen.« Besonders überzeugt klang sie jedoch auch nicht.

Da standen sie nun, nach wie vor triefend nass, aufgewühlt und hin- und hergerissen zwischen Verlangen und Vernunft.

Conradin wandte sich schließlich der Tür zu und wagte einen Blick nach draußen. »Es hat aufgehört zu regnen.« Er drehte sich wieder zu Barbara um und versuchte, in ihrem Gesicht zu lesen.

»Dann lass uns zurück zum Gasthaus gehen«, schlug sie vor und trat an ihm vorbei. Die dünne Sommerbluse klebte ihr am Körper und betonte ihre perfekten Kurven. Conradin schluckte schwer, senkte den Blick und zog die Tür hinter sich zu.

»Ja. Schauen wir uns den Schuppen besser an einem trockenen Tag an«, pflichtete er ihr bei.

Auf dem Rückweg schwiegen sie beide.

Als sie das Gasthaus erreichten, war Anna gerade dabei, die Stühle und Tische auf der Terrasse trocken zu wischen. Die Sonne kämpfte sich bereits wieder durch die Wolken. Die junge Frau winkte und kam auf sie zu. Sie wischte sich den Schweiß aus dem Gesicht – offenbar war sie schon eine geraume Weile mit dem Putzen der Terrassenbestuhlung beschäftigt und brauchte eine kleine Pause.

»Habt ihr etwas Interessantes …« Sie brach mitten im Satz ab, als sie nahe genug herangekommen war, um Barbaras und Conradins Gesichtsausdruck sehen zu können. Sie runzelte die Stirn und blickte gespannt von einem zum anderen. »Stimmt etwas nicht?«, wollte sie schließlich zaghaft wissen.

Falsche Frage, wie immer, dachte Conradin und seufzte innerlich. »Wir sind vom Ergebnis unseres Ausflugs etwas ernüchtert beziehungsweise enttäuscht«, versuchte er, Anna abzulenken. Ihr eindringlicher Blick verriet ihm jedoch, dass sie ihm kein Wort glaubte. Zumindest schien sie jetzt aber begriffen zu haben, dass sie sie besser nicht mehr mit Fragen löcherte. Jedenfalls zuckte sie nur noch mit den Schultern und wandte sich scheinbar beschäftigt ab. »Dann bis später beim Abendessen! Die Arbeit ruft!«

Conradin folgte Barbara ins Gasthaus. Wie schon einige Male zuvor standen sie sich betreten schweigend im dämmrigen Eingangsbereich gegenüber und versuchten, mit der aufsteigenden Verlegenheit zurechtzukommen.

Nach einigen endlos wirkenden Sekunden trat Barbara auf Conradin zu, berührte ihn an der Hand und sagte leise: »Dann bis später …«

Gott, wie gern hätte er sie jetzt geküsst und in die Arme geschlossen! Aber das durfte er nicht wagen. Jederzeit konnte jemand zur Tür hereinkommen. So begnügte er sich damit, ihr eine nasse Haarsträhne hinters Ohr zu streichen. »Bis später!«

Was auch immer sie damit gemeint haben mochte.

Kapitel 18

12. April 1936

Adeline

Liebes Tagebuch,

am fünften Februar 1936, vor neuneinhalb Wochen, kam Rosa zur Welt. Ich hatte also recht gehabt – eine kleine Prinzessin. Sie hat Jonas' geheimnisvolle dunkle Augen, aber meine kastanienbraunen Haare – jedenfalls glaube ich das, wenn ich das flaumige Etwas auf ihrem Kopf im Sonnenlicht betrachte. Sie ist wunderschön. Ich habe sie nach der Königin der Blumen benannt, damit wir beide immer daran denken, wie sehr ihr Vater die Schönheit und die Grazie dieser filigranen Pflanzen liebte.

Es war jeweils ein besonderer Moment, wenn er mit seinen rauen Fingern über die samtenen Blüten einer Rose strich. Jonas erklärte mir mit leuchtenden Augen, dass jedes Gewächs seine eigene Seele habe. Rosen, so meinte er, seien in ihrem Wesen sanft und garstig zugleich. Stolz und sinnlich. Er verehrte diese Blumen.

Ich bin sicher, dass es in seinem Sinn gewesen wäre, seiner Tochter diesen Namen zu geben.

Aufgrund der veränderten Lebenssituation konnte ich nicht weiterhin im Gasthaus Alpenrose arbeiten, und deshalb wollte mich der Wirt auch nicht mehr bei sich wohnen lassen. Hochschwanger zog ich daher rund drei Wochen vor der Geburt in ein abgelegenes Haus am Waldrand. Es liegt ungefähr eine Viertelstunde vom Dorf entfernt. Ich will mich nicht beklagen, das Heim erfüllt seinen Zweck. Wir haben ein Dach über dem Kopf, einen Ort für uns. Vorher lebte dort eine Frau, deren bereits in jungen Jahren verstorbener Ehemann Holzfäller war. Sie starb wenige Monate vor meiner Niederkunft überraschend im Alter von sechsundfünfzig Jahren.

Ihr dreiunddreißigjähriger Sohn, der normalerweise in sein Elternhaus gezogen wäre, führt jedoch seit Jahren zusammen mit seiner Ehefrau den Bauernhof ihrer Eltern und wohnt auch dort. Er braucht das Haus am Waldrand nicht. Es ist ihm auch zu abgelegen, was ich verstehen kann. Besonders im Winter ist der weite Weg sehr beschwerlich, wie ich bei meinem Umzug selbst festgestellt habe. Aber mir bleibt keine andere Wahl.

Unser neues Zuhause ist sauber, wenn auch sehr altmodisch eingerichtet. Natürlich entspricht das Holzhaus nicht dem Standard, den ich von zu Hause gewöhnt bin. Dennoch bin ich glücklich, nicht mehr bei dem mürrischen Wirt wohnen zu müssen. Außerdem befindet sich vor dem Haus ein Garten, den ich ebenfalls nutzen darf. Ich möchte dort Gemüse und Kräuter für den Eigenbedarf und in lieber Erinnerung an Jonas auch einige Blumen anpflanzen. Mit dem Besitzer des Häuschens bin ich übereingekommen, dass ich ihm und seiner Frau im Haus und auf dem Hof helfe, sobald ich mich von der Geburt erholt habe. Die letzten Tage vor der Niederkunft durfte ich sogar in ihrem Haus zubringen, da eine Hebamme mein neues Zuhause aufgrund des vielen Schnees kaum rechtzeitig erreicht hätte. Außerdem ... ich lebte ja allein, wer hätte sie denn herbeigerufen?

Gestern war mein erster Arbeitstag bei Alfons und Martha Heim, wie die beiden Bauersleute heißen.

Um diese Jahreszeit stehen die Kühe noch im Stall. Eine hartnäckige Schneedecke liegt auf den Wiesen, da sich der April auch in diesem Jahr grimmig und störrisch zeigt. Dennoch gab es bei den Bauersleuten bereits viel zu tun. Alfons und seine Söhne im Alter von sieben und zehn Jahren beschäftigten sich mit der Ausbesserung von Werkzeug. Ebenso mussten die Erntegeräte einer Revision unterzogen werden. Das tägliche Melken und Füttern der Tiere nimmt offenbar auch viel Zeit in Anspruch. Ich war frühmorgens zusammen mit Martha ebenfalls im Stall, um beim Säugen der Kälber zu helfen. Rosa durfte ich derweil der Obhut der ältesten Heim-Tochter überlassen. Danach bereiteten wir Frauen ein nahrhaftes Frühstück für alle zu, und dann begann der eigentliche Arbeitstag.

Während Alfons und die Jungen sich auf dem Gehöft aufhielten, wurde die Küche zu Marthas und meinem Revier. Nebst den Hauptmahlzeiten gab es jede Menge zusätzlicher Arbeiten zu verrichten. Wir stellten Butter her, backten frischen Kuchen für den Nachmittagsimbiss, reinigten das Bauernhaus und wuschen die Kleider der gesamten Familie. Ich bin diese Betätigungen nicht gewöhnt, da wir für solche Tätigkeiten zu Hause immer Bedienstete beschäftigt haben. Martha musterte mich daher mehr als einmal mit Befremden, wenn ich von den scheinbar simpelsten Dingen, die eine Hausfrau beherrschen sollte, keine Ahnung hatte.

Nach dem Abendessen war ich erschöpft. Ich hatte einen langen Arbeitstag hinter mir und war froh, dass der darauffolgende Tag, also heute, ein Sonntag war und ich mich ausruhen durfte. Ich half Martha noch dabei, das Geschirr abzuräumen und zu spülen.

Endlich entließ sie mich mit den Worten »Du darfst jetzt nach Hause gehen. Rosa schläft aber bereits hinten in Ernas Kammer«.

Ich folgte Martha ins Zimmer ihrer Tochter und hob das schlafende Bündel aus dem Bett. Mit einem Tragetuch band ich Rosa eng an meinen Körper und streifte mir den Wollmantel über. Dann verließ ich das Haus der Heims. Draußen war es bereits dunkel. Beißende Kälte schlug mir ins Gesicht. Ich rückte die Mütze auf Rosas kleinem Kopf zurecht, besorgt, sie könnte sich bei den frostigen Temperaturen erkälten. Ein bleicher Halbmond stand am Himmel. Ich wollte mich gerade auf den Heimweg begeben, als ich im Schatten der Hauswand eine Gestalt ausmachte.

Alfons. Das Glimmen seiner krummen Zigarre leuchtete in der Dunkelheit kurz auf.

»Gute Nacht, Herr Heim«, wünschte ich ihm und wollte an ihm vorbeigehen. Er jedoch fasste meinen Arm und hielt mich zurück.

»Wie ich vernommen habe, bist du in Hausarbeiten nicht besonders bewandert. Das ist für meine Frau sehr mühsam. Wenn du schon kostenlos im Haus meiner verstorbenen Mutter wohnen darfst, erwarte ich, dass du hier einen Beitrag leistest, dich anstrengst. Kapiert?« Die Drohung, die in seiner Stimme mitschwang, jagte mir einen eisigen Schauer über den Rücken. »Dazu kommt noch, dass wir deinen Balg den ganzen Tag hüten müssen. Du bist für hart arbeitende, ehrliche Leute wie uns nicht gerade ein guter Fang, weißt du?«

»Ja, es tut mir leid, ich ...«, stotterte ich und fühlte, wie ich vor Beschämung rot wurde. Gottlob konnte Alfons das im Dunkeln nicht sehen. »Ich bin auf Ihre Hilfe angewiesen, Herr. Ich brauche das Haus.« Ich hörte das Flehen in meiner Stimme. Den verhärmten Bauern vermochte es jedoch nicht milde zu stimmen.

»Es wird Monate dauern, bis du die Fertigkeiten erworben hast, die du benötigst, um Martha eine Stütze zu sein.« Der lauernde Tonfall, der sich urplötzlich in seine Worte gemischt hatte, flößte mir Unbehagen ein. »Da du nicht selbst auf die Idee kommst, mir den Vorschlag zu machen, habe ich da einen Wunsch, mehr eine ... Vorstellung.« Er hielt kurz inne und trat noch einen Schritt näher auf mich zu.

144

Dann packten seine Hände meinen Hintern, und er flüsterte mit einem lüsternen Grinsen: »Sollte ich mich zufälligerweise irgendwann zu deiner windschiefen Kate am Waldrand – fern von den neugierigen Blicken der Dorfbewohner und meiner Familie – verirren, wirst du mir zu Diensten sein. Hast du mich verstanden? Sonst verlierst du alles, das schwöre ich dir!« Er spuckte neben sich auf den Boden und gab ein raues Lachen von sich.

Zutiefst entsetzt machte ich mich los und beeilte mich, nach Hause zu kommen.

Kaum hatte ich die Tür hinter mir geschlossen und Rosa in ihr Bettchen gelegt, wurde ich von einem heftigen Weinkrampf geschüttelt.

Ist das die Strafe, die Gott für jene bereithält, die ihrem Herzen folgen und bedingungslos lieben?

Kapitel 19

Barbara

Den Rest des Tages erlebte Barbara wie in einem Traum. Sie war mit dem Gefühlschaos in ihrem Inneren restlos überfordert und daher nicht in der Lage, auch nur einen halbwegs klaren Gedanken zu fassen. Der Kuss im alten Haus am Waldrand hatte in ihr Empfindungen wachgerufen, von denen sie nicht einmal gewusst hatte, dass sie zu ihnen fähig war. Hatte es sich mit David am Anfang auch so angefühlt? Damals waren sie fast noch Kinder gewesen – achtzehn ungefähr. Als sie dann zusammen erwachsen geworden waren, hatten sich in ihrer Beziehung bereits Langeweile und Routine eingeschlichen. Soweit Barbara sich erinnern konnte, hatte sich David nie dermaßen nach ihr verzehrt und sie so geküsst. Überhaupt hatte es ihm an Feingefühl und Hingabe gemangelt. Sie hatte sich heute von Conradin so unglaublich begehrt und geliebt gefühlt wie niemals zuvor, von keinem Mann. Was sie aber an ihm noch mehr faszinierte als seine Leidenschaft, war die Zurückhaltung. Trotz seines heftigen Begehrens hatte er sie respektvoll behandelt, ihr Zeit gelassen und sich mit Liebkosungen begnügt.

Barbara verspürte den Drang, ihre beste Freundin Sonja anzurufen und sie um Rat zu fragen. Allerdings – und genau das hielt sie schlussendlich davon ab – konnte sie deren mahnende Worte jetzt schon hören.

Barbara, Schätzchen, du solltest vorsichtig sein und deine verletzliche Seele schützen. Wie lange kennst du diesen Mann denn schon? Siehst du ... Das ist bestimmt nur ...

Und dann würde wieder einer ihrer haarsträubenden Begriffe oder pseudopsychologischen Erklärungen folgen, die Barbara nur daran erinnern würden, dass sie besser auf ihren Kopf als auf ihr wankelmütiges Herz hören sollte. Andererseits stimmte es ja: Sie kannte Conradin gerade mal eine Woche. Keine Frau, die einigermaßen bei Verstand war, würde sich aufgrund eines einzigen Kusses nun bereits mit Gedanken an eine gemeinsame Zukunft befassen.

Was, wenn sie bloß das Opfer ihrer eigenen Sehnsüchte war? Wenn es nicht mehr war als das: die Chemie der Hormone?

Aber auch diesen Gedanken verwarf Barbara sogleich wieder. Sie kannte sich selbst gut genug. Die Wahrheit war einfach die: Sie war dabei, sich in Conradin zu verlieben. Das war allerdings nicht minder gefährlich, da gab sie Sonja ausnahmsweise einmal recht. Sie hatte sich gerade erst von David getrennt, und kaum war sie ein paar Tage allein, lief ihr dieser junge Gasthausbesitzer über den Weg. Es war offensichtlich, dass sie sich da in etwas verrannt hatte und einer Art Alltagsflucht erlegen war. Kuss hin oder her, erneut kam Barbara zu dem Schluss, dass es für sie, aber auch für Conradin, besser war, wenn sie das Ganze beendeten, bevor es außer Kontrolle geriet. Ihre Tage in Surgens waren gezählt, nach diesem Sommer würden sie sich nie wiedersehen. Sie sollte sich jetzt die Zeit nehmen, zu sich selbst zu finden, allein zurechtzukommen, und sich dann in einen Mann verlieben – ernsthaft verlieben –, der auch in ihr Leben passte.

Mit diesem guten Vorsatz begab sie sich schließlich zum Abendessen und zog sich nach der Mahlzeit sofort auf ihr Zimmer zurück. Sie spürte Conradins fragenden Blick zwischen ihren Schulterblättern, als sie sich mit distanziert klingenden Worten verabschiedete und ihm auch keinerlei Zeichen gab, ihr zu folgen.

Sie musste jetzt eine Nacht tief und entspannt schlafen. Morgen würde die Welt bestimmt eine andere sein.

Doch Barbaras Träume wurden von Conradin beherrscht. Von der Wärme seiner Berührungen, seinen leidenschaftlichen Küssen, seinem muskulösen Körper.

Am nächsten Morgen, es war Mittwoch, erwachte Barbara, verärgert über sich selbst. Sie müsste sich schon das Hirn aus dem Kopf schneiden, um die mittlerweile zwanghaften Gedanken an Conradin abzustellen. Wurde sie langsam verrückt? Hatte ein Mensch tatsächlich so wenig Kontrolle über seine Gefühle? Das war mit Abstand der furchtbarste innere Kampf, den Barbara je ausgefochten hatte – und sie war sich nicht einmal sicher, ob sie ihn gewinnen würde.

Jedenfalls beschloss sie, dass sie dringend Ablenkung brauchte, und nahm sich vor, Conradin den Rest der Woche nur noch während der Mahlzeiten, in Gegenwart seiner Schwester oder anderer Gäste, zu begegnen. Die restlichen Stunden des Tages verbrachte sie mit einer ausgiebigen Wanderung in die umliegende Natur. Am Donnerstag stattete sie der Kantonshauptstadt Chur einen Besuch ab. Am Freitag einigte sie sich mit Pfarrer Rolf auf einen Termin für Rosas Beisetzung, nachdem ihr Simon den Tag der Kremation bekannt gegeben hatte. Die verbleibenden Stunden des Tages war Barbara damit beschäftigt, Simon und die übrigen Verwandten und Bekannten darüber in Kenntnis zu setzen. Die Beerdigung ihrer Großmutter sollte am nächsten Mittwoch stattfinden; das ließ allen Beteiligten genug Zeit, die Feier sowie die Anreise zu regeln.

Es war Samstag, die Sonne streckte ihre goldenen Finger soeben im Osten über den Horizont und erhellte Barbaras Zimmer. Sie schlug die Augen auf. Heute wollte sie noch mal zum alten Haus am Waldrand gehen – dieses Mal ohne Conradin. Sie war sich absolut sicher, bei ihrem letzten Besuch etwas Wichtiges übersehen zu haben. Ihre Intuition sagte ihr, dass es Hinweise auf Rosas Verschwinden und Adelines Verbleib geben musste.

Nach einer erfrischenden Dusche und dem Frühstück verließ Barbara wie schon die Tage zuvor möglichst unauffällig das Haus. Langsam entwickelte sie eine zuverlässige Routine darin, Conradin aus dem Weg zu gehen. Ein kleines Lächeln, das jedoch sofort von einem Stich in ihrem Herzen getrübt wurde, stahl sich auf ihr Gesicht. Sie belog sich doch nur selbst, wenn sie versuchte, ihre Gefühle für diesen jungen Mann zu leugnen. Oder tat sie das einzig Richtige, indem sie endlich den Verstand einschaltete und ihren sehnsüchtigen Wünschen Einhalt gebot?

Wer wusste das schon mit Sicherheit?!

Barbara schloss kurz die Augen, während sie das letzte Stück der geteerten Straße entlanglief, um dann in den Kiesweg abzubiegen, der sie zum Haus am Waldrand bringen würde. Die Luft war trocken und bereits am frühen Morgen angenehm warm. Bald schon brannte die Sonne wieder erbarmungslos von einem wolkenlos blauen Himmel auf sie nieder. Da es seit Dienstag nicht mehr geregnet hatte, knirschten die Kieselsteine unter Barbaras Wanderschuhen, und jeder ihrer Schritte wirbelte erdigen Staub auf. Als sie den kleinen Trampelpfad, der zum Haus am Waldrand führte, erreichte, war sie bereits schweißgebadet. Wie bei ihrem letzten Besuch vor wenigen Tagen fand sie die Tür unverschlossen vor.

Sie betrat das Innere des Holzhauses und rümpfte unwillkürlich die Nase. Es war warm und stickig wie in einem Treibhaus. Feuchtigkeit lag in der Luft. Der Regen war wohl an einigen Stellen ins Hausinnere eingedrungen und sorgte nun dafür, dass der unverkennbar modrige Geruch von

Schimmel die Räume erfüllte. Da das alte Haus nachmittags bereits im Schatten des angrenzenden Waldes lag, wurde es nur für wenige Stunden von der Sonne erwärmt. Es würde wohl noch ein paar Wochen dauern, bis sich die klammen Finger der Feuchtigkeit zurückgezogen hatten.

Barbara hielt kurz inne und versuchte, im Geiste eine Zeitreise zu unternehmen. Was war den Menschen, die hier gelebt hatten, wichtig gewesen? Wo hatten sie persönliche Dinge verstaut? Sie stellte sich ihre Urgroßmutter vor.

Sie soll Kräuter und Blumen geliebt haben; der Garten muss also ihr wahres Refugium gewesen sein, überlegte Barbara. Ein Ort, an dem sie sie selbst sein konnte. Einer inneren Eingebung folgend, machte Barbara auf dem Absatz kehrt und ging wieder nach draußen, wo sie den Blick über die überwucherte Grünfläche schweifen ließ. Im Geiste sah sie eine wunderschöne Frau vor sich, deren Röcke sich im warmen Sommerwind bauschten. Hatte sie das gleiche braune Haar gehabt wie sie, Barbara? Langsam schlenderte sie zu der Umzäunung des verwunschen aussehenden Gartens und ließ die Fingerspitzen dabei über die Blätter einiger Büsche streichen. Sie sog den würzigen Duft der Kräuter, vermischt mit dem unverkennbaren Parfüm der Rosensträucher, in ihre Lunge.

»Ich verstehe, warum du gern hier warst …«, flüsterte Barbara und drehte sich zum Haus um. »Dort allerdings hast du dich nicht zu Hause gefühlt.« Sie wusste nicht, woher sie dieses Wissen nahm. Dann glitt ihr Blick hinüber zu dem baufälligen Gartenschuppen rechts neben dem Hauptgebäude. Schon bei ihrem ersten Besuch hier hatte sie diese Hütte näher inspizieren wollen. Sie erreichte die Holzkate mit wenigen Schritten. Obwohl das Gebäude nicht sonderlich vertrauenerweckend aussah, zerrte sie die schiefe Holztür auf. Staub tanzte in der Luft und ließ Barbara husten. Ihre Augen mussten sich erst an das dämmrige Licht im Inneren des Häuschens gewöhnen. Vorsichtig, als fürchtete sie, das Gebäude könnte jeden Moment in sich zusammenstürzen, tappte sie in die kühle Dunkelheit der Kate.

Enttäuschung machte sich in ihr breit. Wie erwartet war der Schober zu beiden Seiten mit Gartenutensilien vollgestopft: Sensen, Körbe, Wetzsteine, Hacken, kurze Schaufeln und Sicheln. Barbara schaute sich um. In Ermangelung einer besseren Idee, begann sie, wahllos Werkzeuge und Gartengeräte beiseitezuräumen. Sie wollte gerade resigniert aufgeben und den Schuppen verlassen, als ihr etwas auffiel. Im hintersten Teil der Hütte, beinahe komplett verborgen unter einem Stapel von Abdeckplanen aus Jutegewebe, entdeckte sie etwas. Eine kleine, schön verzierte Schatulle. Sie hatte etwa die Ausmaße eines Aktenordners, war vielleicht etwas höher. Eine dicke Staubschicht bedeckte das Holzkästchen. Ein rostiges Schloss hinderte den neugierigen Betrachter daran, einen Blick ins Innere des Behältnisses zu werfen. Nach zwei kräftigen Schlägen mit dem Stiel einer Gartenhacke zerbarst das von Feuchtigkeit und Alter zerfressene Hängeschloss.

»Jep!« Barbara stieß einen kleinen triumphierenden Laut aus, als sie den Deckel der Schatulle vorsichtig und mit pochendem Herzen anhob.

Das Triumphgefühl verflüchtigte sich sofort wieder. Das Innere des Kästchens war in bis zu zwanzig verschiedene hölzerne Zellen unterteilt, in denen jeweils unterschiedliche Samenkörner lagen.

»Saatgut«, murmelte Barbara enttäuscht und wollte die Kiste wieder schließen, als ihr etwas auffiel.

Sie versuchte, die oberste Einlage mit den Abteilen anzuheben. Die Schatulle musste noch einen Hohlraum in ihrem Bauch beherbergen, sonst wäre sie nicht so hoch! Endlich gelang es Barbara, das Saatkörner-Fach herauszunehmen. Was sich dann vor ihren Augen auftat, verschlug ihr vor

Überraschung die Sprache. Mit spitzen Fingern, um es ja nicht zu beschädigen, griff sie vorsichtig nach dem in Leder gebundenen Buch, das in der Kiste lag. Barbara setzte sich auf den Boden und wischte den Staub von dem Einband. Schon auf der ersten Seite bestätigte sich ihre Vermutung, und ihr Puls beschleunigte sich.

Liebes Tagebuch …

Hatte sie die geheimen Aufzeichnungen ihrer Urgroßmutter gefunden? Aufregung erfasste Barbara.

In diesem Augenblick vernahm sie draußen vor dem Schuppen ein Knirschen. Näherten sich da Schritte? Barbara unterdrückte nur mit Mühe einen erschrockenen Aufschrei und steckte das Buch rasch zurück in die Holzschatulle.

In diesem Augenblick fiel die Tür der Kate krachend zu. Jemand schien hektisch am Türriegel zu hantieren! Nur schemenhaft konnte Barbara zwischen den Ritzen der Bretter eine Gestalt ausmachen. Das Herz pochte ihr bis zum Hals, und sie hielt entsetzt den Atem an. Was ging hier vor sich? Wollte man sie hier einsperren? Plötzlich wurde sie von Panik ergriffen und erwachte aus ihrer Starre. Sie sprang auf und hastete zur Tür. Doch es war schon zu spät. Der Schatten entfernte sich bereits wortlos. Und die Holztür war verschlossen! Voller Angst stieß Barbara mit dem Fuß dagegen. Die Tür knirschte zwar, ließ sich aber nicht öffnen. Barbara spürte, wie ihr der Schweiß aus allen Poren brach. Das durfte doch nicht wahr sein!

»Hey, aufmachen! Bitte! Was soll das denn?«, rief sie verzweifelt und rüttelte mit aller Kraft an der Holztür. Es würde Stunden dauern, bis sie hier jemand fand – wenn an diesem Ort überhaupt nach ihr gesucht würde! Conradin würde sich sicher erst gegen Abend über ihr Fortbleiben wundern. Schließlich war es nicht das erste Mal, dass sie auf eigene Faust eine Wanderung oder einen Ausflug unternahm. Und wer konnte sagen, ob derjenige, der sie hier eingesperrt hatte, bis dahin nicht längst zurückgekommen war, um ... um sein Werk zu vollenden? Sie wusste ja nicht, was er mit ihr vorhatte. Bei dem Gedanken an eine mögliche Entführung oder gar Schlimmeres wurden Barbara die Knie ganz weich, und sie sank mit dem Rücken an der Tür zu Boden. Mit zitternden Fingern wischte sie sich einige Tränen aus dem Gesicht. Ihr Atem ging stoßweise.

Ruhig, ganz ruhig, Barbara!, sagte sie sich ein ums andere Mal. Wie sollte sie sonst klar denken und einen Ausweg finden? Sie überlegte krampfhaft, ob es einen anderen Weg aus dem Schuppen gab, und ließ den Blick erneut durch den kleinen Raum schweifen. Nein, keine Chance. Da war nur die Eingangstür. Doch vielleicht könnte sie eines der Gartengeräte zum Aufbrechen der Tür benutzen? Sie musste sich beeilen. Was, wenn der Fremde zurückkam?

Plötzlich hörte Barbara erneut Schritte, die sich dem Schuppen näherten. Das Blut gefror ihr in den Adern. Was sollte sie jetzt tun? Sie sah sich hastig nach der ersten Gerätschaft um, die ihr ins Auge stach, und griff nach einer Gartenhacke. Leise näherte sie sich der Tür und postierte sich neben ihr mit erhobener Waffe. Sie hielt die Luft an, während ihr Herz immer schneller schlug. Adrenalin schoss durch ihre Adern und ließ sie jedes noch so kleine Geräusch und jede noch so winzige Bewegung in der Nähe wahrnehmen.

Der Fremde machte sich wieder an der Holztür zu schaffen! Barbara konnte nicht sehen, was er tat, aber seinem leisen Ächzen nach zu urteilen, musste es recht anstrengend sein. Plötzlich wurde die Tür mit einem Ruck aufgerissen, und Barbara entfuhr ein Schreckenslaut. Das Tageslicht blendete sie; deshalb konnte sie zunächst nicht sehen, wer ihr Peiniger war. Ohne nachzudenken, stürzte sie sich mit einem wütenden Schrei auf den Schemen im Türrahmen und schlug mit der Hacke nach ihm. Er parierte den Schlag jedoch geistesgegenwärtig und fasste sie am Handgelenk.

»Aye, was soll das denn?«

Erst als sie die Stimme vernahm, erkannte Barbara, dass ihr von diesem Mann keine Gefahr drohte, und vor Erleichterung wäre sie am liebsten in Tränen ausgebrochen. Doch die ausgestandene Angst ließ sie gleich wieder wütend auffahren: »Verdammt, Conradin! Du hast mich zu Tode erschreckt! Was zum Henker tust du hier?« Sie fuchtelte aufgebracht mit dem freien Arm in der Luft herum und spürte, wie Hitze ihren Hals heraufkroch.

»Ich ...«, stammelte er sichtlich konsterniert, » ... hatte das Gefühl, dass es besser wäre, dich hierher zu begleiten. Große Teile des Gebäudes sind baufällig, man kann sich leicht verletzen. Im Dorf wird jeder deiner Schritte aufmerksam verfolgt, musst du wissen, und ich hatte kein gutes Gefühl, dich unbeschützt zu lassen. Ich habe also nach dir gesucht. Ein Bauer hat dich auf dem Weg hierher beobachtet und mir davon erzählt. Wie ich sehe, war meine Entscheidung, dir zu folgen, richtig.«

»Unbeschützt?!« Barbara spie das Wort förmlich aus und ärgerte sich noch mehr. »Ich bin kein unselbstständiges kleines Mädchen, Conradin, und du bist nicht mein gottverdammter weißer Ritter! Hätte ich dich hier dabeihaben wollen, hätte ich gefragt!« Kaum hatte sie ihm die Worte an den Kopf geworfen und den verletzten Ausdruck auf seinen Zügen erkannt, schalt sie sich eine Zicke. Bevor sie sich allerdings bei Conradin für ihr unangemessenes Verhalten entschuldigen konnte, machte er auf dem Absatz kehrt und stapfte davon. Sie keuchte entsetzt auf, als ihr das Ausmaß des Schadens, den sie angerichtet hatte, klar wurde. Sie hatte ein rabenschwarzes Gewissen. Ihre Nerven waren durch den seltsamen Überfall im Schuppen völlig überstrapaziert. Sie hatte über Conradin – ihrem Retter – nun einfach all die aufgestauten Emotionen ausgeschüttet. Obwohl sie nicht ihm gegolten hatten.

»Conradin, warte, bitte …«, rief sie ihm nach.

Er blieb ruckartig stehen, drehte sich wütend zu ihr um. »Was?! Tut es dir etwa leid? Das glaube ich dir nicht! Seit du in Surgens angekommen bist, spielst du mit mir. Mal darf ich dir näherkommen, dann wieder nicht. Ich verstehe dich nicht. Ich wollte dir nur helfen! Jemand hat die Tür zum Schuppen verriegelt und zusätzlich mit Kabelbinder gesichert.« Dann wandte er sich ab und eilte davon.

»So warte doch!«, bat sie und rannte ihm hinterher. Als sie ihn atemlos erreichte, flackerten seine Augen vor Zorn und verrieten das Chaos, das in ihm wütete. Wut, Trauer, Angst, Verletzlichkeit, Leidenschaft.

»Du hast recht«, gab sie kleinlaut zu. »Ich verhalte mich irrational. Ich … hatte Angst.« Sie senkte den Blick und ließ die Schultern hängen.

Conradin starrte unverwandt in die Ferne und schwieg.

»Mach es mir doch bitte nicht so schwer. Es tut mir wirklich leid. Ich dachte, ich würde gefangen gehalten!« Barbara war fest entschlossen, Conradins berechtigten Zorn zu besänftigen.

Seine Züge entspannten sich ein wenig. »Ich habe dich nicht eingeschlossen. Ich war das nicht.«

»Davon gehe ich aus. Nur, wer war es dann?« Sie nagte unsicher an der Unterlippe. Das Zittern ihrer Hände hatte noch immer kaum nachgelassen.

»Ich schätze, jemand, der nicht möchte, dass du hier etwas Interessantes findest. Oder jemand, der dir Angst einjagen will, um dir zu drohen.«

Barbara seufzte. »Diese Beschreibung könnte im Augenblick auf jeden zweiten Dorfbewohner zutreffen. Keiner von ihnen will mich bei der Aufklärung meiner Vergangenheit unterstützen. Ist dir eigentlich jemand auf dem Weg hierhin entgegengekommen?«

Conradin schüttelte den Kopf. »Nein. Kein Mensch. Auf jeden Fall solltest du nun vorsichtiger sein und dich allein nicht mehr allzu weit vom Dorf entfernen. Wanderunfälle und andere Tragödien lassen sich in dieser Gegend mit relativ wenig Aufwand inszenieren … Du kannst davon ausgehen, dass wer immer dir hier einen Denkzettel verpassen wollte, nicht so schnell aufgeben wird.«

Barbara starrte Conradin entsetzt an. Die Ernsthaftigkeit seiner Worte jagte ihr einen kalten Schauer über den Rücken. Wer könnte ein Interesse daran haben, ihr bei ihrer Suche Steine in den Weg zu legen? Und vor allem: warum? Vielleicht konnte ihr das Tagebuch in der Schatulle Aufschluss darüber geben.

»Soll ich dir jetzt bei der Durchsuchung des Schuppens helfen oder nicht?« Conradin schaute sie fragend an.

»Ich habe bereits etwas gefunden. Ein Tagebuch. Würdest du … würde es dir etwas ausmachen, es mir vorzulesen?«, fragte sie unsicher. Sie wollte es nicht selbst lesen, da sie aus unerfindlichen Gründen plötzlich Angst vor dem Inhalt verspürte.

»Einverstanden«, erklärte Conradin.

Als Barbara mit dem Buch aus der Kate zurückkehrte, schlug er vor: »Lass uns ins Haus gehen. Dort sind wir vor neugierigen Augen geschützt. Hier besitzt so gut wie jeder ein Fernglas.«

Barbara nickte nur, drückte das Tagebuch an sich, als befürchtete sie, es könnte ihr auf dem Weg ins Haus gestohlen werden, und folgte Conradin die Stufen hinauf zum Eingang. Sie ließ den Blick beunruhigt durch die Gegend streifen; sie fühlte sich beobachtet.

Im Wohnzimmer bedeutete er ihr, sich eine Sitzgelegenheit auszusuchen. Barbara setzte sich vorsichtig auf die abgewetzte Couch. Er blickte sich unschlüssig um und ließ sich schließlich in den Ohrensessel fallen.

Einige Minuten starrten sie sich schweigend an. Dann gab sich Barbara einen Ruck und sagte heiser: »Willst du dich nicht zu mir setzen?«

Für einen kurzen Augenblick huschten erneut Verletztheit und Trotz über Conradins Gesicht. Dann entspannte er sich sichtlich. »Nur, wenn du das wirklich willst«, murmelte er. In seinen Augen sah sie, wie sehr ihn ihr vorheriges Verhalten gekränkt hatte.

»Bitte …«, flehte Barbara und knetete gequält die Hände.

Conradin erhob sich aus dem Sessel und kam langsam zur Couch herüber. Er setzte sich neben sie – und zwar so nahe, dass sich ihre Beine berührten –, legte den Arm um ihre Schultern und griff nach dem Tagebuch. Sein warmer Atem glitt über ihre Wange, und seine Augen ruhten auf ihrem Mund.

»Ich fragte mich die ganze Zeit«, sagte er mit dunkler, verführerischer Stimme, »wie du gedenkst, das Unrecht, das du mir angetan hast, wiedergutzumachen.« Für den Bruchteil einer Sekunde huschte ein schelmisches Grinsen über sein Gesicht, dann wurde er wieder ernst und strich ihr eine Haarsträhne hinters Ohr.

Barbara lehnte sich an seine Brust und fuhr mit den Fingern die Konturen seiner Stirn, seiner Wange und seines Kinns nach. Dann küsste sie ihn. Sie spürte, wie all die Spannung und die Unsicherheit der letzten Tage und Stunden von ihr abfielen, als sie sich diesem Kuss vollkommen hingab. Conradin schlang die Arme um sie und zog sie näher zu sich. Ihre Zungen berührten sich und spielten miteinander, während die Küsse leidenschaftlicher wurden. Barbara klopfte das Herz bis zum Hals. Als sich Conradin nach einer geraumen Weile sanft von ihr löste, tobte in ihr ein wilder Sturm. Jede Faser ihres Körpers schrie danach, seine nackte Haut unter den Fingerspitzen fühlen zu dürfen. Sie wollte ihn überall spüren, sich in seiner Leidenschaft verlieren. Glühende Hitze kroch wie flüssige Lava durch ihre Adern. Die Stimme der Vernunft sagte ihr jedoch auch, dass dies weder die rechte Zeit noch der rechte Ort für so etwas war.

Eine Weile saßen sie stumm nebeneinander, beide in Gedanken versunken, die Stirn an die des anderen gelehnt. Barbara spürte, dass seine Fantasien und Wünsche in eine ähnliche Richtung gingen wie die ihren. Doch auch er hielt sich zurück.

»Soll ich dir jetzt einige Seiten aus dem Tagebuch vorlesen?«, fragte er.

Barbara nickte und lehnte sich erneut an ihn. Sie schloss die Augen und lauschte seiner samtenen, wohlklingenden Stimme.

Viel Zeit blieb ihnen nicht mehr, bis Conradin für den Mittagsservice ins Gasthaus zurückkehren musste.

Er schlug das Buch just in dem Moment zu, als ihre Urgroßmutter Adeline erzählte, wie sie sich in ihren Jonas verliebt und ihn das erste Mal geküsst hatte.

»Sie wird mit ihm schlafen«, sagte Barbara gedankenverloren.

»Meinst du? Sie kennt ihn doch kaum.« Conradins Augen wurden ganz dunkel. Barbara konnte seine Gefühle und das unterdrückte Verlangen fast körperlich spüren. Oder waren das nur ihre eigenen Empfindungen?

»Oh ja. Sie liebt ihn, das spürt man.«

»Dann sollten wir die Geschichte bald zu Ende lesen.« Conradin half Barbara beim Aufstehen und küsste sie erneut mit einer an Verzweiflung grenzenden Heftigkeit.

»Jetzt aber los, meine Küche wartet«, scherzte er schließlich, nahm Barbara bei der Hand und führte sie nach draußen. Danach ging er sicherheitshalber in einigem Abstand neben ihr her. Die Gerüchteküche im Ort brodelte vermutlich ohnehin schon.

Nach dem Mittagsservice gesellte sich Conradin zu Barbara auf die Terrasse, wo sie in ihrem Roman las. Auch wenn sie vor Neugierde beinahe platzte, wollte sie das Tagebuch ihrer Urgroßmutter nur in Conradins Beisein weiterlesen. Er nippte schweigend an einer Apfelschorle und hielt den Blick auf das sich vor ihren Augen entfaltende Tal gerichtet.

Schließlich fragte sie leise, damit sie nicht belauscht werden konnten: »Möchtest du wissen, wie es weitergeht? In Adelines Tagebuch?«

Er wandte sich ihr zu und musterte ihr Gesicht eingehend, als versuchte er zu ergründen, ob sich hinter diesem Angebot mehr verbarg, als der bloße Wortlaut vermuten ließ.

»Möchtest du es denn?« Er grinste. Barbara nickte leicht errötend. Conradin erhob sich von seinem Stuhl und bot ihr seine Hand an. »Komm mit, wir holen uns zwei Sonnenliegen und machen es uns hinter dem Haus gemütlich. Dort befindet sich sozusagen mein Privatgarten.«

Barbara ergriff seine Hand, die warm und vertraut in ihrer lag, und vergaß für einen kurzen Augenblick die Welt um sich herum. Sie hätte ewig so neben ihm hergehen können. Er führte sie durch das Gasthaus zu jenem Teil, in dem sich die Privatwohnung befand.

»Komm rein, Anna ist nicht da – sie bedient ja die Gäste auf der Terrasse. An Nachmittagen wie diesem hat sie alle Hände voll zu tun. Vermutlich wird meine Mutter später auch noch zu ihr stoßen.«

Barbara betrat das Refugium der Geschwister und kam sich dabei wie ein Eindringling vor. Schließlich war dies die intime Welt seiner eigenen vier Wände. Sie fühlte sich durch dieses Vertrauen ihr gegenüber geehrt. Es machte sie aber auch nervös. Der bloße Gedanke, allein mit Conradin hier zu sein, schürte ihr Verlangen nach seiner Nähe. Sie musste komplett den Verstand verloren haben.

»Warte kurz, ich hole die Sitzpolster der Liegestühle!«, erklärte er ihr und verschwand in einem der angrenzenden Zimmer. Währenddessen wagte Barbara einen Blick durch die einen Spalt offen stehende Tür zu ihrer Rechten. In diesem Moment erschien Conradin mit zwei Liegestuhlauflagen in der Hand im Flur. Er blieb abrupt stehen und musterte Barbara. Allerdings mit einer Mischung aus Neugierde und Leidenschaft, nicht mit Ärger, wie sie befürchtet hatte.

»Das ist mein Schlafzimmer«, erklärte er, und seine Stimme klang dabei rau.

»Hab ich gesehen«, antwortete sie, als er die Auflagen abstellte und langsam näher kam.

Dann küsste er sie. Seine Lippen fühlten sich wie glühende Kohlen auf ihrer Haut an. Sie schaute ihn ernst und fragend an, als sie ihn behutsam mit sich ins Zimmer zog. Conradin schloss die Tür hinter sich, bevor er die Arme um Barbara schlang und sie zu seinem Bett trug.

Er übersäte sie mit atemlosen Küssen, während sie sich gegenseitig, von einer unerklärlichen Hast getrieben, die Kleider vom Leib rissen. Erst als sich ihre nackten Körper aneinanderschmiegten und sich in flammender Hingabe vereinten, schob Barbara jegliche Bedenken entschlossen beiseite.

Die Heftigkeit, mit der sie sich liebten, überraschte sie und ließ sie alles andere vergessen. Es gab nur das Hier und Jetzt, die alles verzehrende Leidenschaft zwischen Conradin und ihr.

Als sie sich zitternd und schweißnass in den Armen lagen und sie Conradins sich langsam beruhigenden Herzschlag spürte, wusste Barbara eines mit absoluter Sicherheit:

So hatte es sich bisher noch nie angefühlt. Sie wandte den Kopf, damit sie ihm in die Augen sehen konnte. »Conradin?«, flüsterte sie.

»Hm?«

»Ich glaube, ich liebe dich.«

»Du glaubst es?«, fragte er verunsichert.

»Hätte ich schon einmal in meinem Leben etwas Ähnliches empfunden, wüsste ich, dass das hier Liebe ist. Die Wahrheit ist jedoch, dass ich noch nie etwas vergleichbar Intensives erlebt habe. Was auch immer ich bisher für Liebe hielt, war vermutlich keine.«

»Wenn das so ist«, murmelte Conradin und küsste sie erneut leidenschaftlich, wobei seine Hände über ihren nackten Körper wanderten, »dann kann ich nur Folgendes zu Protokoll geben: Auch ich glaube, dich zu lieben.«

Dieses Mal liebten sie sich langsam und voller Zärtlichkeit, ohne die rastlose Explosivität von vorhin.

Als sie sich endlich aus den Laken schälten, war es bereits später Nachmittag.

»Ich muss bald ans Zubereiten des Abendessens denken«, sagte Conradin, und ein jungenhaftes Grinsen stahl sich auf sein Gesicht.

»Ich an deiner Stelle würde vorher noch eine Dusche nehmen – du riechst etwas streng«, lachte Barbara und küsste ihn. Als er sie umarmte und den Kuss erwiderte, fühlte sie schon wieder eine Welle des Verlangens in sich aufsteigen.

Das konnte ja noch heiter werden.

»Was machen wir mit dem Tagebuch?«, fragte Conradin scheinbar unschuldig. »Du liest doch nicht ohne mich weiter – jetzt, da es spannend zu werden scheint?«

Barbara konnte sich bei dieser Bemerkung ein Grinsen ebenfalls nicht verkneifen. »Wie wär's nach dem Abendessen? In meinem Zimmer?«

»Ein verlockendes Angebot, Frau Rieder. Ich nehme es gern an, wenn ich mich darauf verlassen kann, dass Sie Ihr Wort halten und wir wirklich weiterlesen.«

»Tun wir, ich verspreche es«, scherzte Barbara.

Dann trennten sie sich widerstrebend voneinander.

Kapitel 20

Adeline

Liebes Tagebuch,

es ist schlimmer, als ich annahm. Seit zwei Monaten arbeite ich nun bei Alfons und Martha. Ich gebe mir wirklich große Mühe, ihren Wünschen zu entsprechen und ihnen eine gute Magd zu sein. Martha scheint mit mir weniger hart ins Gericht zu gehen als ihr Ehemann Alfons. Ich fürchte allerdings, dass er selbst dann einen Grund gefunden hätte, mich zu tadeln, wenn ich alles zu seiner Zufriedenheit erledigt hätte.

Alfons ist nämlich besessen davon, meinen Dienst, wie er es nennt, in Anspruch zu nehmen. Meistens kommt er zweimal die Woche vorbei, manchmal auch öfter. Am schlimmsten war es beim ersten Mal, als ich keine Ahnung hatte, was mich erwarten würde.

Nur wenige Tage nach Alfons' unmoralischer Ankündigung klopfte es zu später Stunde an meine Tür. Rosa schlief bereits, und ich war müde von einem langen Arbeitstag. Ich ahnte jedoch, welches Übel vor der Tür wartete.

Alfons, mein Arbeitgeber. Er roch nach billigem Fusel, vermischt mit dem Tabakrauch seiner krummen Zigarren, die er immerzu rauchte.

»Martha denkt, dass ich ins Gasthaus würfeln gehe«, knurrte er und schob mich beiseite, damit er eintreten

konnte. »Komm her!«, befahl er und zerrte mich hinter sich her ins Wohnzimmer.

»Seid bitte leise, mein Herr, sonst weckt Ihr meine Tochter!«, versuchte ich, an seinen Verstand zu appellieren. Er gab jedoch nur ein boshaftes Meckern von sich und schloss die Wohnzimmertür hinter uns.

»Willst du mir nichts zu trinken anbieten, Weib?«, knurrte er. Die Vulgarität seiner Worte erschütterte mich zutiefst. Weil ich jedoch die lauernde Aggressivität in seiner Stimme spürte und um Rosas Wohl fürchtete, beeilte ich mich, ihm ein Glas Wein zu bringen.

Er kippte es in einem einzigen Zug und forderte mehr. »Ist das alles, was du zu bieten hast?«, fragte er schließlich, und sein anzüglicher Blick wanderte über meinen Körper. Ich verstand nicht gleich, was er meinte, und starrte die Weinflasche an.

»Doch nicht den Wein, du Dummerchen. Unterhalte mich! Zeig mir, was du hast.« Ich musste ihn ziemlich entsetzt angestarrt haben, denn er brach in schallendes Gelächter aus und trat auf mich zu. Sein stinkender Atem schlug mir entgegen und ließ mich beinahe würgen. »Interessant. Verhältst dich wie eine sittsame Jungfrau. Keine falsche Scheu, meine Liebe. Der Balg in der oberen Etage beweist doch eindeutig, dass du es mit der Keuschheit nicht allzu genau nimmst. Wozu also die Zurückhaltung? Allerdings ...« Er hielt kurz inne und strich sich über die Bartstoppeln. » ... gefällt mir die Mädchen-Nummer richtig gut. Meine Alte zu Hause ist schon so abgebrüht, dass ich längst vergessen habe, wie es sich anfühlt, so ein junges und schüchternes Ding wie dich zu nehmen!«

Ich wurde bei dieser offensichtlich ordinären Wortwahl purpurrot im Gesicht und wusste nichts mehr zu erwidern. Als er das sah, lachte er schon wieder.

»Du machst mich noch ganz verrückt mit deiner Zurückhaltung!«, flüsterte er und grapschte nach meinen Brüsten.

Ich hielt erschrocken den Atem an, wagte jedoch nicht, mich zu wehren. Er vergrub sein Gesicht in meinem Ausschnitt, während seine schwieligen Hände nach meinem Hintern griffen. Mit Entsetzen stellte ich fest, wie er seine harte Männlichkeit an meinen Schenkeln rieb, während er lüstern grunzte. Ich war nie besonders gläubig gewesen, doch in diesem Moment sandte ich im Stillen ein Stoßgebet an den lieben Gott.

Er erhörte mich nicht.

Alfons warf mich auf die Couch, riss mir die Kleider vom Leib und legte sich keuchend auf mich. Als er grob und ohne Vorwarnung in mich eindrang, schrie ich vor Schmerz auf. Doch er lachte nur und schien sich an meinem Widerwillen zu ergötzen. Je mehr ich mich wehrte und je verzweifelter ich wimmerte, desto erregter wirkte er.

Nach einigen heftigen Stößen ergoss er sich schnaubend in mich und sackte dann erschöpft über mir zusammen.

Noch nie in meinem ganzen Leben hatte ich etwas Grauenhafteres erlebt als das. Diese kranke Lüsternheit, diese Boshaftigkeit und Brutalität ...

Er ließ mich wie ein erlegtes Wild auf der Couch liegen, schloss seine Hose und ging.

Bei seinem zweiten Erscheinen war ich innerlich schon abgestumpft. Ich gab ihm so viel Wein, wie er wollte, und ließ ihn gewähren. Während er schnaubend wie ein wild gewordener Stier sein Werk in und auf mir vollbrachte, schickte ich meinen Geist weit weg auf Reisen. Ich fragte mich, ob es Möglichkeiten gab, sich mittels Kräutern gegen eine ungewollte Schwangerschaft zu schützen, und überlegte, ob ich es wagen konnte, bei Gelegenheit eine der alten Frauen im Dorf zu fragen.

Wie sich kurze Zeit später herausstellte, war das gar nicht nötig. Martha nahm mich eines Nachmittags, als ihre Kinder im Garten spielten, beiseite und sagte: »Ich weiß, dass Alfons deinen Reizen erlegen ist, du kleine Hure. Der einzige Grund, warum ich es dulde, ist, dass es mir selbst eine Pause von seinen fleischlichen Gelüsten verschafft. Naiv und ahnungslos, wie du mir jedoch erscheinst, hat dir vermutlich niemand beigebracht, wie man sich gegen die Folgen dieser Unzucht schützen kann. Ich rede von Schwangerschaft!«

Als ich bis über beide Ohren errötete und mich bei Martha entschuldigen und rechtfertigen wollte, schnitt sie mir einfach das Wort ab.

»Wie ich schon sagte: Ich bin heilfroh, wenn ich den Mistkerl eine Weile nicht zwischen meine Schenkel lassen muss! Was mich jedoch wirklich ärgern würde, ist, wenn ich meine Magd wegen einer erneuten Schwangerschaft verlieren würde. Also hör gut zu: Ich habe dir hier einen Trank gebraut. Jedes Mal, wenn er in dir war, nimmst du ihn sofort. Ich werde dir beibringen, mit welchen Kräutern du ihn selbst herstellen kannst. Das ist alles, was ich von dir fordere.«

Ich strich mir die Tränen aus dem Gesicht. Ich hätte mir von ihr wahrhaftige Hilfe erhofft, auch wenn ich um den Tipp mit dem Kräutertrank froh war.

»Heul nicht, dummes Ding, willkommen in der Wirklichkeit! Denkst du, du bist die Einzige, die so was erdulden muss? Eine mit deinem Hintergrund ...? Du kannst dankbar sein, dass du überhaupt ein Dach über dem Kopf und eine Arbeitsstelle hast. Also beklag dich nicht und tu gefälligst, was ich dir sage!«

Ich nickte tapfer, obwohl Scham und Entsetzen mir die Luft abschnürten.

Ich hatte keine Wahl.

Oft dachte ich an Jonas und daran, was er wohl zu alldem gesagt hätte. Er hätte Alfons für seine Widerwärtigkeiten und die Gewalt mir gegenüber getötet. Und meine Eltern, mein Vater? Würde er erfahren, dass aus mir eine Hure geworden war?

Das Einzige, was ich nun tun konnte, war, die Kräuter, die mir Martha genannt hatte, in meinem Garten anzupflanzen. Ich tat wie geheißen und schluckte die bittere Medizin pflichtbewusst jedes Mal, wenn Alfons sein Treiben zwischen meinen Beinen erledigt hatte.

Irgendwann, so hoffte ich, würde ich mich an seine schwieligen Hände und den ranzigen Geruch so weit gewöhnen, dass ich ihn kaum mehr wahrnehmen würde. Hilfe hatte ich keine zu erwarten, das wusste ich, weder von Martha noch von den anderen Frauen im Dorf.

Ich nahm an, dass Alfons' Besuche bei Weitem das Schlimmste wären, was mir in meinem jungen Leben passieren konnte. Aber weit gefehlt. Es kam noch grausamer. So zum Beispiel an einem Mittwoch im Mai, als es zu nächtlicher Stunde erneut an meiner Haustür klopfte.

Ich ging mit gesenktem Blick, um zu öffnen, denn ich erwartete Alfons. Seine Gier schien mit jeder Woche unersättlicher zu werden. Er war erst am Vorabend bei mir gewesen, doch offenbar genügte ihm das nicht – er musste sich auch an diesem Abend Erleichterung verschaffen. Auf meine Kosten.

Als ich die Eingangstür öffnete, stockte mir der Atem, und ich erbleichte.

»Kein Grund, gleich wie ein erschrecktes Huhn die Augen aufzureißen, Teuerste«, brummte Alfons, und ein fieses Grinsen erhellte seine wettergegerbten Züge. »Was ist, lässt du mich und meinen Gast hinein, oder sollen wir dir nachhelfen?« Er schob mich unsanft beiseite und verschaffte sich Zugang zum Haus. Zielstrebig führte er seinen Begleiter – einen Mann, den ich schon im Dorf gesehen hatte – ins Wohnzimmer und bot ihm einen Sitzplatz an. Als wäre dies sein Heim. In diesem Moment wünschte ich mir, ich hätte mein eigenes Geld, um ihm eine anständige Miete zahlen zu können. Dann besäße er nicht mehr das Recht, körperliche Dienste von mir einzufordern.

Ich bot den beiden Männern unaufgefordert ein Glas Wein an, weil es meistens das war, wonach Alfons als Erstes verlangte. Er spannte mich mit seiner Hiobsbotschaft nicht lange auf die Folter.

»Du fragst dich sicher, warum ich heute meinen Freund Ernst mitgebracht habe, oder?« Er ließ mir einige Sekunden Zeit, um zu antworten. Als ich nichts erwiderte, fuhr er ungerührt fort: »Nun, ich bin zu dem Schluss gekommen, dass ich die Miete erhöhen muss. Nach wie vor bist du meiner Frau nicht die tüchtigste Magd – du hast das Arbeiten nicht gerade erfunden, um es einmal so zu sagen.«

Das stimmte nicht, und das wusste er genau. Das hämische Glitzern in seinen Augen verriet mir, dass ich recht hatte. Dennoch stand es mir in keiner Weise zu, ihm zu widersprechen. Ich aß von seinem Tisch und wohnte mit meinem Kind in seinem Haus – und ich konnte ihm kein Geld dafür geben. Unzählige Male hatte ich mir schon gewünscht, in der Lage zu sein, mein Bündel zu schnüren und mit Rosa woanders mein Glück zu suchen. Doch das war mir nicht möglich. Ich war es meinem Kind schuldig auszuharren. Denn nur so hatten wir zumindest zu essen und ein Dach über dem Kopf.

Scheinbar gelangweilt pulte er sich Schmutzpartikel unter den vergilbten Fingernägeln hervor und erklärte weiter: »Dennoch wohnst du in meinem Haus, das ich dir freundlicherweise komplett möbliert überlassen habe. Das führt natürlich unweigerlich dazu, dass die Wohnstätte bald durch den regelmäßigen Gebrauch ... Abnutzungserscheinungen aufweisen wird, die es laufend zu reparieren gilt. Dir ist sicher aufgefallen, dass einige der Dachziegel gewechselt werden müssen. Normalerweise legt der Hausbesitzer dafür einen Teil der Mieteinträge beiseite ...«

Ich ärgerte mich über Alfons' formelle Wortwahl. Wenn man bedachte, welch ungehobelter, roher Kerl er in Wirklichkeit war, spottete dieser Umstand jeder Beschreibung. Außerdem war es fernab aller Logik, dass besagte Dachziegel meinetwegen ausgetauscht werden mussten – so lange wohnte ich ja noch gar nicht in diesem Haus. Langsam dämmerte mir, worauf er hinauswollte, und ich sank resigniert in mich zusammen.

Bitte, Herr im Himmel, lass es nicht das sein, was ich vermute!, bat ich inständig.

»Wie auch immer. Ernst, mein guter Freund hier, hat ein ähnliches Problem wie ich. Er hat zu Hause ein garstiges und prüdes Weib, das schon ein wenig in die Jahre gekommen ist. Um es kurz zu machen: Ich will, dass du ihm in gleichem Umfang zu Diensten bist wie mir. Dann werde ich bezüglich der steigenden Kosten ein Nachsehen haben.«

Ich wollte protestieren und fühlte, wie mir Tränen in die Augen stiegen. Ich riss mich allerdings zusammen und wahrte Haltung. Auf gar keinen Fall würde ich vor Alfons und dem widerwärtigen Fremden Schwäche zeigen. Ich würde sie meine Verachtung spüren lassen, meine Gleichgültigkeit!

»Wie Ihr wünscht, Herr«, gab ich scheinbar emotionslos zur Antwort. Dabei versuchte ich, das Zittern in meiner Stimme zu verbergen.

»Ich sagte dir ja, dass sie in solchen Dingen großzügig ist, Ernst. Das Mädchen macht die Beine für jeden breit – wie sonst wäre es ihr gelungen, mit einem geschwollenen Bauch und ohne Mann in die Abgeschiedenheit unseres Tals zu gelangen?« Er klopfte dem dürren Mann mit den fettigen grauen Haaren freundschaftlich auf die Schulter und erhob sich. Dann griff er sich obszön in den Schritt und meinte lachend: »Ich lasse euch Turteltäubchen mal allein, ich hatte meine Ration ja gestern schon!« An mich gewandt, zischte er noch böswillig: »Und wehe, mein Freund hier beklagt sich über dich, dann schlage ich dich grün und blau – mindestens!«

Ich nickte und senkte den Blick. Was blieb mir denn anderes übrig? Dann trat ich vor den Fremden, der noch immer reglos auf der Couch saß und mich mit unverhohlener Begierde musterte. Ich wartete stumm, bis er mir Anweisungen gab.

Die Dinge, die er von mir verlangte, waren so widerlich und beschämend, dass ich sie nicht einmal aufzuschreiben wage. Gegen diesen kranken Rohling war Alfons ein beinahe erträglicher Liebhaber. Ernst war erfüllt von aufgestauter Aggression und unbefriedigten, düsteren Fantasien.

Nach dieser Nacht gab es nur noch wenig, was mich zu erschüttern vermochte. Ich spürte, wie ich innerlich leer und gleichgültig wurde – wie sich meine Seele von meinem Körper abzuspalten begann, als bewohnte sie denselben gar nicht mehr.

Fortan gab es kaum einen Abend, an dem ich nicht männlichen Besuch erhielt. Da war natürlich Alfons, der mehr als einmal die Woche seine Rechte einforderte. Dicht gefolgt von Ernst, dessen Wut sich mit der Regelmäßigkeit seines Erscheinens etwas legte. Schließlich stellte mir Alfons noch zwei weitere Freunde vor, deren Wünsche ich zu erfüllen hatte. Bei jenen war ich mir allerdings sicher, dass sie meinem Arbeitgeber nicht in freundschaftlicher Weise verbunden waren. Das waren gewöhnliche Männer aus dem Dorf, denen zu Ohren gekommen war, dass Alfons eine Hure feilbot. Vermutlich bezahlten sie ihn sogar dafür, dass sie meine Dienste in Anspruch nehmen durften.

Obwohl ich das Opfer in diesem abscheulichen, abgekarteten Spiel war, musste ich mich vor den Ehefrauen der

Freier verantworten. Ihre hasserfüllten, verächtlichen Blicke durchbohrten mich, und wenn ich den Lebensmittelladen betrat, flohen sie, als wäre ich eine Aussätzige. Was ich in gewisser Weise wohl auch war. Man nahm mir das, was ich zu tun gezwungen wurde, übel.

Kapitel 21

Ende Juli 2015

Conradin

Immer zwei Stufen auf einmal nehmend, hastete Conradin nach dem Abendessen in die obere Etage und blieb vor Barbaras Zimmer stehen. Nach kurzem Klopfen klang ihr »Herein« zu ihm nach draußen. Er drückte die Klinke herunter und betrat ihre Kammer. Sie stand mit verschränkten Armen am Fenster und sah auf die glimmenden Punkte der Häuser hinab, die sich im Tal unter ihnen wie ein Schwarm Glühwürmchen in der Dunkelheit ausbreiteten. Conradin trat hinter sie und schlang die Arme um sie. Genüsslich einatmend, legte er den Kopf auf ihre Schulter und schaute ebenfalls nach draußen.

»Wunderschön, oder?« Sie drehte sich zu ihm um. Er nickte, bevor er sich zu ihr hinunterbeugte und sie küsste. Sie schlang die Arme um seine Taille und zog ihn näher zu sich heran. »Du hast wunderbar gekocht«, flüsterte sie zwischen zwei Küssen.

An diesem Abend hatte Conradin für Barbara ein besonderes Menü zubereitet. Fisch-Carpaccio an Sommersalat, mit Pesto gefüllte Hähnchenbrust-Roulade auf Frühlings-Rosmarin-Kartoffel-Herzen, Mascarpone-Karamell-Eis mit lauwarmem Zwetschgenkompott und kandierten Rosenblättern. Anna hatte ihn damit aufgezogen, dass sie eigentlich nicht nach einem Michelin-Stern streben würden, sondern »nur« eine solide, gutbürgerliche Küche mit dem gewissen

Etwas anbieten wollten. Du willst sie doch nur beeindrucken, damit sie dich heute Abend noch unwiderstehlicher findet, hatte ein neckendes Stimmchen hinter Conradins Stirn geflüstert. Vermutlich hatte es recht.

»Danke!« Conradin löste sich von ihr und zog die Vorhänge des Fensters zu. Wildes Verlangen hatte ihn wieder ergriffen. Die Berührung ihrer Lippen war wie ein Versprechen. Eine Verheißung, dass noch mehr folgen würde. Aber nicht jetzt, beschloss er.

»Komm, wir legen uns aufs Bett. Dann lese ich dir aus Adelines Tagebuch vor«, schlug er vor und machte es sich auf dem Doppelbett, das beinahe den gesamten Raum ausfüllte, bequem. Barbara setzte sich neben ihn, reichte ihm das Buch und lehnte sich an ihn. Während er Eintrag für Eintrag aus dem ledernen Büchlein vorlas, spürte er, wie die Vergangenheit sie beide in ihren Bann zog.

Als Conradin an der Stelle angelangt war, an der Adeline ihre Ankunft in Surgens beschrieb, schloss er den Buchdeckel.

Er wandte sein Gesicht Barbara zu und sah, dass Tränen ihre Wangen nässten.

»Das ist so traurig«, flüsterte sie und wischte sich mit dem Handrücken über die salzigen Rinnsale.

»Denkst du, es wird für Adeline und ihr ungeborenes Kind doch noch ein Happy End geben? Immerhin haben ihre Nachfahren überlebt, das wissen wir ja.« Conradin strich sanft über Barbaras Arm, um sie zu trösten.

»An ein gutes Ende für sie und ihr Kind glaube ich nicht. Eine unverheiratete und obendrein schwangere Frau zur damaligen Zeit? Du kennst die Geschichten um das Haus am Waldrand ja, die kursieren. Für mich klingt das überhaupt nicht nach einer Wendung zum Guten.«

Erneut kullerten Tränen über Barbaras Gesicht. Dieses Mal wohl nicht nur wegen Adelines Schicksal, sondern auch, weil ihr aufs Neue schmerzhaft bewusst wurde, dass ihre Großmutter Rosa erst vor Kurzem verstorben war. Jedenfalls war Barbaras Blick zu dem Foto auf dem Nachttisch gewandert, das ihre geliebte Großmutter zeigte. Conradin drückte sie an sich und strich ihr liebevoll über die Haare. Er spürte, wie die Nähe ihres Körpers und ihr Bedürfnis nach Trost erneut eine Welle des Verlangens in ihm aufsteigen ließen. Innerlich schalt er sich dafür. Wie konnte er in einem solchen Moment überhaupt nur daran denken, sie auf diese Art zu berühren?

Doch plötzlich wandte Barbara ihm ihr Gesicht zu, schlang die Arme um seinen Hals und küsste ihn. Verzweifelt, atemlos und voller Begierde. Bevor Conradin wusste, wie ihm geschah, hatte sie ihn bereits in die weichen Kissen des Bettes gedrückt und sich auf ihn gelegt.

Das Glitzern in ihren Augen verriet ihm, dass sie ihn wollte.

Er zog sie näher zu sich und streifte ihr das T-Shirt über den Kopf. Genießerisch schloss er die Augen und seufzte, als ihre warmen Hände endlich über seine Haut strichen und die Grenzen zwischen ihren Körpern langsam verschwanden.

Conradin musste in ihren Armen eingeschlafen sein, denn er erwachte erst wieder, als die Sonne bereits hoch am Himmel stand. Das Licht wollte sich durch die geschlossenen Vorhänge einen Weg ins Zimmer bahnen.

Erschrocken fuhr Conradin hoch und suchte seine Armbanduhr, die er am vergangenen Abend in der Hitze des Gefechts achtlos auf den Teppich hatte fallen lassen.

»Mist!«, schimpfte er leise. Der Frühstücksservice!

Hastig kroch er aus dem Bett, sammelte seine Kleidung ein und streifte sie sich eilig über. Barbara schlief noch tief und fest, als er die Zimmertür leise hinter sich schloss und atemlos ins Erdgeschoss polterte. Jetzt musste er sich aber sputen, wenn die Hausgäste nicht auf ihr Frühstück warten sollten ...

In den nächsten Tagen herrschte im Gasthaus Alpenrose geschäftiges Treiben. Am Montag reiste eine zehnköpfige Gruppe von Chirurgen an, die in Surgens eine kleine Tagung abhielten. Außerdem hatten einige der Trauergäste, die an Rosas Beerdigung am Mittwoch teilnehmen würden, ein Zimmer reserviert.

Conradin fand daher kaum Zeit, Barbara zu sehen. Er vermisste sie bereits nach wenigen Stunden. Die Leidenschaft, mit der sie sich am Samstag geliebt hatten, beschäftigte ihn. Immer wieder ließ er die gemeinsame Nacht in seiner Erinnerung Revue passieren. Barbaras wohlgeformter Körper im Halbdunkel des Zimmers, ihr Duft, die Art, wie sie die Beine um seine Mitte geschlungen hatte. Als wollte sie ihn nie wieder loslassen. Conradin hätte sie gern jeden Abend in ihrem Zimmer besucht, denn er wollte sich jede freie Minute in ihr verlieren.

Du bist ihr komplett verfallen, neckte ihn die innere Stimme, die ihm inzwischen schon vertraut war, und er wusste, dass es genau das war, was ihm auch seine Freunde sagen würden. Das war jedoch nicht die ganze Wahrheit. Es war nicht nur die körperliche Anziehung, die ihn an Barbara band. In ihrer Nähe empfand er einen Frieden, den er bisher noch nie in Gegenwart einer Frau erlebt hatte. Barbara faszinierte ihn mit ihrem intelligenten Humor und ihrer grazilen Art. Sie vermochte es, ihn mit ihren moosgrünen Augen auf eine Art und Weise anzusehen, die ihn Zeit und Raum vergessen ließ. Manchmal glaubte er, in ihrem Gesicht die Züge seiner ungeborenen Kinder sehen zu können. Das waren Gedanken, die völlig neu für ihn waren. Gefühle, die ihm ganz und gar fremd erschienen. Das Chaos in seinem

Inneren verwirrte ihn dermaßen, dass er nicht einmal seinen besten Freunden davon erzählen konnte. Remo und Silvan konnten stundenlang darüber philosophieren, welche Vorzüge man zwischen den Schenkeln einer Frau finden konnte. Doch selbst Remo, der ein Auge auf Anna geworfen hatte, verstand nicht, dass es noch etwas gab, das sich von reiner Begierde unterschied.

Das Bedürfnis, für eine Frau da zu sein.

Das Gefühl, sie vor allem und jedem beschützen zu wollen.

Den Drang, sie zu ehren – jetzt und bis in alle Ewigkeit.

Den Wunsch, einmal der Vater ihrer Kinder sein zu dürfen.

All das empfand Conradin – auch wenn ihn diese Empfindungen gleichzeitig ängstigten.

Am Dienstag nach dem Mittagsservice war Conradin gerade auf dem Weg in seine Wohnung, als jemand den kleinen Vorraum, der als Rezeption diente, betrat. Anna bediente draußen auf der Terrasse einige Gäste.

Der Fremde, der ungefähr in Conradins Alter sein musste, blickte sich hilfesuchend um. Ungeachtet der glühenden Sommerhitze trug er einen Anzug mit Hemd und Krawatte. Das Ensemble erweckte den Eindruck, sehr teuer und überdies maßgeschneidert zu sein. Auch die glänzenden, sorgfältig geschnürten Lackschuhe schienen edelster Qualität zu sein. Trotz der unverkennbar noblen Aufmachung wirkte der junge Mann mit den schwarzen, aus dem Gesicht gekämmten Haaren und dem selbstsicheren Lächeln sehr attraktiv.

»Kann ich Ihnen helfen?«, fragte Conradin und kramte nach dem Buch mit den Reservierungen, das normalerweise seine Schwester führte.

»Reinach ist mein Name, ich habe reserviert.«

Conradin sah die Einträge durch und konnte den gesuchten Namen schließlich finden. Aufgrund des Anreisedatums nahm er an, dass es sich bei dem Fremden um einen Bekannten Barbaras handeln musste, der an der Beerdigung teilnehmen wollte. Er ließ den Gast das Meldeformular ausfüllen, reichte ihm den Zimmerschlüssel und zeigte ihm den Weg zu seinem Zimmer. Conradin musterte den Neuankömmling dabei verstohlen. Eine düstere Vorahnung machte sich in ihm breit. Anna hatte für den Fremden das Zimmer vorgesehen, das direkt an Barbaras angrenzte. Ob er darum gebeten hatte? Conradin erklärte ihm die Bedienung des Fernsehers und informierte ihn über die Zeiten, zu denen die Mahlzeiten gereicht wurden. Danach überließ er den Gast, der sich ihm gegenüber eher kühl und distanziert verhielt, sich selbst und schloss höflich hinter sich die Zimmertür.

Anschließend begab Conradin sich in seine Wohnung und zog sich um. An diesem Nachmittag hatte er etwas Freizeit. Die Häppchen für die Chirurgen hatte Conradin bereits am Vormittag bereitgestellt. So blieben ihm bis zur Vorbereitung des Abendservices noch rund zweieinhalb Stunden. Sofort wanderten seine Gedanken zu Barbara. Was sie wohl heute unternahm? Ob er sie sehen würde? Vielleicht hatte sie Lust, mit ihm eine kleine Wanderung zu unternehmen. Er könnte sie an ein lauschiges Plätzchen im Wald führen und …

Die Hitze stieg ihm schon beim bloßen Gedanken daran in die Wangen. Als wären seine kühnsten Gebete erhört worden, sah er Barbara draußen auf der Terrasse sitzen und ein Buch lesen. Zögerlich schlich er sich an sie heran. Noch war ihre Beziehung weder öffentlich noch gefestigt. Deshalb vermied er es, sie vor aller Augen zu küssen oder auch nur zu berühren. Eigentlich war das vollkommen lächerlich, wenn man bedachte, dass sie schon dreimal miteinander geschlafen hatten. Dennoch wollte er die Dinge nicht überstürzen und es Barbara überlassen, den nächsten Schritt zu tun.

Sie blickte erstaunt von ihrem Buch auf und musterte ihn mit einem erfreuten Lächeln. »Conradin«, war alles, was sie sagte, und in ihrer Stimme lag ein warmer Klang.

Er liebte es, wie zärtlich sie seinen Namen aussprach. »Barbara«, erwiderte er genauso liebevoll und neigte so galant den Kopf, als deutete er eine Verbeugung an.

»Hast du heute Nachmittag schon etwas vor? Ich wüsste da einen zauberhaften Ort, an dem wir ungestört weiter in Adelines Tagebuch lesen könnten ...«, sagte er. Nach diesem Satz machte er bewusst eine Kunstpause, damit sie verstand, dass er noch mehr mit ihr vorhatte.

Ein freches Grinsen stahl sich auf ihr Gesicht, und ihre grünen Augen blitzten belustigt. Sie wollte ihm offenbar gerade eine kecke Antwort geben, als sie urplötzlich erstarrte und etwas hinter seinem Rücken fixierte. Jegliche Farbe wich aus ihrem Gesicht, und die Worte blieben ihr im Hals stecken. Conradin drehte sich betont langsam um. Er wusste bereits instinktiv, welches »Gespenst« die junge Frau soeben erblickt hatte. Herr Reinach, der neue Gast, stand in einem hellgrünen Poloshirt und dunkelblauer kurzer Hose nur wenige Meter neben ihnen. Mit seiner topmodischen Sonnenbrille und der durchtrainierten Figur wirkte er wie ein Filmstar. Eine glamouröse Aura umgab ihn. Annas bewunderndem Blick nach zu urteilen, musste seine Wirkung auf das andere Geschlecht geradezu phänomenal sein.

»David«, murmelte Barbara, und ihr Gesicht verriet ein Chaos an Gefühlen. Conradin kannte sie nun schon gut genug, um zu erkennen, welche Empfindungen das waren: Entsetzen, Verbitterung, Trauer. Doch in all das mischte sich auch ein schwaches Aufflackern von ... Zuneigung.

Eifersucht stieg in Conradin auf. Aber da war noch mehr. Verlustangst? Resignation? Und eines wurde ihm schlagartig klar: Aus ihrem geplanten Ausflug in den Wald würde heute nichts mehr werden.

»Ich sollte jetzt besser gehen«, sagte er leise. Das Allerschlimmste für Conradin war, dass Barbara ihm nicht widersprach. Sie starrte weiterhin diesen David an und schwieg. Conradin fühlte sich ausgegrenzt und zurückgewiesen. Denn eines wusste er mit absoluter Gewissheit: Selbst wenn er Barbara liebte, musste er doch zwangsläufig hinter diesem Mann zurückstehen, der bereits viele Jahre an ihrer Seite gelebt und an ihrem Leben teilgenommen hatte. Er selbst kannte sie gerade mal zwei Wochen und wusste kaum etwas von ihr. Er hatte beispielsweise keine Ahnung, wie ihr unattraktivster Pyjama und ihre abgetragendsten Klamotten aussahen. Er wusste nicht, wie sie als Teenager gewesen war und welche Eiscremesorten sie ins Schwärmen brachten. Auch hatte er keine Reisen mit ihr unternommen, keine Schicksalsschläge gemeinsam mit ihr gemeistert oder sich mit ihr gestritten, nur um sich dann wieder mit ihr zu versöhnen. All das hatten sie noch nicht zusammen durchlebt. Alles, was einer Beziehung Tiefe und Substanz gab, hatte dieser David ihm voraus. Gegen David Reinach war er völlig chancenlos …

179

Kapitel 22

4. *August 1940*

Adeline

Liebes Tagebuch,

mein kleiner Sonnenschein ist nun schon viereinhalb Jahre alt und entwickelt sich prächtig. Mit ihren geheimnisvollen dunkelbraunen Knopfaugen sieht sie Jonas dermaßen ähnlich, dass es mir oft einen schmerzhaften Stich versetzt, wenn ich sie ansehe. Selbst ihr Lächeln erinnert mich an ihn. Einzig ihre kastanienbraunen Haare deuteten darauf hin, dass auch ich meinen Beitrag zu diesem kleinen Wunder geleistet habe.

Seit letztem Jahr steht allerdings die ganze Welt kopf. Alle sprechen nur noch vom Zweiten Weltkrieg. Auch wenn Surgens ein sehr abgelegenes Dorf in den Bergen ist, fürchten wir uns alle vor den möglichen Auswirkungen des Krieges. Seit dem Frühling wurde die Situation für die neutrale Schweiz immer bedrohlicher. Es kam zu Querelen an der Grenze. Da Hitlers Armeen nun auch neutrale Länder wie Belgien und Luxemburg überrannt haben, befürchten wir, dass der Krieg die Schweiz auch bald erreichen wird. Die Lebensmittel werden rationiert, da die Schweiz kaum eigene Ressourcen hat. Besonders wir Frauen sind nun angehalten, jede freie Fläche für den Anbau von Gemüse und Kartoffeln zu nutzen. Vom Bau von Festungen in den Alpen ist ebenfalls die Rede. Wir beten zu Gott, dass uns der Krieg verschont.

Dennoch ist vor einer Woche etwas Wunderbares geschehen. Etwas, das wenigstens das Ende meines persönlichen Martyriums bedeuten könnte.

Ein Fremder kam nach Surgens. Er suchte mich mitten am Nachmittag in meinem Haus am Waldrand auf.

Ich war gerade dabei, das Unkraut im Garten zu jäten und einige der Kräuter zu sammeln, die ich trocknen wollte. Mittlerweile hatte ich nämlich nicht nur gelernt, wie man jenen Trank braute, der eine Schwangerschaft verhinderte, sondern wusste auch, mit welchen Essenzen man verschiedene Gebrechen lindern konnte.

Der Unbekannte näherte sich mir, ohne dass ich ihn bemerkte. Rosas und Heinrichs vergnügtes Kichern übertönte das Knirschen seiner Schritte auf dem Kiesweg.

Rosa hat seit Kurzem einen Spielkameraden, den kleinen Heinrich Weber. Er ist das einzige Kind in Surgens, das mit ihr spielt und hin und wieder zu Besuch kommt. Seine Eltern sehen den Umgang mit Rosa allerdings nicht gerne. Deshalb schleicht Heinrich sich oft heimlich davon, wenn sie auf dem Feld arbeiten.

»Guten Tag, ich heiße Edgar Schober«, stellte sich der Neuankömmling vor.

Ich erhob mich hastig und strich mir die mit Erde verschmutzten Hände an meiner Gartenschürze ab. »Ich habe Sie gar nicht kommen gehört«, entschuldigte ich mich und griff nach Rosas Hand. Dann trat ich näher, um den Fremden zu begrüßen.

Man sah dem Mann sogleich an, dass er nicht aus Surgens war. Er trug trotz der warmen Jahreszeit einen Anzug und war somit viel mondäner gekleidet als die Bewohner dieses Bergdorfs, die zu einem großen Teil aus Bauern und Handwerkern bestehen. Er hielt außerdem ein Stativ und eine Kamera in den Händen. Das dunkle Stoffensemble passte außerordentlich gut zu seiner hellen Haut, den blonden Haaren und den wasserblauen Augen. Die Oberlippe des Fremden zierte ein kleiner Schnurrbart. Sein Blick verriet eine sensible Verträumtheit, die mich ein wenig an Jonas erinnerte.

»Ich mache eine Fotoreportage über die Bündner Bergwelt«, erklärte Edgar Schober und wies auf seine Ausrüstung. »Das kann man sich in diesen Zeiten des Aufruhrs kaum vorstellen, aber ... Ich hätte gern ein Foto von Ihrem Haus mit dem Garten und dem Wald dahinter gemacht. Es strahlt eine besondere Stille und Einsamkeit aus, die sich perfekt mit der Natur im Umfeld verbindet.«

»Bitte, nur zu.« Ich beobachtete ihn dabei, wie er sein Stativ aufstellte und einige Einstellungen vornahm. Dann machte er ein paar Aufnahmen. Seine in Falten gelegte Stirn verriet mir jedoch, dass er mit der Szenerie vor ihm noch nicht zufrieden war. Irgendetwas schien ihm zu fehlen.

»Die Stille ... lebt nicht. Das sollte sie aber«, sagte er mehr zu sich selbst als zu mir. »Dem Bild fehlt es an Mystik.« Auf einmal drehte er sich zu mir um und sah mich an. Ein zufriedenes Lächeln erschien auf seinem Gesicht. »Warum setzen Sie sich mit Ihren Kindern nicht auf die Bank vor dem Haus und spielen mit ihnen?«

Ich zog erstaunt die Augenbrauen hoch und blickte an mir herunter. »Das ist meine Arbeitskleidung, und mein Haar ist auch ...«, versuchte ich zu protestieren.

Doch er fiel mir lachend ins Wort. »Genau das brauche ich. Das Leben – so wie es hier in den Schweizer Bergen ist. Durch dieses Element wird die Einsamkeit auf dem Foto bewegt wirken. Ein scheinbares Paradoxon, doch genau das wird den Reiz der Aufnahme ausmachen. Es gibt einen Unterschied zwischen ›verlassen‹ und ›abgeschieden‹, wissen Sie? Das Erste ist mit Traurigkeit verbunden, Letzteres mit Frieden. Diese Nuance können wir auf der Fotografie nur *durch Sie und Ihre Kinder darstellen. Also? Tun Sie mir den Gefallen? Bitte.«*

Ich lächelte. Edgar Schober hatte ein scharfes Auge und faszinierende Ansichten. Es war mir ein Vergnügen, ihm bei der Umsetzung seiner Ideen zu helfen. Schon nach wenigen Minuten erkannte ich, dass dieser Mann der Welt, die ich von meiner Kindheit her kannte, näher war als die Menschen aus dem Dorf. Wir waren Freunde im Geiste.

Heinrich wollte allerdings nicht mit auf das Foto, er schien sich vor dem fremden Fotografen zu fürchten. Er verabschiedete sich und lief nach Hause.

Die Zeit verging an diesem Nachmittag wie im Flug. Als die Abenddämmerung anbrach, fragte ich Edgar Schober, ob er mit mir und Rosa zusammen das Abendessen einnehmen wolle. Er nahm meine Einladung erfreut an und passte so lange auf Rosa auf, wie ich brauchte, um mir kurz den Schmutz vom Leib zu waschen. Da es ein wunderschön milder Sommerabend war, deckte ich den Tisch im Garten vor dem Haus. Ich verteilte Laternen und zündete einige Kerzen an, damit uns die anbrechende Nacht nicht verschluckte. Das Zirpen der Grillen und das leise Rauschen des Waldes waren neben Rosas hellem Lachen und aufgeregtem Plappern die einzigen Geräusche, die uns an diesem Abend Gesellschaft leisteten.

Edgar Schober erzählte mir von seiner Arbeit als Fotograf und der Stadt Zürich, die ich noch nie gesehen hatte. Bei seinen Worten sehnte ich mich zum ersten Mal nach Friedrichshafen, der Villa Victoria und meinem alten Leben. Ich hatte in den letzten Jahren komplett vergessen – oder verdrängt –, wie es sich anfühlte, Teil einer kultivierten Welt zu sein. Nicht, dass die Surgenser gar keine kulturellen Interessen und dörflichen Traditionen gehabt und keine Feste gefeiert hätten, nur durfte ich nicht daran teilhaben. Ich war und blieb für sie eine Fremde – und eine Hure obendrein. Ich hoffte inständig, dass an diesem Abend kein Freier mein Haus aufsuchen würde. Ich wollte nicht, dass sich Edgar, dieser freundliche, interessante Mann, deshalb auch noch angewidert von mir abwenden würde. Denn zum ersten Mal seit Jahren hatte ich die leise Hoffnung, in jemandem einen Freund gefunden zu haben.

Der Fotograf merkte schnell, dass ich nicht ungebildet war, und unsere Gespräche entwickelten eine spannende Tiefgründigkeit. Schließlich brachte ich Rosa zu Bett. Die Augen waren ihr jedoch schon zugefallen, bevor mein Kuss ihre rosige Wange erreichte. Die Anwesenheit des fremden Künstlers hatte sie dermaßen begeistert, dass sie, völlig erschöpft, sofort eingeschlafen war. Die meisten Tage verbrachten Rosa und ich entweder bei der Arbeit auf dem Bauernhof oder allein in unserem Haus oder Garten. Besuch bekamen wir nie, sah man einmal von dem des kleinen Heinrich ab. Meine nächtlichen Gäste durften erst kommen, wenn meine kleine Tochter tief und fest schlief.

»Ein wunderbares Mädchen, Ihre Rosa«, sagte Edgar, als ich wieder an den Tisch zurückkehrte und uns Wein nachschenkte.

»Danke«, erwiderte ich nur, denn ich war noch nicht bereit, mehr von Rosas und meiner Lebensgeschichte preiszugeben. So wie Edgar mir gesagt hatte, würde er ein ganzes Jahr in Surgens bleiben, um alle vier Jahreszeiten auf seinen Fotografien festzuhalten. Es würde mir also noch genug Zeit bleiben, ihn in meine Vergangenheit einzuweihen. Sollte sie ihn denn überhaupt interessieren. Ich war im Umgang mit Menschen – auch wenn sie vertrauenswürdig erschienen – vorsichtig geworden. Das verträumte, leidenschaftliche Mädchen von früher gab es nicht mehr. Es war im Frühling und Sommer 1936 endgültig gestorben. Ihre Lebensfreude und Zuversicht waren einer beängstigenden Leere gewichen. Wie sonst hätte ich all die Männer und ihre Widerlichkeiten ertragen können? Ich tat dies für Rosa – nur für sie.

Als der Mond am Himmel stand und die Sterne am Firmament als ferne Punkte glitzerten, räumte ich die Gläser in die Küche. Es wurde langsam kühl. Edgar half mir mit dem restlichen Geschirr und beim Abtrocknen.

Als wir damit fertig waren, fragte er mich höflich: »Hätten Sie etwas dagegen, wenn ich während meines Aufenthaltes in Surgens Ihr Pensionsgast wäre? Ich würde Ihnen selbstverständlich eine angemessene Summe Geld für Kost und Logis bezahlen. Dieser Ort hier ist aufgrund seiner Abgeschiedenheit und Ruhe perfekt für eine Künstlerseele wie mich. Was meinen Sie? Selbstverständlich akzeptiere ich auch ein Nein. Ich bin Ihnen nicht böse, wenn es Ihnen unangenehm ist, einen Mann im Haus zu haben ... Aufgrund unserer Gespräche gehe ich davon aus, dass Sie bisher allein lebten.«

Ich lächelte ihn an. »Das käme mir sehr gelegen. Der Vermieter des Hauses ist streng und anspruchsvoll ... Ich könnte etwas zusätzliches Geld sehr gut brauchen. In Kriegszeiten wie diesen, wo selbst Nahrungsmittel begrenzt werden, sowieso. An Platz mangelt es jedenfalls nicht.«

»Wunderbar. Dann ist es jetzt wohl an der Zeit, dass wir uns beim Vornamen nennen. Ich bin Künstler, und an Förmlichkeiten liegt mir nichts. Also nenne mich doch bitte Edgar.« Er streckte mir die Hand hin. Ich verriet ihm meinen Vornamen, der ihm sehr gut gefiel.

Wir hatten nicht im Detail darüber gesprochen, doch am nächsten Morgen fand ich Geldscheine auf dem Küchentisch, die Edgar dorthin gelegt haben musste.

Offensichtlich bezahlte er seine Miete im Voraus. Das war ein sehr galanter und großzügiger Zug seinerseits. Ich war überglücklich, endlich einmal einen herzensguten, ehrlichen Menschen getroffen zu haben.

Und: Edgar ist eine Chance für mich. Eine Möglichkeit auf schrittweise Unabhängigkeit. Regelmäßiges eigenes Geld könnte bedeuten, dass ich Alfons eine Miete, oder Teile davon, zahlen kann.

Alfons war über diesen Umstand wenig erfreut, wie sich bereits einen Tag später herausstellte. Selbstverständlich durchkreuzte ich damit seine Pläne. Er musste neue Gründe für meine Abhängigkeit ihm gegenüber finden. Und das tat er auch. Edgars Anwesenheit führte allerdings dazu, dass Alfons seine nächtlichen Besuche nun auf jene Abende beschränken musste, an denen der Fotograf geschäftlich unterwegs war.

Kapitel 23

Ende Juli 2015

Barbara

Barbara saß wie vom Donner gerührt da und starrte David an, als wäre er ein Geist. Sie wusste nicht, was sie bei seinem Anblick empfand. Es war eine Mischung aus sehr vielen, teils gegensätzlichen Gefühlen. Da war die wohlige Empfindung einstiger Vertrautheit, die sie sogar manche Dinge vergessen ließ. Er hatte zehn Jahre ihres Lebens an ihrer Seite gestanden – er war zu einem Teil von ihr geworden. David war attraktiver, als sie ihn in Erinnerung hatte. Seine schwarzen Haare waren kürzer und asymmetrisch geschnitten. Die dunklen Augen hielten ihren Blick gefangen.

»Du trägst deine Haare anders«, war daher alles, was ihr in diesem peinlichen Moment des Schweigens einfiel.

Ein jungenhaftes Grinsen huschte über sein Gesicht, als er verlegen antwortete: »Ich war gestern beim Friseur. Habe ihm gesagt, er soll mal etwas Neues machen.«

Nach all den gemeinsamen Jahren verstand Barbara es, zwischen den Zeilen zu lesen: David hatte sich für ihr Wiedersehen eine moderne Frisur zugelegt – er wollte ihr gefallen. Ihr fiel auch auf, dass er neue Kleidung trug – wer ihn wohl beraten hatte? David hatte sich bisher sogar in der Freizeit elegant gekleidet. Heute jedoch hatte er ein auffallend lässiges Outfit gewählt.

»Wollen ... wollen wir ein Stück spazieren gehen? Du könntest mir die Gegend zeigen?« Die Frage musste ihn einiges an Mut und Überwindung gekostet haben, wie die leichte Röte, die ihm ins Gesicht gestiegen war, verriet.

Barbara war hin- und hergerissen. Ein Teil von ihr zuckte die Schultern und fragte: Warum auch nicht? Doch ihr verletztes und verwundetes Ego, das sie überhaupt erst nach Surgens getrieben hatte, runzelte misstrauisch die Stirn. Er ist doch nicht etwa auf Kuschelkurs? Will ich das denn?

David, der sie gut genug kannte, um auf ihren Gesichtszügen den Zwiespalt der Gefühle ablesen zu können, fügte flehend hinzu: »Komm schon, Barbara, bitte ... Ich muss mit dir reden!«

Sie sah sich um, doch von Conradin war nichts mehr zu sehen. Also gab sie sich einen Ruck und folgte ihrem ehemaligen Verlobten schweigend. Irgendwann würde sie sich dieser Situation sowieso stellen müssen – warum also nicht jetzt gleich?

»Wer hat dich zur Beerdigung meiner Großmutter eingeladen?«, fragte sie brüsk und funkelte David an.

Er seufzte ergeben. »Niemand, Barbara. Ich habe Simon angerufen und ihn gefragt. Ich weiß doch, dass Rosa für dich wie eine Mutter war. Wie könnte ich dich an so einem Tag allein lassen?«

Barbara schnaubte verächtlich, sagte jedoch nichts. Das brauchte sie auch nicht. David wusste genau, worauf sie anspielte. Es gab Dinge, die weit schlimmer waren, als ihr bei Rosas Beisetzung nicht beizustehen. Unglaubliche Dinge, die sich vor mehr als zwei Wochen zugetragen hatten.

Plötzlich fasste er Barbara an den Schultern und zwang sie, ihm in die Augen zu sehen. »Es tut mir wirklich leid. Ich habe einen Fehler gemacht, einen großen sogar. Es hat mir nichts bedeutet – im Gegenteil: Ich habe dadurch erst erkannt, wie wichtig du mir bist. Barbara, ich brauche dich, bitte! Ich kann verstehen, wenn du Zeit benötigst; damit habe ich kein Problem. Doch wirf jetzt nicht alles weg.« Seine Stimme war nur noch ein Flüstern.

Barbara konnte nicht glauben, was sie gerade aus dem Mund dieses Mannes hörte. Wut stieg in ihr auf, und sie wollte ihm etwas Verletzendes an den Kopf werfen. Doch erneut schien er ihre Gedanken zu erraten. Verdammt – er kannte sie zu gut!

»Du kannst mich beschimpfen und böse auf mich sein, das nehme ich dir nicht übel. Tu, was immer du tun musst, aber lass mich nicht einfach fallen. Wir sind seit zehn Jahren zusammen. Es ist normal, dass man da auch mal …« Weiter kam er nicht.

»Wir waren zehn Jahre ein Paar … und, nein, ich finde es nicht normal, dass man dann auch mal so nebenher mit einer anderen schläft!«

Mittlerweile hatten sie eine Bank am Wegesrand erreicht. Eine große Linde spendete etwas Schatten, indem sie ihre knorrigen Äste bis zum Rand der Straße ausbreitete. Das muntere Zwitschern einiger Vögel im Geäst verlieh der bitterbösen Diskussion einen surrealen Anstrich. Als hätte es sich im Paradies noch nicht herumgesprochen, dass sich einige seiner Bewohner in einem blutigen Bürgerkrieg befanden. Barbara ließ sich mit vor der Brust verschränkten Armen auf der Bank nieder und starrte ins Leere. Ein Auto fuhr an ihnen vorbei, und der Fahrer winkte ihr, doch sie erwiderte den Gruß nicht, da sie noch immer in Gedanken versunken war. Außerdem hatte sie ihn nur als Schemen wahrgenommen.

»Es geschah nicht ohne Vorwarnung. Zwischen uns war es schon seit einiger Zeit merklich kühler, und außerdem war ich betrunken.«

»Na und?!«, erwiderte Barbara aufgebracht. »Dann hättest du dich ja mal fragen können, warum es mit uns so weit gekommen ist. Fremdgehen ist jedenfalls weder ein wirksamer Weckruf noch ein geeignetes Mittel, etwas bereits Angeschlagenes zu kitten!«

Nun schien es mit Davids Höflichkeit auch ein Ende zu haben. Er lächelte sie spöttisch an und fragte mit hämisch verzogenem Mund: »Sagt wer? Etwa die Frau, die mit einem anderen schläft, kaum dass sie sich von ihrem langjährigen Freund und Verlobten getrennt hat? Wie steht es denn um deine Treue, Barbara?!«

Sie schnappte hörbar nach Luft und starrte ihn fassungslos an.

Er schüttelte den Kopf und gab ein trockenes Lachen von sich. »Ehe du es abzustreiten versuchst – lass es einfach! Glaub mir, so, wie dieser Kerl im Gasthaus dich angestarrt hat, lässt das nur einen Schluss zu: Ihr hattet was miteinander.«

»Das geht dich überhaupt nichts an«, antwortete Barbara kalt. Sie war ihm keine Rechenschaft schuldig – nicht nach all dem, was er getan hatte. Er hatte keine Vorstellung davon, was das zwischen ihr und Conradin war. Jedenfalls war es mehr als nur eine bloße Bettgeschichte, aber das würde sie bestimmt nicht mit ihrem Exverlobten diskutieren.

David jedoch fuhr ungerührt fort: »Sieh es doch mal so: Der Mensch tut sich mit der Monogamie hin und wieder schwer; er ist biologisch nicht dafür geschaffen. Es ist normal, dass man nach so vielen Beziehungsjahren gewisse … Fantasien hat. Kommen zusätzlich mehrere begünstigende Faktoren hinzu, lebt man die eine oder andere auch aus – aber das ist nichts von Bedeutung. Wir hatten eine Krise, dafür braucht es immer zwei. Wir machten beide einen Abstecher in fremde Betten, und das war's. Jetzt reißen wir uns einfach wieder zusammen und arbeiten an unserer Verbindung. Man kann nicht beim kleinsten Widerstand das Handtuch werfen. Eine Beziehung ist anstrengend, das kann dir jedermann bestätigen, der eine Ehe führt.«

»Du klingst wie irgend so ein billiger Schmalspur-Paartherapeut! Diesen Unsinn hör ich mir nicht länger an.« Damit erhob sich Barbara und eilte davon.

»Schon gut, lass dir Zeit, darüber nachzudenken«, hörte sie ihn noch rufen.

Es ärgerte sie maßlos, dass er die Frechheit besaß, mit ihr zu reden, als wäre sie ein unmündiges Kind. Das hingegen hatte er schon immer getan. Unzählige Male hatte er ihr das Gefühl gegeben, ihr haushoch überlegen zu sein. Sie hatte genug von seiner gönnerhaften Art – ein für alle Mal!

Im Gasthaus Alpenrose angekommen, schloss sie sich trotz des wunderschönen Wetters in ihrem Zimmer ein. Zu groß war die Gefahr, in einem der Gemeinschaftsräume David zu begegnen. Auch Conradin wollte sie im Moment nicht sehen. Sie wollte jetzt bloß ihre Ruhe haben. Später an diesem Nachmittag würde sie sich nochmals mit Pfarrer Rolf zusammensetzen, um die letzten Details der morgigen Trauerfeier durchzugehen.

Kurze Zeit später klingelte ihr Handy. Simon.

»Hallo, Schwesterherz, wie geht es dir?«, erkundigte er sich, und etwas in seinem Ton ließ Barbara aufhorchen. War das Beunruhigung, was in seiner Stimme mitschwang? Außerdem klang er matt und müde.

Barbara konnte sich vorstellen, warum. Anstelle einer Antwort fragte sie daher: »Wie ist die Einäscherung verlaufen?« Erst jetzt fiel ihr auf, dass sie ganz versäumt hatte, Simon danach zu fragen. Schuld daran war die emotionale Verwirrung der letzten Zeit. Seit Kurzem ging in ihrem Leben alles drunter und drüber. Obwohl zwei Wochen vergangen waren, kamen ihr die Tage in Surgens wie ein einziger Augenaufschlag vor. Bilder, Ereignisse und Emotionen hatten sich zu einem unklaren Gefühlsknäuel vermischt.

In diesem Augenblick jedoch schämte sich Barbara, nicht mehr an die Kremation ihrer Großmutter gedacht und ihren Bruder mit seinen Gefühlen allein gelassen zu haben.

»Was soll ich darauf antworten? Aber schön, dass du immerhin mal fragst«, sagte er und machte ihre Gewissensbisse dadurch nur noch schlimmer.

»Es tut mir leid, auch wenn das die Situation nicht besser macht«, gab Barbara bedauernd zur Antwort. Als erklärte das ihr Versäumnis in irgendeiner Weise, fügte sie noch an: »David ist hier.«

»Ich weiß. Er hat die Adresse des Gasthauses Alpenrose von mir. Du solltest ihm eine Chance geben.«

Da war er wieder, der vorwurfsvolle Unterton in Simons Stimme. Irina und er waren wohl wie David der Meinung, dass das, was vorgefallen war, in einer langjährigen Beziehung normal war.

Barbara beschloss, die letzte Bemerkung ihres Bruders zu ignorieren und das Thema zu wechseln. »Wann kommt ihr an?«

»Er liebt dich«, sagte Simon dennoch. Und dann: »Wir schaffen es erst gegen dreiundzwanzig Uhr. Du musst unseretwegen aber nicht wach bleiben, wir sehen uns dann morgen früh.«

»Gut, bis dann also!« Nach dem Telefonat saß Barbara noch einige Minuten reglos auf der Bettkante und sortierte ihre chaotischen Gedanken. Dann schüttelte sie entschlossen den Kopf. Nein, ihr Bruder hatte unrecht, und sie würde in dieser Sache nur auf ihr eigenes Herz hören.

Seufzend ließ sie sich in die Kissen sinken, schloss einen Moment die Augen und lauschte ihrem gleichmäßigen Atem. Dann erhob sie sich, packte ihre Notizen ein und machte sich auf den Weg zu Pfarrer Rolf. Zum Glück begegnete sie weder im Gasthaus noch auf der Straße einem der beiden Männer, die ihr Leben momentan dermaßen durcheinanderbrachten.

Das Treffen mit dem Geistlichen verlief wie auch die bisherigen Zusammenkünfte in gegenseitigem Einvernehmen, und war sehr konstruktiv. Nun war alles so weit besprochen, dass Rosa ein würdiges Begräbnis erwartete. Als Barbara sich eine Stunde später von Pfarrer Rolf verabschiedete, war sie mit dem Ergebnis der Besprechung sehr zufrieden. Magda, die kauzige Mutter des Pfarrers, hatte sie nicht zu Gesicht bekommen.

Inzwischen neigte sich der Nachmittag seinem Ende entgegen. Einige der Verwandten, die ihre Teilnahme an Rosas Beerdigung am nächsten Tag zugesagt hatten, hatten sich bereits im Gasthaus eingefunden. In rund einer Stunde würde den Hausgästen das Abendessen serviert werden. Barbara graute schon vor dem Moment, denn es war in der kleinen Gaststube unmöglich, David auszuweichen. Sei's drum!, dachte sie dann mit neu erwachtem Ärger. Doch auch Simons Worte hallten in ihr nach.

Er liebt dich …

Das Konzert der Vögel und die Tatsache, dass die Sonne noch immer nicht hinter den Berggipfeln verschwunden war, bewegte Barbara dazu, das Abendessen ausnahmsweise auf der Terrasse einzunehmen. Sie ließ sich von Anna einen kleinen Tisch etwas abseits der anderen Gäste herrichten und bestellte ein Glas kühlen Weißwein. In solchen Momenten, umgeben vom Duft frischen Heus und inmitten der idyllischen Geräuschkulisse der Bergwelt, fühlte sich Barbara seltsam entrückt. Sie genoss es, dem Alltag und seinen Sorgen für einen kurzen Augenblick entrinnen zu können und einfach nur das Hier und Jetzt zu genießen. Der Wein schmeckte vorzüglich und umschmeichelte ihre Zunge mit seiner kühlen Süße.

Ich glaube, hier könnte ich alt werden, dachte sie. Als ein Schatten auf sie fiel, erwachte sie jäh aus ihren Tagträumen.

»Darf ich mich zu dir setzen?«, fragte David, der ein Bierglas in der Hand hielt.

Barbara seufzte. Dann nickte sie knapp. Was hätte sie denn sonst sagen sollen? Ihn wegzuschicken wäre albern gewesen.

»Soeben habe ich deinen Onkel Bernhard und seine Frau getroffen. Sie haben deinen Großvater dabei, den Vater deines Vaters. Sie meinten allerdings, wir sollten mit dem Essen nicht auf sie warten, Großvater isst lieber in der Gaststube als hier draußen.« David musterte sie aufmerksam.

»Ich weiß, ich bin ihnen am Nachmittag bereits kurz begegnet. Dass Opa lieber für sich bleibt, kann ich mir vorstellen, er ist sehr eigenwillig«, antwortete Barbara teilnahmslos.

Da sie jedoch keine Lust hatte, mit David zu reden, gab sie vor, die Aussicht aufs Tal zu genießen. Hin und wieder musterte sie ihn jedoch verstohlen aus dem Augenwinkel. Dieses Mal machte er nicht den Fehler, sie in eine Konversation zu verwickeln. Er saß einfach nur da und nippte an seinem Bier. Seine schwarzen Haare glänzten im abendlichen Sonnenlicht, und das neue Poloshirt stand ihm zugegebenermaßen außerordentlich gut.

Anna servierte den ersten Gang: einen knackigen Sommersalat mit gebratenen Mozzarella-Perlen und feinen Parma-Schinkenstreifen.

David bestellte ungefragt eine Flasche Rotwein und zwei Gläser. Barbara ließ ihn gewähren. Als Hauptgang erhielt ihr Exverlobter einen Mixed-Grill-Teller mit selbst gemachten Country-Cuts und Gemüse. Ihr hingegen wurde eine Variation aus Fisch, Jakobsmuscheln und Riesenkrevetten auf einem Reis-Gemüsebett serviert.

David betrachtete überrascht die beiden Menüs. »Wieso bekommen wir Hausgäste nicht den gleichen Hauptgang?«

»Der Koch kennt meine Vorlieben«, antwortete Barbara spitz und nahm einen Schluck von ihrem Rotwein. »Er pflegt eine sehr exquisite Küche und hat entsprechend viel Fantasie, was die Gestaltung der Hausgäste-Menüs angeht.«

David nahm einen Bissen von seinem Lamm-Karree und musterte sie interessiert. »Beeindruckt dich das? Ich könnte jederzeit einen Kochkurs belegen, wenn du das möchtest.«

Sie ignorierte seine Frage. Es ging nicht darum, dass Conradin ein guter Koch war. Es ging darum, dass er bei dem

Zubereiten von Speisen viel Leidenschaft und Kreativität zeigte. Außerdem fühlte sich Barbara geehrt und begehrt gleichermaßen, wenn er aufmerksam genug war, ihre Vorlieben zu bemerken, und in der Auswahl seiner Speisen auf sie einging. Ein Feingefühl, das David die gesamten zehn Jahre nicht bewiesen hatte – nicht einmal zu Beginn ihrer Beziehung. David hatte sich nie die Mühe gemacht, sie auf galante oder liebevolle Weise zu umwerben. Er hatte sich niemals ernsthaft um sie bemüht. Damals, jung und unerfahren, hatte sie jedoch genau das als Herausforderung und somit als attraktiv empfunden. Heute, mit beinahe dreißig, hatte sich diesbezüglich einiges geändert. Schon ärgerte sich Barbara wieder über David.

Als sähe er seine Felle davonschwimmen, sagte er in diesem Moment: »Es tut mir leid, wenn ich dich vernachlässigt habe, ehrlich. Aber ich kann das ändern. Ich dachte da beispielsweise an gemeinsame Ferien am Meer … in einem romantischen Wellness-Hotel?«

Barbara war verunsichert. Solange sie sich erinnern konnte, hatte sie sich gewünscht, einmal mit ihm ans Meer zu fahren. David hatte sich immer geweigert. Bis jetzt. Im Moment fiel es Barbara schwer, klar zu denken. Der Wein hatte sie sentimental gemacht und benebelte ihre Sinne. Plötzlich standen Tränen in ihren Augen. »Ich habe mir so oft Ferien am Meer gewünscht!«, flüsterte sie vorwurfsvoll.

Er seufzte. »Ich weiß. Ich war ein Idiot. Du bist für mich selbstverständlich geworden. Das war ein großer Fehler, das sehe ich jetzt. Lass es mich wiedergutmachen! Gib mir die Chance, dir zu zeigen, was du mir wirklich bedeutest … bitte!«

Barbara dachte an die vergangenen zehn Jahre und daran, was sie alles gemeinsam durchgemacht hatten. David war ihr erster und bisher einziger Freund gewesen. Sie hatten die erste eigene Wohnung miteinander geteilt. Sie hatten einander zu den Examensfeiern begleitet und waren stolz aufeinander gewesen. David hatte sie getröstet, als ihre Katze, die sie durch ihre Kindheit und Jugend begleitet hatte, gestorben war. Er hatte neben ihr gesessen, als sie nach bestandener Fahrprüfung das erste Mal allein hatte Auto fahren dürfen. Die ersten Austern ihres Lebens hatte sie in seiner Gegenwart gekostet …

David war ein Teil von ihr und würde es wohl immer bleiben. Er stand für jugendliche Verliebtheit, für Unschuld, für langsames Erwachsenwerden, neue, aufregende Entdeckungen …

Barbara wischte sich die Tränen aus den Augenwinkeln und erhob sich. In der Zwischenzeit war die Dämmerung angebrochen, und sie fröstelte in ihrem Trägertop. In diesem Moment fuhr ein Auto auf den Parkplatz des Gasthauses. Wie sich herausstellte, kamen noch weitere Bekannte, die an der morgigen Beerdigung teilnehmen würden. Barbara begrüßte einige von Rosas Freundinnen, die zusammen mit ihrer Tante Elsa angereist waren. Elsa war die Schwester ihres Vaters und ihres Onkels Bernhard und alleinstehend. Sie hielten Barbara jedoch nicht lange auf, da sie müde waren und ihre Zimmer beziehen wollten. Sie verschwanden im Empfangsraum des Gasthauses.

»Ich gehe jetzt schlafen, David, morgen wird für mich ein anstrengender Tag«, erklärte Barbara und machte sich auf den Weg zu ihrem Zimmer. David folgte ihr schweigend.

Vor ihrer Tür blieben sie beide stehen und blickten sich stumm an. Dann beugte sich David vor und berührte mit dem Mund sanft Barbaras Lippen. Diese Berührung und sein Duft waren ihr so vertraut, dass sie sich nicht dagegen wehrte. Ein undefinierbarer Schmerz tobte in ihr. Sie spürte, wie David die Hände um ihre Taille legte und sie näher zu sich heranzog. Sein Kuss wurde leidenschaftlicher, und die Spitze seiner Zunge berührte ihre. Er öffnete die Tür zu ihrem Zimmer und schob sie sachte hinein. Sie ließ ihn gewähren und schloss die Tür hinter ihnen.

Kapitel 24

15. Dezember 1940

Adeline

Liebes Tagebuch,

Edgar, der Fotograf, wohnt nun seit jenem Tag im August als Pensionsgast bei Rosa und mir. Er ist der einzige Mann in meinem derzeitigen Leben, der mich mit Respekt und Dankbarkeit behandelt und mir in Haus und Garten hilft. Ich glaube, ich habe ihn ein wenig ins Herz geschlossen.

Der Winter in Surgens ist für mich als Stadtkind jedes Jahr aufs Neue eine Herausforderung. Die trockene Kälte nagt an meinen Knochen. Meine kastanienbraunen Haare verwandeln sich in spröde, widerspenstige Borsten, und die Haut in meinem Gesicht fühlt sich stets trocken und rau an. Die mannshohen Schneeberge, die alles gnadenlos unter sich begraben, nehmen mir für einige Monate alles, was mir Freude bereitet: meinen blühenden, von fröhlichen Farben durchzogenen Garten; das lebensfrohe Zirpen der Grillen und das Frohlocken der Vögel; den erdigen, herben Duft von Kräutern, Tannennadeln und getrocknetem Heu. Das gleißende, eisige Weiß bedeckt die gesamte Landschaft und macht jede alltägliche Arbeit zu einer schweißtreibenden Herausforderung. Oft genug finde ich mein Heim am Waldrand am Morgen komplett eingeschneit vor. Bevor ich mich also ins Dorf zu Alfons und Martha oder zum Einkaufen begeben kann, muss ich, begleitet von Rosas verzücktem Geplapper, meine Schneeschuhe schnüren.

Am gestrigen Samstag blieb Edgar bei Rosa und mir, was für ein Glück! Er bot mir sofort an, mir bei den Besorgungen im Dorf zu helfen. Martha hatte mir den ganzen Tag freigegeben, da sie während der Wintermonate oft nicht genug Arbeit für mich hat. Der Winter in den Bergen ist in Übereinstimmung mit der Natur eine Zeit des Rückzugs, der Ruhe und der Heimarbeiten. Ein Kräftesammeln für den kommenden Frühling und Sommer. Rund drei Tage die Woche bin ich im Augenblick auf dem Bauernhof, die restlichen vier verbringe ich damit, Essensvorräte in unser Häuschen zu schleppen und Holz zu hacken. So auch gestern, doch da hatte ich Hilfe!

Während ich aus getrockneten Kräutern Salben und Tinkturen zum Verkauf herstellte, half mir Edgar dabei, praktische Dinge im Haus zu erledigen. Auf dem Dachboden hatten sich Mäuse versteckt, die gefangen werden mussten. Einige Fenster benötigten zusätzliche Isolation, und der Geräteschuppen neben dem Haus musste noch mal von den erdrückenden Schneemassen befreit werden, damit er nicht in sich zusammenfällt.

Edgar ist, wie gesagt, nicht an allen Tagen in der Woche bei uns. Sein Beruf sorgt dafür, dass er sich immer wieder einige Tage am Stück an fremden Orten aufhält. Die Essenz der Berge kann er, wie er mir erklärt hat, nicht an einem einzigen Ort und im Bruchteil einer Sekunde festhalten. Oft verweilt er daher mehrere Tage in einer unbekannten Siedlung oder einem entfernten Weiler, um dessen Zauber auf sich wirken zu lassen. Erst dann ist Edgar in der Lage, ein authentisches Bild der entsprechenden Landschaft und seiner Bewohner einzufangen. Mir macht das nichts aus – Edgar und ich sind ja kein Ehepaar. Im Grunde genommen weiß ich gar nicht mehr so genau, was wir einander sind.

Seit seinem allerersten Erscheinen im August, bleibt Edgar bei Rosa und mir, sooft es ihm möglich ist. In der Art, wie er mich behandelt, mich unterstützt und einfach akzeptiert, strahlt er etwas Altruistisches aus. Das liebevolle Glitzern in seinen hellen Augen verrät mir außerdem, dass er Rosa fast ebenso ins Herz geschlossen hat wie ich. Vielleicht liegt es daran, dass er keine eigenen Kinder hat.

Zwischen Edgar und mir sind die Dinge etwas komplexer. Er kam als Pensionsgast zu mir und bezahlte mich für die warmen Mahlzeiten und das Dach über dem Kopf. Dennoch spazierte an jenem Sommernachmittag auch ein Freund in meinen Garten – eine verwandte Seele. Edgar gibt mir nie das Gefühl, nur seine Zimmerwirtin zu sein, und vieles tut er aus Edelmut, ohne eine Gegenleistung zu erwarten. Sein Geld verschafft mir endlich eine gewisse Unabhängigkeit von Alfons – allerdings nur bedingt, da ich noch immer in seinem Haus wohne und für ihn arbeiten muss. Bis jetzt habe ich es vermieden, Edgar zu erzählen, was an jenen Abenden geschieht, an denen er beruflich unterwegs ist ... Das habe ich bisher nicht über mich gebracht. Aber immerhin sind Alfons nächtliche Forderungen dank Edgars Mietzahlung, die ich an Alfons weitergeben kann, und Edgars Anwesenheit seltener geworden.

Hin und wieder wird das Hellblau von Edgars Augen zu einem warmen, samtigen Marineblau, wenn er den Blick über meinen Körper streifen lässt. In letzter Zeit geschieht das öfters. Ich konnte die Veränderung in seinem Augenausdruck bisher noch nicht richtig deuten.

»Das war ein wunderbares Abendessen, Adeline. Ich bewundere deine Kochkünste immer wieder«, sagte er gestern Abend und lehnte sich mit einem Glas Wein in der Hand zufrieden in seinem Stuhl zurück. Seine Augen fixierten mich dabei auf eine intensive Art und Weise, die mir warme Schauer über den Körper jagte. Ich war über meine eigene Reaktion erstaunt und wusste nicht genau, was ich damit anfangen sollte.

Mein Blick schweifte zu Rosa, die von ihrem Hocker kletterte und sich auf den Wohnzimmerboden setzte, wo sie mit ihrer Puppe spielte und leise vor sich hin summte. Ich beobachtete sie dabei, wie sie hingebungsvoll das blonde Haar ihrer stummen Gefährtin kämmte und den Mund zu einem frohen Lächeln verzog. Ein scharfer Schmerz durchzuckte meine Brust. Rosa erinnert mich manchmal so stark an Jonas, dass ich das Brennen in meinem Herzen kaum zu ertragen glaube. So auch in diesem Moment. Ich hatte Mühe zu atmen.

Mir war nicht aufgefallen, dass Edgar mich die ganze Zeit über gemustert hatte. Als ich ihn ansah, trafen sich unsere Blicke. Seine Augen schienen zu glühen. Er streckte die Hand aus und legte sie sanft auf meine. Sein Daumen zeichnete beruhigende Muster auf meinen Handrücken, während er leise, ganz leise sagte: »Adeline, es ist in Ordnung, Schmerz zu empfinden. Die Wehmut, die deine Mundwinkel wie zarte Wellen umspielt, macht dich ... wunderschön.« Seine Worte verloren sich in einem Flüstern.

Ich blickte ihn ungläubig an. Tränen traten in meine Augen, doch ich wusste nicht, welcher Art sie waren. Trauer um Jonas oder Dankbarkeit gegenüber Edgar? Oder war es gar mehr? Erleichterung darüber, dass es Menschen gab, die mich aufgrund der Furchen liebten, die der Kummer in meinem Gesicht und meinem Herzen hinterlassen hatte? Es war in diesem Augenblick, dass ich das wahrhaft Edelmütige an Edgar erkannte. Er war geduldig, gelassen und frei von Vorurteilen.

Als ich Rosa zu Bett gebracht hatte, kehrte ich zurück ins Wohnzimmer, wo Edgar dabei war, einige Holzscheite in den Ofen zu legen. Sie knackten und sprühten Funken. Die Flammen tauchten seine Züge in ein zuckendes und züngelndes Glutorange. Wie ein Sonnenuntergang – oder *war es für uns eher ein Sonnenaufgang? Ich kniete mich neben ihn auf den Teppich und sagte nichts, denn ich fand gerade keine Worte für den Sturm in meinem Inneren.*

Edgar wandte mir das Gesicht zu, und ich spürte seinen Atem auf meinen Wangen. Seine Hand streifte meinen Hals und schob eine Haarsträhne zur Seite. Er betrachtete meine Gesichtszüge, und erneut verdunkelten sich seine Augen zu diesem warmen Tiefblau.

Warum war mir nicht früher aufgefallen, was er für mich empfand? Ich war zu sehr mit mir selbst und meinem Schmerz beschäftigt gewesen und hatte angenommen, dass die rücksichtsvolle Zärtlichkeit, die er mir täglich entgegenbrachte, einfach eine Form von Anstand war. Seine Art, mir Respekt zu zollen.

Seine Lippen berührten meine. Ich schloss die Augen. Sein Mund war weich und heiß zugleich. Es war ein seltsames Gefühl, Jonas in meinem Herzen zu fühlen und darin dennoch Platz für Edgar zu haben. Zu meinem Erstaunen sehnte sich ein Teil von mir tatsächlich nach der Nähe und Zuneigung dieses Mannes. Edgars Kuss wurde leidenschaftlicher, und im selben Moment spürte ich auch in mir ein brennendes Verlangen aufsteigen. Erschrocken zuckte ich zurück und musterte Edgars Gesicht.

Als hätte er meine Gedanken und meine plötzliche Verwirrung erraten, flüsterte er sanft: »Du musst dich nicht entscheiden, Adeline. Was ihm gehört, soll ihm auch weiterhin gehören. Ich liebe jene Frau, die du trotz allem bist. Die du heute bist.« Seine Worte trieben mir Tränen in die Augen. Er liebte mich wirklich! Er verlangte nicht, dass ich Jonas als einen Teil von mir verleugnete, dass ich mich ihm, Edgar, mit Haut und Haaren verschrieb. Er wollte mich so, wie ich war. Mit meinem gebrochenen Herzen, mit meinen Abhängigkeiten, mit der Scham gegenüber meinem Vater, mit der Trauer um den Verlust meiner Mutter ... Edgar liebte mich verletzt und versehrt. Er war der erstaunlichste Mensch, den ich je getroffen hatte.

Mit einem Seufzer gab ich mich dem neu erwachten Verlangen hin. Ich beugte mich zu Edgar und schlang die Arme um ihn. Meine Hände tasteten sich seinen Rücken entlang und spürten das Spiel seiner Muskeln. Ich knöpfte sein Hemd auf und ließ meine zitternden Finger über seine Haut streichen. Die Berührung schien mich zu verbrennen und jagte glühende Schauer durch meinen ganzen Körper. Ich hatte vollkommen vergessen, wie es sich anfühlte, einen Mann zu begehren. Edgar bedeckte meine nackte Haut mit Küssen, und seine Hände liebkosten mich. Die Heftigkeit seiner Leidenschaft überraschte mich. Er musste sich bis jetzt sehr zurückgenommen haben, um mir die Zeit zu lassen, die ich brauchte, um meine eigenen Gefühle für ihn zu entdecken.

Wir liebten uns mit einer Hingabe, die an Verzweiflung grenzte. Ich schlang die Beine um Edgars Mitte und wollte noch näher bei ihm sein. Sein Geruch hüllte mich ein und trug mich fort. Der feine Film aus Schweiß, der unsere Haut bedeckte, schmeckte salzig auf meiner Zunge.

In diesem Moment, als sich unsere Körper in Verzückung und Verschmelzung aufbäumten, wusste ich es: Ich liebte Edgar. Ich liebte ihn genauso verzweifelt wie Jonas, nur anders – weil er Edgar war.

Als solchen liebte ich ihn uneingeschränkt.

Es war nach dieser gemeinsamen Nacht, dass ich mir endlich ein Herz fasste und Edgar von den Demütigungen erzählte, die ich durch Alfons und dessen Freunde erfahren hatte.

Kapitel 25

Ende Juli 2015

Conradin

Als Conradin an diesem Morgen aufwachte, dröhnte ihm der Kopf. Ein noch nicht genau definierbarer Schmerz breitete sich außerdem in seiner Brust aus und schien ein krank machendes Gift durch seine Gefäße zu pumpen. Seine Laune war außerordentlich schlecht. Er würde es ja gern verdrängen, aber das Bild hatte sich in seine Netzhaut eingebrannt: Barbara und David, eng umschlungen, die sich leidenschaftlich küssten. Dann waren sie in ihrem Zimmer verschwunden. Wut wäre an dieser Stelle sicher hilfreich gewesen, doch Conradin fühlte sich einfach nur entsetzlich, verletzt und gedemütigt. Außerdem schämte er sich dafür, dieser Frau auf den Leim gegangen zu sein. Seine Menschenkenntnis musste mittlerweile schon so schlecht sein, dass er ein flüchtiges sexuelles Abenteuer sogar mit wahrer Liebe verwechselt hatte. Er hatte sich tatsächlich eingebildet, dass Barbara auch etwas für ihn empfinden würde – mehr als bloße Schwärmerei. Er hatte ihre Verletzlichkeit gespürt und gehofft, derjenige sein zu dürfen, der ihr bei der Heilung ihrer Wunden half. Aber er hatte nur als Lückenbüßer fungiert, bis sie die Dinge mit ihrem Verlobten geklärt hatte – so eine Art Frust-Affäre. Dennoch war er unfähig, Barbara zu hassen. Er war einfach nur ... ja, was denn? Tieftraurig? Enttäuscht? Irgendwas in der Art vermutlich.

Aus Gründen, die ihm selbst schleierhaft waren, beschloss er trotz allem, an der Beerdigung ihrer Großmutter Rosa teilzunehmen. Vielleicht war es Hoffnung – Hoffnung auf ein Zeichen, das das Bild in seiner Erinnerung Lügen strafen würde. Oder es war Neugier – die von der kranken Sorte, die einen letztendlich nur noch verletzter zurückließ. Möglicherweise war es jedoch einfach eine namenlose Kraft, die ihn antrieb – aus welchem Grund auch immer. Liebe oder Anstand.

Der Vormittag raste an Conradin vorbei, ohne dass er im Nachhinein genau hätte sagen können, womit er sich beschäftigt hatte. Er bereitete einige Mittagessen zu, räumte die Küche etwas früher auf als sonst und hastete dann in seine Wohnung, um zu duschen.

Er streifte sich das einzige weiße Kurzarmhemd, das er besaß, über und wählte dazu eine altmodische schwarze Stoffhose. Eine Beerdigung war in dieser Gegend noch immer eine traditionelle und ernst zu nehmende Angelegenheit. Es ging um Respekt. Respekt Gegenüber dem Verstorbenen, gegenüber den Trauernden, aber auch gegenüber dem unausweichlichen Kreislauf allen Lebens. Sommer und Winter, Leben und Tod. Nirgends kannte man die Gezeiten der Natur besser als an einem Ort, der sich nach wie vor der Landwirtschaft verschrieben hatte. Conradin schlüpfte in schwarze Lackschuhe – ein Überbleibsel seiner Konfirmation. Gottlob passten sie ihm noch immer. Zu dieser Zeit hatte er ausgesehen wie ein junger Hund, dessen tapsige Pfoten für den schmächtigen Körper noch viel zu groß waren. Während Conradins Körperbau sich in den letzten zehn, zwölf Jahren noch stark entwickelt hatte, hatten seine Füße bereits damals geahnt, welches Gewicht sie einmal würden tragen müssen.

Zum Schluss unterzog sich Conradin im Spiegel einer genauen Musterung. Er sah aus, als wäre er der Hauptdarsteller in einem Schwarz-Weiß-Film – was der Realität bei Beerdigungen nahe kam. Er seufzte ergeben. Schließlich ging er in die Gaststube, um sich von seiner Schwester zu verabschieden. Sie hatte sich bereit erklärt, während seiner Abwesenheit die Stellung zu halten.

Normalerweise sorgten Beisetzungen dafür, dass das Restaurant, solange der Gottesdienst noch andauerte, wie ausgestorben war. Erst nachher fand sich die Trauergemeinde zum gemeinsamen Leichenschmaus ein. Heute jedoch schien das anders zu sein. Die Terrasse war gefüllt mit Gästen, die sich ein kühlendes Getränk oder Eiscreme bestellten. Conradin runzelte nachdenklich die Stirn. Unter den Besuchern befanden sich auffallend viele Einheimische. Es war, als kümmerte die bevorstehende Beerdigung niemanden sonderlich. Das erstaunte ihn. Normalerweise galt es als Form der höflichen Beileidsbekundung, dass jeder Haushalt mindestens ein Mitglied zu einer Trauerfeier schickte. Besonders unter den älteren Leuten in Surgens war dieser Brauch nach wie vor hoch geschätzt und wurde gewissenhaft zelebriert. Nicht so heute.

Conradin konnte sich diesen Umstand nur mit der Tatsache erklären, dass die Surgenser Rosa nicht als eine der Ihren betrachteten. Er wurde jedoch das beklemmende Gefühl nicht los, dass es in erster Linie damit zu tun hatte, was man sich über Rosas Mutter und das Haus am Waldrand erzählte. Als er die Stufen zur Straße hinunterging und an der überfüllten Terrasse vorbeilief, folgten ihm zahlreiche Augenpaare. Conradin spürte die misstrauischen Blicke in seinem Rücken, und ihm sträubten sich die Nackenhaare. Er fühlte sich unter solcher Beobachtung nicht gerade wohl.

Der Weg zur Kirche, die sich am Dorfeingang befand, entpuppte sich als wahrer Spießrutenlauf. Die Sonne brannte in dieser frühen Nachmittagsstunde gnadenlos vom Himmel. Conradin spürte, wie seine Haare an den Schläfen und im Nacken feucht an seiner Haut klebten. Es war beinahe windstill, und die glühende Hitze wurde durch den Asphalt

noch verstärkt. Es war, als befände er sich zwischen zwei Heiz-
platten. So muss sich ein Toast Hawaii fühlen, dachte Conradin grimmig und verfluchte die altmodische schwarze Hose, die
bereits unangenehm an seinen Waden klebte. Außerdem registrierte Conradin immer wieder schattenhafte Gestalten, die
sich hinter Gardinen versteckten und die Straße im Auge be-
hielten.

Endlich erreichte er das Kirchlein, das auf einem Felsvor-
sprung thronte. Am liebsten hätte Conradin allerdings auf
dem Absatz kehrtgemacht – so fehl am Platz fühlte er sich.
Barbara hatte ihn jedoch schon entdeckt; deshalb konnte er
nicht einfach davonlaufen. Diese Blöße wollte er sich nicht geben. Zu seiner Erleichterung spürte er plötzlich einen Schatten
neben sich, und als er den Kopf wandte, sah er den alten Heinrich an seiner Seite stehen. Er trug fast die gleiche Montur wie
Conradin und nickte ihm zu, als hätten sie einen finsteren
Pakt geschlossen. Um nicht aufdringlich zu wirken, hielten sie
sich etwas abseits.

Schließlich begab sich die Trauergesellschaft unter Pfarrer
Rolfs Führung auf den Friedhof, um die Urne beizusetzen.
Conradin spürte, wie ihm der Schweiß in Strömen den Rü-
cken hinunterlief. Noch immer kam er sich seltsam deplatziert
vor. Außer Heinrich und ihm hatte es tatsächlich keiner der
Dorfbewohner für nötig gehalten, der verstorbenen Rosa die
letzte Ehre zu erweisen. Barbaras Verwandtschaft und ihre
Freunde bildeten auch äußerlich einen starken Kontrast zu
Conradin und Heinrich. Viele von ihnen trugen teure, maßge-
schneiderte Anzüge aus edlen Stoffen, dazu Sonnenbrillen und
extravagantes Schuhwerk. Der Kies knirschte unter Conradins
Schuhen, während er der Gesellschaft schweigend zum bereit-
gestellten Urnen-Grab im hinteren Teil des Friedhofs folgte.
Eine beißende Duftmischung hüllte ihn ein. Verschiedene syn-
thetische Düfte rangen um die Vorherrschaft und schwänger-
ten aufgrund der schweißtreibenden Temperaturen die Luft.

Pfarrer Rolf räusperte sich und wischte sich ebenfalls einige Schweißperlen von der Stirn. Er begrüßte die Trauergemeinde und begann damit, einige Worte über die Vergänglichkeit des Lebens zu sagen. Erwartungsgemäß wurden seine Worte immer wieder von unterdrücktem Schluchzen unterbrochen. Conradins Blick ruhte auf Barbara.

Er schämte sich seiner Gedanken. Aber … die junge Frau hatte nie schöner und lebendiger ausgesehen als in ebendiesem Moment. Vielleicht lag es am Kontrast, den der Tod und die Trauer zu ihrer zierlichen Gestalt bildeten. Sie trug ein dunkelblaues Etuikleid sowie eine helle, seidig glänzende Strumpfhose und tintenblaue Pumps. Alles an ihr war schlicht: die Art, wie sie ihr schokoladenbraunes Haar zu einem Zopf geflochten hatte, und der rosa Hauch ihrer zitternden Lippen; die tiefschwarzen Wimpern, die einen filigranen Schatten auf ihre Wangen malten. Trotz ihrer Trauer bewahrte sie Haltung, und das war das Faszinierendste an ihr. Conradin kannte sie gut genug, um zu sehen, dass sie gebrochen war. Ihr Herz blutete, und ihre Mundwinkel zuckten verräterisch. Sie kämpfte mit den Tränen und hielt sich die Hand vor den Mund, um ein Schluchzen zu unterdrücken. Trotzdem waren ihre Schultern gestrafft und ihr Rücken gerade. Ihre schlanken Beine schienen sie mit der Erde zu verwurzeln und ihr Halt zu geben.

Ein junger Mann, der ihr sehr ähnlich sah, hielt ihre Hand. Hinter ihr stand David Reinach, ihr Exverlobter. Er wagte offenbar noch nicht, sich neben sie zu stellen, dennoch war er ihr nahe genug, um seinen Anspruch und seine Zugehörigkeit zu demonstrieren. Ohne Vorwarnung wandte er den Kopf, und sein Blick streifte Conradin. Er blieb eine Sekunde zu lange an ihm hängen, um harmlos zu wirken. Männer hatten ihre eigene Sprache, und Conradin verstand die wortlose Drohung, die sich in diesem stechenden

Blick verbarg, deutlich genug. Er versteifte sich und reckte das Kinn nach vorne, als wollte er ihm antworten. David drehte sich scheinbar gleichgültig wieder weg. Das nervöse Spiel seiner Kiefer verriet jedoch seine Anspannung. Conradin hatte das vage Gefühl, dass das letzte Wort in dieser Angelegenheit noch nicht gesprochen war.

In diesem Moment, als Pfarrer Rolfs Stimme sich in einem abschließenden Flüstern verlor, wurde Barbara von einem heftigen Weinkrampf geschüttelt. Der junge Mann zu ihrer Linken, wahrscheinlich ihr Bruder, schloss sie liebevoll in die Arme und strich ihr über das Haar. So, wie er es vermutlich von Kindesbeinen an schon viele Male getan hatte. Die Vertrautheit, die diese Geste zu einem besonders intimen Moment machte, war nicht zu übersehen.

Conradin senkte betroffen den Blick. Barbara dermaßen traurig und verloren zu sehen, brach ihm beinahe das Herz. Am liebsten hätte auch er sie einfach an sich gedrückt und ihre Tränen getrocknet. David legte Barbara ebenfalls eine Hand auf die Schulter und zog ihren Kopf an sein Schlüsselbein. Ein stechender Schmerz durchzuckte Conradin bei diesem Anblick. Er spürte plötzlich den dringenden Wunsch, diesen Kerl mit den Fäusten zu traktieren.

Heinrichs verstohlenes Schniefen und verhaltenes Schnäuzen lenkten Conradin jedoch von seiner jäh aufkeimenden Eifersucht ab. Er legte dem alten Mann zum Trost einen Arm um die Schultern und spürte, wie Heinrichs altersschwache Glieder von einem heftigen Zittern geschüttelt wurden.

»Es ist die Vergänglichkeit, die mich traurig stimmt, mein Junge. Es kommt mir vor, als wäre es erst gestern gewesen, dass Rosa und ich zusammen im warmen, nach Heu duftenden Sommerwind spielten. Ich kann ihr ausgelassenes Kichern noch hören. Ich habe nicht gemerkt, wie die Jahre seit jenen unbeschwerten Tagen an mir vorbeigezogen sind …«, flüsterte Heinrich.

Conradin nickte stumm und stützte den alten Mann, während sich die Trauergesellschaft ins Innere der Kirche begab.

Das Gotteshaus strahlte eine angenehme Kühle aus. Pfarrer Rolf führte die Anwesenden mit einigen gut gewählten Bibelzitaten durch die Trauerfeier, sinnierte über Leben und Tod und fasste die Etappen von Rosas Leben noch einmal zusammen. Conradin hielt normalerweise wenig bis gar nichts von Predigten und besuchte auch kaum einmal den Gottesdienst. An diesem Nachmittag kamen ihm die Worte des Geistlichen jedoch seltsam tröstlich vor. Er hatte Rosa nicht gekannt und konnte das Gefühl des Verlustes, das Barbara und ihresgleichen nun empfinden mussten, nicht direkt nachfühlen. Dennoch spürte auch Conradin in diesem Moment etwas wie ein Verlustgefühl. Barbaras Verrat an ihm und seiner Liebe lastete ebenso schwer auf ihm wie der Tod. Man konnte Menschen ans Jenseits verlieren, oder aber man verlor sie ans Leben. An das Dasein, das seiner eigenen unergründlichen Bestimmung folgte.

Nach der Trauerfeier erhoben sich die Anwesenden. Die nahen Angehörigen warteten vor der Kirchentür, während die an der Trauerfeier teilnehmenden Gäste ihnen der Reihe nach per Handschlag oder Umarmung ihr Beileid bekundeten. Conradin hätte es vorgezogen, sich einfach an Barbara und ihrer Familie vorbeizuschleichen. Natürlich konnte er das nicht. Sein Magen verkrampfte sich, und eine bisher unbekannte Nervosität breitete sich in ihm aus, als er schließlich vor ihr stand und in ihre geröteten Augen blickte. Nach allem, was sie bereits geteilt hatten, war es ein seltsames Gefühl, ihre zarte Hand in der seinen zu halten. Die höfliche Distanz und die Mauer, die die Ereignisse der letzten Tage zwischen sie gezwängt hatten, kamen ihm unnatürlich vor. Wie konnte man in einer Nacht den Atem eines Menschen in sich aufnehmen, als wäre es der eigene, und in der nächsten Sekunde wieder zu Fremden werden?

Conradin hielt ihre Hand wohl etwas länger, als der Anstand es geboten hätte. Er fing Davids drohenden Blick auf. Als hätte er sich verbrannt, zog Conradin den Arm hastig zurück und sah zu Boden. Er wollte nur noch fort von hier. Fort von der Erinnerung an eine verlockende Süße, die er nicht mehr kosten durfte. Irgendwohin, wo er seinen verletzten Stolz begraben und seine Wunden lecken konnte.

Als er schon beinahe an Barbara vorbei war, sagte sie leise: »Danke, Conradin! Danke, dass du da warst. Das bedeutet mir sehr viel.« In ihren moosgrünen Augen spiegelte sich ein schlechtes Gewissen. Für einen kurzen Augenblick flackerte, zart wie ein Schmetterling, eine Emotion darin auf, die man wohl am ehesten mit »Sehnsucht« beschreiben könnte. Aber vielleicht bildete er sich ihr Bedauern auch nur ein, weil es genau das war, was er gern gesehen hätte. Daher nickte er nur knapp und entfernte sich.

Davids unverhohlen zur Schau gestellte Eifersucht, die sich im nervösen Zucken seiner Kiefermuskeln zeigte, goss noch zusätzlich Öl ins Feuer. Conradin wusste plötzlich nicht mehr, was er empfand. Sollte er sich von Barbara lösen oder um ihre Liebe kämpfen? Sollte er sie tatsächlich einfach diesem David überlassen, bloß weil er verunsichert und gekränkt war? Ein erbitterter Kampf brach in Conradins Innerem aus.

Kapitel 26

Adeline

Liebes Tagebuch,
 der Winter hat uns immer noch in seinem eisernen
Griff. Während außerhalb unseres zerfurchten Tals bereits
die Schneeschmelze einsetzt, bedeckt das kalte Weiß in Sur-
gens nach wie vor trotzig die Hügel und Wälder. Die Sonne
steht schon etwas länger am Himmel, als dies noch im De-
zember der Fall war, dennoch ist ihr Licht noch matt und
bleich. Seit jener märchenhaften Nacht im Dezember, als
die Schneeflocken vor unserem Fenster tanzten und Edgar
und ich uns zum ersten Mal liebten, sind fast zwei Monate
vergangen. Vielleicht die bisher schönsten und unbeschwer-
testen Monate, die ich seit dem Sommer mit Jonas erlebt
habe. Einmal entfesselt, konnten Edgar und ich kaum mehr
die Finger voneinander lassen. Wir liebten uns mit einer In-
tensität, aber auch einem liebevollen Respekt, den ich nie
für möglich gehalten hätte. Edgar gibt meinem Leben neu-
en Halt, meiner Liebe eine Form und Rosa ein stabiles Zu-
hause – so dachte ich jedenfalls eine ganze Weile. Das
Schicksal scheint mir jedoch nur eine kurze Verschnaufpau-
se gegönnt zu haben.

Seit dem Anbrechen des Monats Februar wird meine Hilfe
bei Alfons und Martha wieder vermehrt gebraucht. Ich hat-
te kaum Zeit, den fünften Geburtstag meiner kleinen Rosa

zu feiern. Es gibt allerhand Dinge in Haus und Hof, die für den kommenden Frühling und den Sommer vorbereitet werden müssen. Die Kleider der Kinder müssen alle angepasst und ausgebessert werden, damit sie bei den ersten warmen Sonnenstrahlen getragen werden können. Martha ist mit ihren mittlerweile dreiunddreißig Jahren erneut schwanger und kann daher die gewöhnlichen Hausarbeiten nicht mehr ohne Hilfe verrichten. Sie klagt oft über Übelkeit und geschwollene Beine und ist rasch restlos erschöpft.

Dennoch habe ich Martha darum gebeten, mir wenigstens den Nachmittag des fünften Februar freizugeben, damit ich für meine Prinzessin eine kleine Feier organisieren konnte. Heinrich Weber war ihr einziger Geburtstagsgast. Da seine Eltern die Freundschaft mit Rosa immer noch nicht gutheißen, schlich er sich an diesem Nachmittag erneut heimlich davon, um mit uns ein Stück Geburtstagskuchen zu essen. Edgar, der an diesem Tag früher nach Hause kam, um mit uns zu feiern, machte ein schönes Foto der beiden Kinder.

Edgar hatte angeboten, mich mit mehr Geld zu unterstützen. Mittlerweile war er ja nicht mehr mein Hausgast, sondern mein Partner. Alfons erhöhte die Miete für das Haus jedoch so beträchtlich, dass Edgars Geld allein nicht reicht und ich weiterhin gezwungen bin, Alfons' »Leibeigene« zu sein. Anfangs, als die Beziehung zwischen Edgar und mir ans Tageslicht gekommen war, wagte es Alfons nicht mehr, mich für seine fleischlichen Gelüste zu missbrauchen, weshalb ich Edgar auch nie etwas davon erzählt habe. Auch seine widerwärtigen Freunde suchten mich während dieser Zeit nicht mehr auf. Ich hegte schon die Hoffnung, dass wir nun einen stillen Pakt geschlossen hätten und Edgars Anwesenheit und sein Geld mich vor dem Schlimmsten bewahren würden. Doch vergangene Woche sollte ich eines Besseren belehrt werden.

Edgar war seit Donnerstag durchgehend für seine Fotoreportage unterwegs. Ich erwarte seine Rückkehr erst heute Nachmittag.

Am Donnerstagabend musste ich Alfons und einige seiner Geschäftspartner mit Getränken und Gebäck bedienen. Martha konnte diese Aufgabe aufgrund der Schwangerschaftsbeschwerden nicht übernehmen und legte sich früh schlafen. Ich dachte mir nichts weiter dabei. Ich war sogar sehr erleichtert, dass es sich bei den Anwesenden ausnahmslos um Männer handelte, die noch nie meine speziellen Dienste in Anspruch genommen hatten. Einige der Gäste waren zwar aus dem Dorf, andere aber schienen von weiter her gekommen zu sein, um mit Saatgut und Vieh für die kommende Saison zu handeln. Die Gespräche drehten sich um Getreide- und Gemüsesorten, Preise und drohende Tierseuchen. Natürlich war auch der Krieg immer wieder ein Thema. Gerade in diesen Zeiten, in denen die Versorgung mit lebensnotwendigen Gütern knapp wird, ist geschicktes Verhandeln wichtig.

Ich achtete darauf, dass die Gläser der Männer stets voll waren, und reichte Teller mit kleinen, würzigen Häppchen, die ich nach Marthas Rezepten gebacken hatte. Es kommt nicht oft vor, dass ich an einem Abend zur Arbeit hergebeten werde; daher machte es mir auch nicht viel aus. Ich hatte Verständnis für Marthas Zustand und gönnte ihr die Ruhe, vor allem, weil ich Rosa wohlbehütet in Ernas Zimmer wusste.

Die Verhandlungen neigten sich bereits dem Ende zu, und ich war stolz darauf, in die zufriedenen Gesichter der Gäste blicken zu können – ich hatte meine Aufgabe also erfüllt. Doch dann forderte ein Herr, den ich vage aus dem Dorf kannte, die anderen dazu auf, sich nach getaner Arbeit noch etwas dem Vergnügen zu widmen. Er hatte zu diesem Zweck eine Flasche selbst gebrannten Obstschnaps mitge-

bracht. Alfons ließ ihn gewähren und steuerte selbst noch einen Liter Honigschnaps bei. Es war bereits Mitternacht, und die Runde der Herren wurde zunehmend lauter.

Langsam überkam mich auch die Müdigkeit, und meine Augenlider wurden schwer. Ich wusste, dass ich am nächsten Morgen beim ersten Hahnenschrei wieder in der Küche sein musste, um zusammen mit Martha das Frühstück für Alfons und die Kinder zuzubereiten.

Da meine eigenen Gedanken immer träger wurden, dauerte es eine Weile, bis mir auffiel, dass mich der Einheimische, den ich schon öfters gesehen hatte, mit unverhohlener Neugierde betrachtete. Plötzlich stand er ohne Vorwarnung hinter mir in der Küche, als ich dabei war, einige Gläser abzuwaschen. Sein alkoholgeschwängerter Atem schlug mir unangenehm entgegen. Das wirre Flackern in seinen Augen ließ mich unwillkürlich zusammenzucken.

»Ich beobachte dich schon lange«, sagte er leise, und ein heiseres Lachen drang aus seiner Kehle. »Du gefällst mir.«

Irgendetwas an der Art, wie er mich musterte und zu mir sprach, war anders. Ich war das lüsterne Raunen und das kreatürliche Verhalten von Alfons' Freunden gewohnt. Ihr Gebaren war oft unverblümt und roh. Dieser Mann hier versuchte, charmant zu sein, wenn auch auf eine eher ungelenke Art und Weise. Unter anderen Umständen hätte ich ihn vermutlich ausgelacht. Ich spürte jedoch instinktiv, dass eine Bedrohung von ihm ausging. Das Glühen in seinen Augen war mehr als nur von Verlangen durchdrungen. Ich konnte mich des Eindrucks nicht erwehren, dass er nicht nur mit mir schlafen wollte, sondern den Anspruch stellte, dass ich mich ihm aus freien Stücken hingab. Seine nächste Bemerkung sollte meine Vermutung bestätigen.

»Ich würde dich gern zu einem Abendessen einladen, Adeline.«

Ich war einige Sekunden sprachlos. Selbstverständlich wollte ich mich weder mit ihm treffen noch mit ihm zu Abend essen. Seit Edgar an meiner Seite war, schon gar nicht mehr. »Das wird schwierig ...«, versuchte ich es zaghaft. »Edgar, meinen Partner, würde das nicht freuen ...«

Die Augen des Mannes verengten sich zu zwei Schlitzen, und er musterte mich, als dächte er angestrengt über das eben Gesagte nach. »Der Fotografen-Lümmel, ja?«, knurrte er und verzog die Mundwinkel zu einem abfälligen Grinsen. »Der wird nicht ewig hierbleiben, meine Liebe, und ganz bestimmt wird er eine mit deiner Vorgeschichte nicht mitnehmen. Du solltest dankbar sein, dass dich überhaupt jemand Anständiges eines zweiten Blickes würdigt. Dein Ruf ist nicht gerade makellos.« Mit »jemand Anständiges« meinte er wohl sich selbst.

Mir fehlten erst einmal die Worte. Bevor ich jedoch antworten konnte, betrat Alfons die Küche. Ein hämisches Grinsen stahl sich auf sein Gesicht, als er die Situation erfasste.

»Anton, mein Guter. Du versuchst doch nicht gerade, meiner Adeline den Hof zu machen? Willst du nicht lieber deine Grete endlich heiraten? Ich weiß, ich weiß, sie ist längst nicht so appetitlich wie meine Magd hier ... Aber: wozu Süßholzraspeln, wenn du sie auch so besteigen kannst? Jeder hier im Dorf weiß doch Bescheid, Anton, also zier dich nicht so! Ich überlasse sie dir heute Abend – der guten Geschäfte halber.« Er klopfte ihm jovial auf die Schulter.

Widerwillen stieg in mir auf. Ich beobachtete, wie Anton nachdachte. Er wollte vor seinem Kumpel nicht das Gesicht verlieren, dennoch wich das Glühen nicht aus seinen Augen.

Schließlich fasste er mich am Arm, und an Alfons gewandt knurrte er: »Wie du meinst. Lass uns allein!«

Anton versuchte, zärtlich zu sein, was angesichts der Tatsache, dass er mich gegen meinen Willen an die Küchenspüle gepresst hielt, einfach nur erbärmlich wirkte. Sein abscheuliches Schnauben rang mit dem verzweifelten Versuch, mir Vergnügen zu bereiten, um die Vorherrschaft. Ich hatte in den letzten nunmehr fünf Jahren schon einiges über mich ergehen lassen müssen. Viele Grausamkeiten erreichten mich innerlich nicht mehr – ich ließ meine Peiniger gewähren und war in Gedanken weit fort. Anton jagte mir jedoch einen Schauer über den Rücken, denn ich spürte: Er war von mir besessen. Er begnügte sich nicht damit, einmal meinen Körper zu besitzen, er wollte mich ganz. Je mehr er spürte, dass seine Bemühungen um meine Zuneigung nicht fruchteten, desto verzweifelter wurde er in seinen Anstrengungen. Schließlich verschaffte er sich Erleichterung und ließ von mir ab.

Ich glättete meine Kleidung und kämpfte zum ersten Mal seit langer Zeit wieder mit den Tränen. Wie sollte ich das Edgar erklären? Was würde er von mir denken? Würde er mir vorwerfen, ich hätte diesen Mann dazu ermuntert – so wie alle Ehefrauen im Dorf es mir bereits vorhielten? Würde er sich angewidert von mir abwenden? Mein Vorleben zu akzeptieren war eine Sache – sie erforderte ein enormes Maß an Großzügigkeit und Liebe von einem Mann wie Edgar. Doch wie würde er reagieren, wenn er feststellte, dass die Vergangenheit mich wieder eingeholt hatte? Dass ich sie nicht abschütteln konnte?

Ich ballte die Hände zu Fäusten, bis die Knöchel weiß hervortraten, biss mir auf die Unterlippe und versuchte, das Zittern meines Kiefers zu verbergen. In meinen Augen brannten schon die aufsteigenden Tränen. Doch diese Genugtuung gönnte ich weder meinem neuen Peiniger noch Alfons. Also reckte ich tapfer das Kinn und verließ das Haus mit so viel Würde, wie es eben ging. Zum ersten Mal fühlte ich mich wieder beschmutzt und minderwertig, nachdem man mich missbraucht hatte.

Es hatte eine Zeit in meinem Leben gegeben, da war ich so abgestumpft, dass ich mit der Schande hatte leben können. Damals hatte ich es für Rosa getan, damit wir ein Zuhause hatten. Seit es Edgar für mich gab, hatten sich diese Dinge geändert. Ich hatte mich wieder für Gefühle geöffnet, war weicher und verletzlich geworden. Ich war glücklich gewesen und hatte mich bei Edgar geborgen und behütet gefühlt.

Erneut landete ich auf dem harten Boden der Tatsachen. Wieder einmal war es mir nicht lange vergönnt gewesen, Frieden und ein bisschen Glück zu empfinden.

Bereits am nächsten Abend besuchte mich Anton in unserem Zuhause am Waldrand. Die Sonne war vor rund einer Stunde hinter den Berggipfeln verschwunden, und ein kalter Winterwind fegte um das Haus. Anton hatte edles Konfekt mitgebracht. Da ich nicht davon ausging, dass er es selbst hergestellt hatte, musste es ziemlich teuer gewesen sein. In Kriegszeiten wie diesen sind Pralinen ein Luxusgut. Der Schnee knirschte unter Antons Winterstiefeln, als er auf der Türschwelle unruhig von einem Bein aufs andere trat.

Ich musterte ihn mit teilnahmslosem Blick.

»Es tut mir leid«, sagte er und nagte auf seiner Unterlippe. »Das ... war ein Fehler. Ich hatte zu viel getrunken und habe mich von Alfons zu unüberlegten Handlungen verleiten lassen. Kannst du mir verzeihen, können wir nochmals von vorne anfangen?« Seine Stimme hatte einen reumütigen Klang.

Mein Nacken versteifte sich. Warum nur kam Edgar erst am Sonntag zurück? Ich brauchte seine Hilfe doch so dringend! Da Anton auf mich jedoch einen geläuterten, ja zerknirschten Eindruck machte, versuchte ich es erneut mit der Wahrheit.

»Ich lebe mit einem Mann zusammen. Das ist im Dorf hinlänglich bekannt.« Ich wartete auf eine Reaktion. Die Sekunden verstrichen quälend langsam. Fröstelnd zog ich meine Wolljacke enger um den Leib. Mir war nicht nur des Winters wegen kalt. Mein Herz pochte immer lauter und hämmerte gegen meinen Brustkorb.

Ich spürte es lange, bevor ich es sah: das irre Flackern in seinen dunklen Augen. Sein Mund bekam einen energischen Zug, und eine seiner Augenbrauen zuckte nervös. Seine Hals-schlagader schwoll bedrohlich an, und ich erkannte, dass er die Wut nur mühsam beherrschen konnte. Wozu soll ich sie über-haupt niederkämpfen?, fragte er sich vermutlich gerade. In den Augen der Dorfbewohner war ich ohnehin nur eine Hure. Mein Haus war so abgelegen, dass man die Verbrechen, die hier begangen wurden, problemlos ignorieren konnte – weil man sie weder sah noch hörte. Ich spürte, dass meine Finger, die sich am Türrahmen festklammerten, zitterten. Drinnen ver-nahm ich das unbekümmerte Summen meiner kleinen Tochter, die im Wohnzimmer spielte und nichts von der Gefahr ahnte.

»Du bist dir wohl nicht im Klaren, mit wem du es zu tun hast, Adeline«, sagte Anton bedrohlich leise, und umfasste die mitgebrachte Konfektschachtel fester. »Ich bin der Sohn des amtierenden Gemeindeoberhauptes. Mein Großvater war eben-falls Gemeindeoberhaupt, und ich werde es auch bald sein. Wir gehören einer Dynastie von Dorfoberen an – von Regenten, wenn du denn so willst. Ich biete dir einen klingenden Namen, ein Zuhause, und ich würde sogar deine Bastard-Tochter als die meine anerkennen. Ich verlasse meine Verlobte noch heute Abend, wenn du dein Einverständnis gibst, Adeline.«

Er musste verrückt sein. So viel stand fest. Ich lebte nun seit fünf Jahren in diesem Dorf am Ende der Welt, und er hatte mich nie eines Blickes gewürdigt. Oder hatte er mich schon immer heimlich belauert und nur auf den passenden Moment gewartet? Bekam er kalte Füße wegen der bevorstehenden Hochzeit mit dieser Grete, oder war er einfach nur ... geisteskrank?

»Ansehen bedeutet mir nichts mehr«, entgegnete ich, und auch das entsprach der Wahrheit. Früher war das einmal anders gewesen. Damals war ich hilflos und allein gewesen. Aber jetzt hatte ich Edgar. Jetzt war mir eine liebevolle Partnerschaft wichtiger als alles Geld der Welt.

»Alfons hatte recht. Du bist nichts weiter als eine dahergelaufene kleine Hure, eine Hexe noch dazu, die uns Männer irgendwie gefügig macht, damit du deinen Willen bekommst. Wie sonst lässt es sich erklären, dass du das Angebot eines vermögenden, ehrenhaften Mannes, ohne mit der Wimper zu zucken, ablehnst? Hast du einen Besseren in der Hinterhand? Keine Frau von Anstand und Verstand würde das in deiner Situation tun!«

Anton erwies sich als ein wütender Liebhaber, nachdem er mich ins Haus gedrängt hatte. Rücksichtsloser noch als alle anderen, geleitet von blinder Wut. Er nahm mich vor Rosas Augen in Besitz und demütigte mich. Ich flehte ihn an, mein kleines Mädchen aus der Sache rauszuhalten. Doch er lachte nur und machte weiter.

Rosa, die nicht verstand, was vor sich ging, rannte weinend aus dem Wohnzimmer, nachdem sie immer wieder verzweifelt gerufen hatte: »Lass meine Mama los! Du tust ihr weh!« Würde sie diesen Tag je vergessen können?

Anton Dürr, das ahne ich nun, wird mein Verderben. Selbst Edgar kann mich nicht davor bewahren, fürchte ich ...

Kapitel 27

Barbara

Barbara klammerte sich an Simons Arm, als sie den Weg zurück zum Gasthaus Alpenrose nahmen. Die meisten der Anwesenden würden noch heute den Heimweg ins Schweizer Unterland antreten. Conradin und Anna hatten für die Trauergemeinde einen kleinen Imbiss zur Stärkung vorbereitet. Barbara machte die sengende Hitze zu schaffen. Sie taumelte und verfluchte ihre Stöckelschuhe, die sie nun liebend gern gegen bequeme Sneakers eingetauscht hätte. Sie fühlte, wie sich ihr Haar im Nacken zu Locken kräuselte und feucht an ihren Schläfen klebte. Auf ihren Lippen schmeckte sie Salz – vom Schweiß, wohl aber auch vom endlosen Strom der Tränen.

Der Schatten, der neben ihr herging und den sie nur aus dem Augenwinkel sah, trug ein Übriges dazu bei, dass sie sich erschöpft und ausgelaugt fühlte. Sie kannte jede seiner Bewegungen auswendig. Sie brauchte ihn daher nicht einmal anzusehen, um die feinen Regungen auf seinem Gesicht zu erraten. Sie spürte es an seinem Atem und an der Art, wie er ging.

David. Ihr Exverlobter. Sie ahnte, dass er sie gern bei der Hand genommen hätte. Dass er wie selbstverständlich mit dem Daumen ihre Handinnenfläche nachgefahren wäre, um sie zu beruhigen. Aber nach dem, was gestern zwischen ihnen passiert war, wagte er solcherlei Intimitäten vorerst

221

nicht mehr. Sie hätten beinahe miteinander geschlafen. Aber nur fast. Barbara schrieb die plötzlich entflammte Leidenschaft dem Wein, der Hitze und der bevorstehenden Trauerfeier zu. Sie war an diesem Abend einfach zerbrechlich und anfällig gewesen, hatte sich überrumpeln lassen. Die Berührung seiner Lippen hatte in ihr ein trügerisches Gefühl von Heimat heraufbeschworen und ihr eine Intimität vorgegaukelt, die sie sich jahrelang vergeblich gewünscht hatte. Es war töricht anzunehmen, dass David sich ausgerechnet jetzt und in so kurzer Zeit in den Mann verwandelt hatte, nach dem sie sich so lange im Stillen gesehnt hatte.

Als Davids Hände begierig über ihren Körper gewandert waren, war ihr jedoch Conradin eingefallen. In diesem Moment war sie sich des Unterschieds zwischen den beiden Männern bewusst geworden. David vergötterte ihre schlanke Figur und war in ihre Gesichtszüge verliebt. Stolz glitzerte in seinen Augen, wenn er sie besitzergreifend an der Hand hielt – wie eine wertvolle Trophäe.

Aber Conradin … Es fiel ihr schwer, das Gefühl, das sie in seiner Gegenwart empfand, in Worte zu fassen. Zwischen ihnen herrschte eine sonnenhelle Wärme, eine Energie, die einfach da war und sie wie ein unsichtbares Band vereinte. Ob er sie berührte oder nicht, immer spürte sie in seiner Nähe Frieden und Geborgenheit. Obwohl sie sich sicher war, dass auch Conradin sie äußerlich attraktiv fand, sahen seine haselnussfarbenen Augen hinter ihre Fassade. Ein feines Lächeln umspielte seine Mundwinkel, wenn sie in wildem Aufruhr über die Tagebuchaufzeichnungen ihrer Urgroßmutter sprach. Sein Blick wurde sanft und dunkel wie flüssige Schokolade, wenn er ihr Lachen hörte. Er musterte sie stets mit einer freudigen Neugierde, als hörte er den Klang ihrer Stimme zum ersten Mal. Conradin war klug und bescheiden, das liebte sie an ihm.

In Davids Gegenwart hatte sich Barbara oft genötigt gefühlt, ihn in irgendeiner Weise zu unterhalten, ihn an sich zu binden, ihm einen Grund zu geben, sie zu mögen. Als wäre sie bei einem Vorstellungsgespräch, bei dem sie sich bestmöglich präsentieren musste.

Barbara dachte an die Beerdigung ihrer Großmutter: Conradin war als einer der wenigen Einheimischen gekommen und hatte Rosa die letzte Ehre erwiesen. Er hatte auch Barbara damit seinen Respekt und sein Mitgefühl ausgedrückt.

Sie schluckte betreten und senkte den Blick. Wie kam es, dass sie dennoch so ein seltsames Gefühl hatte? Irgendwas in der Art, wie Conradin sie angesehen und berührt hatte, verunsicherte sie. War es wegen David? Warum wurde sie den Eindruck nicht los, dass sein Augenausdruck von Wehmut durchdrungen gewesen war?

»Wir sind da, wollen wir uns auf die Terrasse setzen? Da sind Tische für uns vorbereitet«, sagte Simon und streifte Barbara leicht am Arm.

Sie zuckte unter der Berührung zusammen und starrte ihn mit weit aufgerissenen Augen an. Sie war so in Gedanken versunken gewesen, dass sie nicht einmal bemerkt hatte, dass sie den Weg von der Kirche zum Gasthaus bereits zurückgelegt hatten. Sie sah sich um, als erblickte sie die Umgebung zum ersten Mal. Wie ein tosender Wasserfall drangen die Geräusche nun in ihr Bewusstsein. Das laute Knattern der Mähmotoren, tapsige Schritte auf dem Asphalt, als einige Kinder Fangen spielten, das verspielte Plätschern des Brunnens beim Eingang zum Gasthaus ...

Barbara kehrte zurück in die Realität. Sie spülte den faden, pelzigen Geschmack auf ihrer Zunge mit etwas kühlem Weißwein hinunter und beteiligte sich höflich an den Gesprächen ihrer Gäste. Fast alle drehten sich um Rosa.

Während Barbara einen Sonnenschirm dabei beobachtete, wie er sich in einem sachten Wind aufblähte, platzte sie plötzlich heraus: »Warum reden wir eigentlich über sie, als hätten wir sie gekannt?«

Betretenes Schweigen legte sich auf die Gesellschaft. Simon starrte sie stirnrunzelnd an. David kratzte sich peinlich berührt am Hinterkopf.

»Wir sind alle traurig, müde und überfordert, Barbara. Bestimmt hat niemand etwas dagegen, wenn du dich ein bisschen hinlegst«, schlug ihr Bruder vor. Der joviale Unterton seiner Worte machte sie umso wütender. Sie hatte ja selbst keine Ahnung, woher der brodelnde Zorn in ihrem Inneren plötzlich kam. Vielleicht war einfach alles ein wenig zu viel. Die Ablehnung der Leute im Dorf, ihr Fernbleiben bei der Beerdigung, als wäre Rosa eine Aussätzige gewesen, der ungeklärte Überfall beim Haus am Waldrand, die Geschichte mit David und Conradin …

Die einzige Person, deren Ratschlag ihr wirklich hätte helfen können, ruhte jetzt in einem kleinen Urnengrab im hinteren Teil eines pittoresken Friedhofs in den Bündner Bergen. Ja, Barbara war wütend, sehr sogar! Auf das Schicksal oder auf Gott oder wer auch immer hinter dieser Misere stand!

»Wir wissen überhaupt nichts über sie!«, stieß Barbara erneut hervor und kämpfte dieses Mal mit den Tränen. Da war nämlich noch mehr in ihrem Inneren, das verzweifelt an die Oberfläche drängte. Das Gefühl von Verrat. Sie fühlte sich von ihrer Großmutter im Stich gelassen und belogen. Warum hatte sie ihnen nie erzählt, was es mit Surgens und ihrer Vergangenheit auf sich hatte? Warum mussten sie es auf diese Weise erfahren?

»Ich kenne rund achtundzwanzig Jahre ihres Lebens. Sie hat nie über Großvater geredet oder über ihre Eltern und ihre Kindheit. Ich kenne nur jene Rosa, die sie in meiner Kindheit und Jugend war – aber das ist doch nicht die ganze Person, das ist nur ein Fragment, ein Splitter!«

»Warum kannst du sie nicht einfach so in Erinnerung behalten, wie du sie kanntest?«, sagte Irina sanft und legte ihr beschwichtigend eine Hand auf den Unterarm.

Barbara schüttelte die Finger ihrer Schwägerin brüsk ab. »Halte du dich da raus! Rosa wollte, dass wir in ihrer Vergangenheit forschen, und das habe ich getan. Ich sage euch, irgendwas stimmt da nicht! Ich weiß noch nicht alles!«

Falls Barbara erwartet hatte, dass diese Worte die Neugierde der Anwesenden wecken und man ihr mehr Verständnis entgegenbringen würde, hatte sie sich geirrt. Wohin sie auch sah, blickte sie nur in leere, mitleidige Augenpaare.

»Du hattest eine anstrengende Zeit, Barbara. Ich glaube nicht, dass Großmutter uns auf die Spur einer Verschwörung lenken wollte. Ihr Wunsch war es bloß, hier beerdigt zu werden. Natürlich verbinden sie Erinnerungen mit diesem Ort, aber das geht uns nichts an. Man sollte die Dinge, die vergangen sind, ruhen lassen.« Jetzt klang Simon schon beinahe so überheblich wie Christian Dürr, das Gemeindeoberhaupt.

In diesem Moment erschienen Conradin und Anna mit den Häppchen. Roher Schinken, Alpkäse, Gemüsedips und frisch gebackenes Brot. Während die anderen Trauergäste sich mit gutem Appetit über den Snack hermachten, suchte Barbara Conradins Blick. Er beachtete sie jedoch nicht, lächelte höflich in die Runde, deutete eine Verbeugung an und verschwand dann wieder im Inneren des Gasthauses. Für einen Moment runzelte Barbara die Stirn und wusste nicht, was sie nun mehr verwirrte, die gleichgültige Reaktion ihrer Familie und Freunde oder Conradins seltsames Distanzgebaren. Nachdem sich alle gestärkt hatten, erhoben sich die meisten der Anwesenden und kündigten ihren Aufbruch an.

Barbara verfolgte diese Wendung mit Erleichterung – so hatte sie endlich die Möglichkeit, sich zurückzuziehen und in Ruhe ihre stürmischen Gedanken und Gefühle zu ordnen. Im Gegensatz zu Simon kam ihr der letzte Wunsch ihrer Großmutter nicht wie die sentimentale Anwandlung einer alten Frau vor, sondern wie eine Aufforderung. Eine Bitte, dem Geheimnis auf den Grund zu gehen und der Wahrheit ins Auge zu blicken – vielleicht auch deshalb, weil sie es aus eigener Kraft nicht geschafft hatte.

Barbara umarmte Irina, ihre Schwägerin, zum Abschied. Als Simon jedoch zu ihr trat, wusste sie nicht, wie sie sich von ihm verabschieden sollte. Ihr Verhältnis war seit der Angelegenheit mit David und Rosa getrübt. Sie waren nicht mehr einer Meinung. Er war jedoch der Letzte, der ihr von ihrer Familie geblieben war. Barbara wünschte sich, er wäre noch der abenteuerlustige und neugierige Junge, mit dem sie aufgewachsen war, und nicht der selbstgefällige Gutmensch, den Irina aus ihm gemacht hatte. Sie wäre gern mit ihm gemeinsam Rosas Spuren gefolgt. Stattdessen musste sie nun alles vor ihm verheimlichen und allein mit dem fertig werden, was sie über die Vergangenheit in Erfahrung bringen würde. Sie seufzte ergeben und umarmte ihren Bruder.

Plötzlich ließ er von ihr ab und schlug sich gegen die Stirn. »Oh, fast hätte ich's vergessen! Irina, bringst du mir die Schatulle, bitte?«

Barbara runzelte die Stirn. Sie hatte im ersten Moment keine Ahnung, wovon er sprach. Als Irina jedoch mit einem rechteckigen, ungefähr zwanzig mal zwanzig Zentimeter großen Holzkästchen wiederkam, hellten sich Barbaras Gesichtszüge auf. »Großmutters Schmuckschatulle!« Zum ersten Mal an diesem Tag erschien ein freudiges Lächeln auf ihren Zügen. Sie nahm die Schatulle entgegen und strich vorsichtig mit den Fingern darüber. Der Deckel der Holzbox war mit geschnitzten Ornamenten und Intarsien versehen. Entlang des Randes waren kleine Muscheln aufgeklebt, die in verschiedenen Farben schillerten. Selbst nach all den Jahren verfehlte dieses hübsche Kästchen seine Wirkung nicht.

Barbara betrachtete es immer noch mit der Faszination eines kleinen Mädchens.

»Ich durfte die Schatulle nur hin und wieder berühren und den Deckel öffnen. Es war mir jedoch nie erlaubt, den Schmuck anzufassen, und die Box war stets gut versteckt, sodass ich sie allein nicht finden konnte.« Barbara lächelte versonnen vor sich hin. Sie roch wieder den blumigen Duft von Rosas Parfüm, vermischt mit dem erdigen, ledrigen Geruch ihrer rissigen Hände, der von ihrer geliebten Gartenarbeit herrührte. Finger strichen über Barbaras dünnes Mädchenhaar, und eine Stimme, die zu einem geheimnisvollen Flüstern gesenkt war, sagte:

»Willst du mal reinschauen, was ich darin habe, mein Kind?«

Dieses Mal ließ Barbara den Tränen freien Lauf. Sie drückte die Schmuckschatulle an sich und umarmte Simon. »Danke«, hauchte sie, unfähig, mehr zu sagen.

»Sie gehört dir. Auch Großmutters Schmuck. Sie hätte gewollt, dass du ihn einmal trägst«, antwortete Simon, strich seiner Schwester die Tränen von den Wangen und wandte sich ab.

Barbara winkte ihm noch zum Abschied zu. Das davonfahrende Auto wirbelte auf der trockenen Straße Staub auf. Dann kehrte in Surgens Stille ein.

Rosa hatte ihre letzte Reise angetreten, es gab nichts mehr zu organisieren. Die Trauer blieb, die Lücke klaffte noch immer in Barbaras Herz. Die Zeit würde die Wunde nicht heilen, aber vielleicht dafür sorgen, dass der Schmerz mit ihrer Persönlichkeit verschmolz, um sie vollkommener zu machen.

Barbara wollte in ihr Zimmer gehen, um sich vor dem Abendessen noch etwas Ruhe zu gönnen. Sie fühlte sich ausgelaugt und war sich absolut sicher, dass dunkle Schatten unter ihren Augen lagen. Das Schmuckkästchen in ihren

Händen zitterte. Jetzt, da die Anspannung langsam von ihr abfiel und die Trauer und die Verwirrung als Einziges zurückblieben, forderte ihr Körper sein Recht. Ihre Nerven brauchten dringend Regeneration.

Als sie den Blick hob und ins Haus gehen wollte, blieb sie jedoch wie angewurzelt stehen. Eine Gestalt löste sich aus dem Schatten, den das Dach auf den Hauseingang warf.

»Was willst du noch?« Barbara verschluckte sich an ihren eigenen Worten, und das Holzkästchen wäre ihr beinahe aus den Händen gefallen.

»Schrei mich jetzt bitte nicht an! Können wir das in Ruhe klären?« David hob beschwichtigend die Hände und trat in die Sonne. Das gleißende Licht spiegelte sich in seinen schwarzen Haaren und verlieh ihm einen bläulichen Schimmer. In seinen Augen zeigte sich ein flehender Ausdruck. Dennoch spürte Barbara unbändige Wut in sich aufsteigen.

»Solltest du dich nicht auch auf den Heimweg begeben?«, meinte sie spitz und konnte ein verärgertes Zucken ihrer Lippen nicht unterdrücken.

»Ich habe beschlossen, noch einige Tage zu bleiben. Mein Chef hat mir Urlaub gewährt.«

»Ich halte das für keine gute Idee.« Barbara machte sich nicht die Mühe, ihren Unmut zu verbergen.

»Ich verstehe, dass du aufgewühlt bist. Aber morgen ist ein neuer Tag. Nach allem … nach allem, was gestern Abend geschehen ist, denke ich, dass wir reden müssen. Etwas gemeinsame Zeit könnte uns guttun.«

Wie sprach er denn schon wieder mit ihr? Wie ein Vater mit einem unmündigen Kind! Und überhaupt: Wieso sprach er immer von »wir« und »uns«, als wären sie noch ein Paar?

In diesem Moment tauchte Conradin aus dem Eingangsbereich auf. Sie hatte keine Ahnung, wie lange er schon dort gestanden und wie viel er von ihrer Unterhaltung gehört hatte. Davids Andeutungen waren der Sache sicher nicht besonders dienlich. Conradins Blick nach zu urteilen, hatte er genug mitbekommen. Er presste die Lippen aufeinander und funkelte sie, ohne ein Wort zu verlieren, an. Er stapfte an ihnen vorbei und räumte den Tisch ab. Ein Glas fiel klirrend zu Boden und zerbarst in tausend Stücke.

Ein abfälliges Grinsen stahl sich auf Davids Gesichtszüge. Er starrte triumphierend in Conradins Richtung. Obwohl Conradin sich nicht zu ihnen drehte, schien er Davids Blick zu spüren, denn seine Kiefer zuckten verdächtig. Barbara beschloss in diesem Moment, dass sie genug hatte – von beiden. Sie fasste das Schmuckkästchen fester, ging energischen Schrittes ins Haus und polterte die Treppe hinauf. Die Zimmertür knallte sie hörbar ins Schloss. Das sollte allen deutlich machen, sie in Ruhe zu lassen.

Eigentlich wollte sie sich einige Stunden hinlegen und für eine Weile alles vergessen. Aber nun rasten ihre Gedanken, und ihre Gefühle fuhren Achterbahn. An Schlaf war nicht zu denken. Sie hätte weinen können, das hätte bestimmt geholfen, doch sie hatte keine Tränen mehr. Rosas Schmuck wollte sie jetzt auch nicht anschauen, das hätte die Trauer über ihren Verlust nur noch schlimmer gemacht. Also beschloss sie, das einzig Vernünftige zu tun, was in dieser Situation noch Ablenkung bot: Sie las in Adelines Tagebuch weiter. Dieses Mal ohne Conradin.

Sie hatte keinen großen Hunger und ließ sich anstelle des Abendessens ein wenig Obst aufs Zimmer bringen. So konnte sie es vorläufig auch vermeiden, erneut allein mit David essen zu müssen.

Als es draußen langsam dunkel wurde, war Barbara immer noch nicht müde. Sie konnte nicht schlafen. Angekleidet lag sie auf dem Bett und starrte an die Decke. Ihre Gedanken kehrten immer wieder zu ihrer Großmutter zurück. Nun, da sie Adelines Tagebuch zu Ende gelesen hatte, hatte sie mehr denn je das Gefühl, etwas unternehmen zu müssen. So viele Puzzleteile fehlten noch immer. Barbara wurde den Eindruck nicht los, dass es Rosas Absicht war, dass sie die Vergangenheit ans Licht brachte. Schließlich hielt Barbara es nicht mehr länger in ihrem Zimmer aus und beschloss, einen kleinen Nachtspaziergang zu unternehmen. Sie streifte sich eine leichte Sommerjacke über, zog ihre Turnschuhe an und schloss die Zimmertür so geräuschlos wie möglich. Sie wollte auf keinen Fall, dass David sie hörte und ihr folgte. Vorsichtig tappte sie den Flur entlang. Hoffentlich knarrten die Dielen nicht wie sonst!

Draußen angekommen, atmete Barbara erleichtert die frische Luft ein und legte den Kopf in den Nacken. Sterne bedeckten den Himmel, und ein schmaler Mond starrte auf sie nieder. Sie schlug den Weg zum Dorfeingang ein, wo sich die Kirche und der Friedhof befanden. Barbara hatte urplötzlich das Bedürfnis, noch einmal das Grab ihrer Großmutter zu besuchen. Sie wollte Rosa nochmals alleine nahe sein und in Stille von ihr Abschied nehmen.

Nach zwanzig Minuten, in denen ihr niemand unterwegs begegnet war, erreichte sie das Kirchlein, dessen Turm wie ein stummer Mahnfinger in den nächtlichen Himmel ragte und sich als imposanter Schatten vor dem Firmament abzeichnete. Das schmiedeeiserne Tor quietschte in den Angeln, als Barbara es öffnete. Die Kiesel knirschten unter ihren Schuhen, während sie zu Rosas frischem Grab lief. Es fröstelte sie ein wenig, und sie zog die Jacke enger um den Leib. Irgendwo in den Bäumen schickte ein einsamer Kauz seinen schaurigen Ruf in die Nacht.

Vor den Urnengräbern, wo nun auch Rosas sterbliche Überreste ihre letzte Ruhestätte gefunden hatten, blieb Barbara stehen. Sie wischte sich eine Träne aus den Augenwinkeln.

»Hilf mir doch, Oma! Was entgeht mir, was kann ich nicht sehen?«, flüsterte Barbara in der Hoffnung auf eine unerwartete Eingebung, die Rosa ihr sandte.

»Blind bist du, das ist es! Blind gegenüber der Wahrheit!«

Barbara machte einen entsetzten Satz zur Seite und drehte sich um. Ihr Herz pochte zum Zerspringen, und sie schnappte nach Atem. Sie hatte die alte Frau, die plötzlich hinter ihr stand, nicht kommen gehört, so vertieft war Barbara in die stumme Zwiesprache gewesen. Oder war die Greisin bei ihrer Ankunft schon hier gewesen und hatte sich nur hinter den Büschen verborgen gehalten?

»Meine Güte, Frau Gerber, haben Sie mich erschreckt!«, stieß Barbara atemlos hervor und fasste sich mit einer Hand ans Herz. Sie hatte die Mutter des Pfarrers sofort an dem wehenden schlohweißen Haarkranz erkannt.

»Taub bist du also auch! Pah! Man möchte meinen, ihr jungen Dinger wärt aufmerksamer!« Magda Gerber kam noch einen Schritt näher und ließ den Blick mit einem verächtlichen Schnauben über Rosas Grab schweifen. Ohne auf Barbaras Gefühle Rücksicht zu nehmen, zischte sie: »Da ruht also das Kind der Hure! Eine hinterhältige Hexe war sie!« Zu Barbaras Entsetzen spuckte Magda vor sich auf den Boden.

Bevor Barbara entrüstet protestieren konnte, war das Gesicht der Greisin direkt vor ihrem eigenen. Magdas Blick flackerte wirr, und ihre Hände krallten sich schmerzhaft um Barbaras Handgelenke und schüttelten sie. So viel Kraft hätte sie der alten Frau gar nicht zugetraut. Angst stieg in Barbara auf. War die Mutter des Pfarrers wahnsinnig oder von einer fixen Idee besessen? Blanker Hass auf Rosa und ihre Mutter hatte aus Magdas Worten gesprochen! Solche Menschen konnten unberechenbar sein. Was, wenn die Greisin sie tätlich angriff?

»Geweint hat sie! So viel geweint!«, schrie Magda, und ihre Stimmte hallte schaurig zwischen den Grabreihen.

Barbara sperrte entsetzt den Mund auf. »Lassen Sie mich los! Hilfe!«, rief sie und wollte sich aus dem Griff der Alten frei machen, doch Magdas Finger ließen nicht locker. Hörte sie denn niemand? Kam ihr niemand zu Hilfe? Die Greisin musste komplett von Sinnen sein! Barbara wich einen Schritt zurück, doch Magda rückte einfach nach, und ihre Fingernägel bohrten sich schmerzhaft in Barbaras Fleisch.

»Zerstörte ihr Leben! Die Hexe hat es getan! Es war die Schuld der Teufelsanbeterin mit ihren Tränken und Tinkturen! Ihr Balg gehört nicht auf heiligen Boden! Es ist vermutlich ebenfalls ein Kind des Teufels!« Magdas Stimme überschlug sich. Ruckartig ließ die Alte Barbara los und erhob spuckend und fauchend die Hände, als wollte sie zu einem Schlag ausholen.

Endlich erwachte Barbara aus ihrer Schockstarre. Sie drehte sich auf dem Absatz um und rannte davon. Nur weg – weg von hier!, schrie es in ihr. Wer weiß, wozu diese Frau noch fähig ist? Bei einem hastigen Blick über die Schulter stellte Barbara erleichtert fest, dass Magda noch immer vor den Urnengräbern stand und böse Verwünschungen in den Nachthimmel schickte. In der Zwischenzeit war das Licht im gegenüberliegenden Pfarrhaus angegangen. Pfarrer Rolf musste von dem Gekeife geweckt worden sein und würde sich nun sicher um seine betagte Mutter kümmern. Zumindest hoffte Barbara das.

Sie selbst beeilte sich, zum Gasthaus zurückzukehren. Conradins mahnende Worte nach dem Überfall in Adelines Geräteschuppen hallten in ihrem Kopf nach.

Auf jeden Fall solltest du nun vorsichtiger sein und dich allein nicht mehr allzu weit vom Dorf entfernen. Wanderunfälle und andere Tragödien lassen sich in dieser Gegend mit relativ wenig Aufwand inszenieren …

Wie unüberlegt von ihr, mitten in der Nacht allein durch eine ländliche Gegend wie Surgens zu wandern! Sie kannte die Menschen in diesem Dorf doch kaum. Sie konnte Freund von Feind nicht unterscheiden. Verärgert über sich selbst, schüttelte Barbara den Kopf. Sie atmete erleichtert auf, als sie das Gasthaus endlich erreichte.

Es war Mitternacht, als Barbara schließlich erschöpft ins Bett sank. Die Geisterstunde fängt gerade erst an, dachte Barbara bei einem letzten Blick auf die Uhr. Somit ist Magda keine Spukgestalt gewesen, sondern … bittere Realität.

Kapitel 28

Adeline

Liebes Tagebuch,
in den letzten rund sieben Wochen ist so viel geschehen,
dass ich gar nicht weiß, wo ich anfangen soll.

Als Edgar am Sonntag, den neunten Februar 1941, am spä-
ten Nachmittag zurückkehrte, merkte er sofort, dass etwas
nicht stimmte. Er bedrängte mich, ihm alles zu erzählen,
was vorgefallen war.
Noch nie habe ich ihn so aufgebracht gesehen. Sein
schmaler Oberlippenbart bebte, das Hellblau seiner Augen
wurde eiskalt, und seine Hände ballten sich zu Fäusten.
»Ich werde ihn umbringen«, war alles, was er mühsam
hervorstieß, ehe er türenschlagend aus dem Haus stürmte.
Ich zuckte erschrocken zusammen, und Rosa begann zu
weinen. Mit einem Mal war ich mir nicht mehr sicher, ob
ich es ihm nicht besser verschwiegen hätte. Aber ich konnte
Edgar auch nicht anlügen. Ich liebte ihn. Und es war mir
unmöglich gewesen, den Schmerz in meinen Augen vor ihm
zu verbergen. Auch Rosa war nicht mehr dieselbe. Die Un-
bekümmertheit und die kindliche Fröhlichkeit waren seit
dem schrecklichen Vorfall, den sie hatte mit ansehen müs-
sen, von ihr gewichen. Ernsthaftigkeit zeigte sich nun in ih-
ren Zügen. Eine Traurigkeit, die so gar nicht zum unschul-
digen Herz eines fünfjährigen Kindes passte.

Wie erwartet, prallten Edgars Anschuldigungen und Drohungen am Sohn des Gemeindeoberhauptes völlig ab. Niemanden im Dorf kümmerte es, dass Anton Dürr eine Frau geschändet hatte, die ohnehin der jahrelangen Hurerei bezichtigt wurde. Im Gegenteil, manch einer raunte seinem Stammtischbruder feixend zu, Anton müsse sich eben noch vor der Hochzeit die Hörner abstoßen. Seine Verlobte Grete allerdings hatte ihn verlassen, nachdem die Sache publik geworden war. Jedoch vermutlich weniger aufgrund der Tatsache, dass er mich vergewaltigt hatte, sondern weil Anton nach wie vor von mir als Frau besessen war.

Edgar versuchte in jenen Tagen, seine fotografischen Streifzüge auf ein Minimum zu beschränken, und wenn Alfons es zuließ, nahm er mich und Rosa sogar mit. Dennoch gab es für Anton noch genug Gelegenheiten, mir aufzulauern. Er beobachtete mich heimlich beim Einkaufen und stellte mir dann nach. Mein Heimweg führte mich jeweils weit weg von der geschäftigen Betriebsamkeit des Dorfes, weshalb er zahlreiche Möglichkeiten hatte, mich unter vier Augen zu treffen. Anton hatte sich nun für eine andere Strategie entschieden: Er legte nicht mehr Hand an mich, sondern überhäufte mich mit Blumen, versuchte, mich sanft zu berühren, und lud mich immer wieder zum Essen ein.

Nach ungefähr fünf Wochen ergebnislosen Werbens wartete er zum ersten Mal seit Langem erneut vor meiner Türschwelle. Er war nicht allein.

Es war Mitte März, und der Winter hatte das Dorf noch immer fest im Griff, allerdings schmolz der Schnee täglich unter der bleichen, aber stärker werdenden Frühlingssonne. An diesem späten Nachmittag hatte sich das Sonnenlicht bereits verabschiedet, und mein kleines Haus lag im Schatten. Nun wurde mir auch klar, warum Martha mich an diesem Tag früher nach Hause geschickt hatte. Irgendwas lag in der Luft, etwas Böses, nur wusste ich noch nicht, was es war.

Ich hielt Rosa, die ich nach wie vor mit zur Arbeit nahm, fest an der Hand. Sie klammerte sich ängstlich an meine Finger, als ahnte auch sie etwas Ungutes. Edgar würde erst nach dem Abendessen zurück sein. Trotz der Kälte, die nun am frühen Abend an uns nagte und ihre Klauen wie ein schleichendes Gift ausstreckte, schwitzte ich plötzlich unter dem wollenen Umhang. Mein Herzschlag beschleunigte sich. Der Fremde neben Anton trug einen dunklen Anzug und einen Zylinder und stand mit geradem Rücken auf der obersten Treppenstufe. Sein Blick fixierte uns. Als ich nahe genug bei ihnen war, um ihre Gesichter genau sehen zu können, kam Anton einige Schritte auf mich zu und zupfte seine Jacke zurecht. Ein unangenehmes Grinsen stahl sich auf seine Züge und warnte mich vor dem, was gleich kommen würde.

Meine Schuhe knirschten im Schnee, und das Blut pochte mir in den Ohren. Ich versuchte jedoch, ruhig zu atmen und mir meine Angst nicht anmerken zu lassen. Ich musste jetzt stark sein, für meine Rosa.

Schließlich blieb ich stehen und musterte die beiden Eindringlinge mit fragend hochgezogenen Augenbrauen.

Anton räusperte sich und gab sich nun den Anschein, in nobler Absicht gekommen zu sein. »Ich möchte dir Herrn Brehm vorstellen, Adeline. Vielleicht bittest du uns kurz hinein, wir müssen etwas Wichtiges mit dir besprechen.« Antons Blick wanderte zu Rosa.

Ich biss die Zähne zusammen, nickte knapp, kramte in meiner Tasche nach dem Schlüssel und öffnete die Tür. Schweigend bat ich die zwei Herren herein, half Rosa beim Ausziehen ihres Mantels und führte die beiden unwillkommenen Gäste dann ins Wohnzimmer. Der Fremde schien nicht vorzuhaben, lange zu bleiben, denn er behielt Jacke und Zylinder an. Bis jetzt hatte er immer noch kein Wort gesprochen.

Ich wartete.

Anton täuschte ein geschäftiges Hüsteln vor, ehe er sagte: »Herr Brehm ist aus einem bestimmten Grund hier. Er arbeitet bei der Sozialbehörde in Chur. Er kommt wegen Rosa.«

Ich verstand nicht, worauf er hinauswollte, also schwieg ich weiterhin beharrlich.

»Herr Brehm, möchten Sie Adeline erklären, welches Anliegen Sie hergeführt hat?« Ich konnte die Genugtuung in Antons Stimme förmlich hören.

Der Fremde in der schwarzen Jacke räusperte sich. Sein Blick strich missbilligend über mich, dennoch schienen mich seine Augen beinahe zu entkleiden. »Mir ist zu Ohren gekommen, dass Sie einer etwas ... unrühmlichen Arbeit nachgehen. Das ist zwar moralisch verwerflich, wäre aber im Grunde genommen kein Problem, wenn Sie nicht noch ein unmündiges Kind in Ihrem Haushalt großziehen würden.« Ich erstarrte bei diesen Worten, und meine Hände begannen unkontrollierbar zu zittern. Ich hasste Anton aus tiefstem Herzen!

»Herr Dürr hat mich darauf aufmerksam gemacht, dass Ihre Tochter teilweise sogar anwesend ist, während Sie Ihrer Arbeit nachgehen. Er könne das sogar ... bezeugen, sagt er.«

Ich öffnete den Mund und schloss ihn sogleich wieder. Ich konnte kaum fassen, was ich da gerade hörte. Dieser hinterhältige, nichtsnutzige Bastard!

»Ich wurde vor den Augen meiner Tochter gewissenlos vergewaltigt!«, stieß ich aus und bebte vor Zorn. Mein Gesicht glühte vor Scham.

Herr Brehm und Anton wechselten einen vielsagenden Blick, und ein mitleidiges Lächeln umspielte ihre Lippen.

»Herr Dürr erwähnte, dass Sie das vermutlich sagen würden. Diese Aussage ist natürlich sehr fragwürdig, angesichts der allgemein bekannten Tatsache, dass Sie sich prostituieren, Verehrteste.«

»Verschwinden Sie aus meinem Haus!«, rief ich außer mir. »Mein Mann wird bald zurück sein.« Ich konnte ihren Mienen ansehen, dass sie auch das bereits besprochen hatten. Vor dem Gesetz war Edgar natürlich nicht mein Ehemann, und selbst wenn er es wäre, würde mich das nicht schützen. Im Gegenteil, es würde auch ihn in Misskredit bringen. Ich fühlte mich schrecklich hilflos. Mir war schwindlig. Schwarze Flecken tanzten vor meinen Augen, und ich spürte das vertraute Brennen nahender Tränen in den Augen.

Plötzlich stand Anton so nahe vor mir, dass ich seinen abgestandenen Atem riechen konnte. »Du wolltest mich ja nicht heiraten, du eitles, eingebildetes Weibsbild. Hältst dich wohl für etwas Besseres. Lässt dich von diesem Künstler besteigen, und das ohne Ehering. HURE!«, zischte er und schubste mich grob zur Seite.

»Sie hören wieder von mir«, war alles, was Herr Brehm mit schmalen Lippen von sich gab, ehe er sich abwandte und das Haus verließ.

Ich hatte keine Ahnung, was er damit meinte. Jede Faser meines Körpers schmerzte, als Edgar endlich nach Hause kam und mich in seine starken Arme schloss. Ich wünschte, er wäre in der Lage, das Unheil von uns abzuwenden, das ich nahen spürte. Am liebsten wäre ich gleich am folgenden Tag aus Surgens geflüchtet, doch leider war Edgars Fotoauftrag über die Bündner Bergwelt noch nicht beendet. Edgar hatte sich gegenüber seinem Auftraggeber dazu verpflichtet, die Gegend ein Jahr lang zu beobachten und fotografisch festzuhalten. Die Fotoreportage war außerdem sehr gut bezahlt. Edgar und ich waren uns an diesem Abend *allerdings einig, dass wir diesen Ort so schnell wie möglich verlassen würden. Wir planten unsere Abreise für den kommenden August.*

Kapitel 29

15. März 1942

Adeline

Liebes Tagebuch,

wenn ich Edgar nicht hätte, hätte mein Leben keinen Sinn mehr. Aber dank ihm stehe ich jeden Morgen auf und atme. Ich atme brav weiter – um seiner Liebe willen. Ich habe keine Kraft mehr. Wollte ich alles niederschreiben, was sich im letzten Jahr ereignet hat, müsste ich dafür ein weiteres Buch anfertigen. Doch noch schlimmer als die Arbeit, die es mir bereiten würde, wäre die Tatsache, dass ich all die schrecklichen Dinge, diesen Albtraum, noch einmal durchleben müsste. Gnadenlos und grausam. Das schaffe ich nicht.

Edgars Wärme ist alles, was ich habe, die einzige Sonne in einem sonst düsteren Universum. Das Leben und die Welt sind für mich trostlos und leer geworden.

Ich habe versagt. Kläglich versagt.

Kapitel 30

Ende Juli/Anfang August 2015

Conradin

»Ich ertrage es nicht, sie mit diesem eingebildeten Lackaffen zu sehen!«, knurrte Conradin und schaute seine Schwester verzweifelt an. »Das musst du verstehen, bitte!«

Anna seufzte, steckte sich eine lose Haarsträhne hinter das Ohr und verschränkte die Arme vor der Brust. »Und wer bitte kocht dann das Essen für die Gäste, wenn du weg bist?«

»Matthias. Er kann sich einige Tage freinehmen.« Matthias Lehmann hatte zusammen mit Conradin die Ausbildung zum Koch absolviert und zählte nebst Remo und Silvan zu seinen engsten Freunden. Er arbeitete im Grand Resort in Bad Ragaz, war dort aber Teil einer zehnköpfigen Equipe von Köchen. Er konnte sich also im Gegensatz zu Conradin guten Gewissens hin und wieder einige freie Tage gönnen.

»Und wann kommt er?« Anna kaute nervös an ihren Fingernägeln. Conradin wusste, dass es seiner Schwester gegenüber nicht fair war, sie mitten in der Hauptsaison mit dem Gasthaus allein zu lassen.

»Morgen. Schneller, als ich dachte.«

»Hm«, war alles, was sie dazu sagte.

»Hör mal, ich habe mir die Reservationsliste angesehen. Die Beerdigung ist vorbei, und es ist nur ein weiterer Hausgast angemeldet. Die Wanderer, die tagsüber vorbeikommen, bevorzugen sowieso Eiscreme oder eine kalte Platte anstelle eines mehrgängigen Gourmet-Menüs. Aber selbst wenn sie den Wunsch danach hätten, wäre das für Matthias kein Problem. Er kocht super. Das weißt du. Sollte irgendwas Unvorhergesehenes geschehen, erreichst du mich auf dem Handy, dann bin ich in ungefähr einer Stunde hier ... Außerdem schuldest du mir noch was.« Damit spielte Conradin seinen letzten Trumpf aus. Er erinnerte seine Schwester daran, dass sie sich im Juni ein ganzes Wochenende freigenommen hatte, um mit Freundinnen ein Open-Air-Konzert zu besuchen.

Sie schnaubte nur, konnte sich ein verschmitztes Lächeln aber nicht verkneifen. »Okay, dann bring diesen Abend noch hinter dich, und danach haust du ab!«

»Ich gehe noch heute. Die Dunkelheit macht mir nichts aus, noch eine Nacht hierzubleiben allerdings sehr wohl.« Conradin begab sich in die Küche, um seine letzte Schicht hinter sich zu bringen.

An diesem Abend kochte er für seine Hausgäste ein Standardmenü. Barbara hatte sich ohnehin kurzfristig vom Essen abgemeldet, wie er von seiner Schwester erfahren hatte. Warum, wusste er allerdings nicht. Dank Anna musste er keinen der Gänge selbst servieren und konnte so eine unliebsame Begegnung mit diesem David vermeiden. Nach getaner Arbeit floh er regelrecht in seine Wohnung.

Vorsichtig huschte er eine halbe Stunde später mit gepacktem Rucksack an der Gaststube vorbei ins Freie. Das gedämpfte Lachen der Kartenspieler, die sich wie jeden Mittwoch am Stammtisch eingefunden hatten, drang an sein Ohr. Er atmete erst beruhigt ein, als er sicher war, dass ihn die schützende Dunkelheit verschlungen hatte. Die Luft fühlte sich etwas kühl an, sodass Conradin seinen Trip in die Wildnis in langer Hose und einem feinen Sommerpullover antrat.

Der Mond war an diesem Abend nur eine schmale Sichel und gab kaum genug Licht ab, um den Schotterweg, den er vor sich hatte, sehen zu können. Vereinzelt zirpten einige Grillen, und der Schrei einer Eule zerriss die nächtliche Stille. Ansonsten hörte Conradin nur das Knirschen der Kiesel unter seinen Wanderschuhen und das gelegentliche Knacken des Unterholzes, als er den Wald betrat.

Frieden durchströmte Conradin. Er blieb kurz stehen, lauschte dem Pochen seines Herzens und atmete die unverbrauchte, heugeschwängerte Luft ein. Nun, da er sich im Wald befand, vermischte sie sich noch zusätzlich mit dem herben Aroma der Tannennadeln und der staubigen Erde. Die Natur dürstete nach Wasser. Seit Wochen sorgte ein meteorologisches Hoch dafür, dass die Welt von anhaltender Dürre geplagt wurde. Gegen ein heftiges Sommergewitter hätten mittlerweile vor allem die Bauern nichts mehr einzuwenden.

Conradin setzte gemächlich einen Fuß vor den anderen. Nach einer knapp einstündigen Wanderung bog er vom Feldweg auf einen schmalen Trampelpfad ab und erreichte nach weiteren fünfzehn Minuten endlich sein Ziel: eine aus Rundholz gebaute Hütte auf einer Waldlichtung. Ein aus einem Baumstamm geschnitzter Brunnen plätscherte vor dem Eingang. Conradin nahm die einzelne Stufe, die auf die Veranda führte, streckte sich und tastete mit den Händen den Türrahmen ab. Nach einigen Sekunden fand er das lose Stück Holz, das er gesucht hatte und das einen geheimen Hohlraum verbarg. Darin befand sich der Schlüssel zur Hütte. Rechts neben der Tür stand eine einfache Holzbank. Er stellte seinen Rucksack darauf und schloss die Tür auf.

Abgestandene Luft schlug ihm entgegen. Deshalb machte er sich als Erstes daran, sämtliche Fensterläden und Fenster zu öffnen und ordentlich zu lüften.

Im Eingangsbereich, gleich hinter der Tür, lag die Küche. Ein Holzherd und einige Vorratsschränke füllten den kleinen

Vorraum aus. Ein winziges Glasfenster oberhalb des Spülbeckens sorgte bei Tag für etwas Licht. Rechts neben der Eingangstür befand sich ein Durchgang, der in den Wohnraum führte. Doch auch der war nicht besonders geräumig. Er war ungefähr drei Meter breit und erstreckte sich sechs Meter nach links, wo sich eine weitere Tür befand. Ein lang gezogener Tisch mit einer Eckbank und zwei Stühlen füllte den Großteil des Raumes. In der linken hinteren Ecke, gleich neben der Tür ins angrenzende Schlafzimmer, stand ein grüner Kachelofen. Die rechte und die gegenüberliegende Wand waren beide durch Fenster unterbrochen, sodass tagsüber genügend Licht in das Wohnzimmer fiel. Der Schlafraum im rückseitigen Teil der Hütte wurde durch ein Doppelflügelfenster zur Rechten erhellt. Gegenüber der Tür stand eine Kommode, und darüber hing ein matter Spiegel an der Wand. Links befanden sich die Stockbetten, die ungefähr acht Leuten Platz boten. Die Toilette lag außerhalb des Häuschens. Unter den schützenden Zweigen einer Tanne schmiegte sich ein windschiefes Holzkabäuschen an den Stamm, das gerade groß genug für eine Person war.

Conradin hatte die Sitzfläche der Eckbank hochgeklappt und durchwühlte deren Inhalt nach einer Taschenlampe und einer Laterne. Erstere wollte er für Notfälle zur Hand haben. Nach fünf Minuten fand er, wonach er gesucht hatte. Kerzen und Streichhölzer gab es in der Küche. Im schummrig flackernden Licht der Lampe packte er seine wenigen Habseligkeiten in die Kommode im Schlafraum und setzte Wasser für einen Kaffee auf. Verderbliches hatte er nicht viel eingepackt. Genügend Brot, Früchte, Rauchfleisch und einige vakuumierte Grillwürste. Alles andere befand sich in Konserven im hinteren Teil des Vorraums. Außerdem gab es in unmittelbarer Nähe des Häuschens verschiedene Alphütten, die Frischprodukte wie Käse, Milch und Eier anboten.

Conradin beabsichtigte, am nächsten Tag einem der benachbarten Alphirten einen Besuch abzustatten, um sich mit dem Nötigsten einzudecken.

Endlich kochte das Wasser, und er goss sich eine Tasse Instantkaffee ein. Danach durchwühlte er den Vorratsschrank mit den Konserven, bis er fand, wonach er gesucht hatte: Kekse, trocken und bestimmt längst abgelaufen, aber bisher hatte es noch nichts gegeben, was an diesem stillen Ort nicht geschmeckt hätte. Er setzte sich mit seiner dampfenden Tasse und den Plätzchen auf die Veranda des Häuschens, streckte die Beine aus und ließ den Blick über die Landschaft vor sich schweifen.

Die Hütte war nur an drei Seiten von Wald umgeben. Von seinem Sitzplatz aus konnte er bis zu den gegenüberliegenden Berggipfeln sehen. Sterne glitzerten wie winzige galaktische Feuer am Himmel. Erst jetzt fand Conradin Zeit, sich über die Geschehnisse der letzten Tage Gedanken zu machen.

Davids Auftauchen ging ihm gehörig gegen den Strich. Wenn er sich selbst gegenüber ehrlich war, so fürchtete Conradin, dass Barbara wieder zu ihm zurückkehren könnte. Es war sogar sehr wahrscheinlich. Immerhin hatten sie sich leidenschaftlich geküsst, eine Nacht zusammen verbracht, und Barbaras Sommerferien würden bald vorbei sein. Er, Conradin, war für sie sicher nur eine Möglichkeit gewesen, ihrer traurigen Lebenswirklichkeit für eine Weile zu entfliehen. So jedenfalls erklärte Conradin sich, was zwischen ihnen vorgefallen war. Er war, was Frauen anbelangte, stets etwas zurückhaltend. Dennoch hatte es die eine oder andere in seinem Leben gegeben. Bei Barbara aber hatten ihn seine Neugierde und ein bisher nicht gekanntes Gefühl übermannt. Er hatte das, was zwischen ihnen war, für etwas Besonderes gehalten. Die Realität strafte ihn jedoch Lügen. Er hätte besser die Finger davon gelassen! Sein Leben war ausgefüllt, er war zufrieden. Er liebte seine Arbeit, und er war mit seinem bescheidenen Dasein glücklich. Vielleicht war er nicht trunken von Glückseligkeit und Verzückung, aber wer war das schon? Ein Grundgefühl des Friedens und der Zufriedenheit war alles, was Conradin sich vom Leben wünschte – und das hatte er bereits vor Barbaras Erscheinen erreicht. Sie hatte jedoch eine bisher ungekannte Sehnsucht in ihm geweckt, die er nun nicht mehr aus seinem Herzen verbannen konnte.

Schöne, attraktive oder aufregende Frauen gab es überall. Wenige hingegen besaßen Barbaras innere Anmut, ihren Humor, ihre Klugheit oder ihre Hingabe. Das Schlimmste an allem – so erkannte Conradin in ebendiesem Moment – war jedoch, dass es eine Form von Schönheit gab, die sich nur einem einzigen Menschen offenbarte. Dem Richtigen. Für ihn, Conradin, bedeutete sie die ganze Welt.

Diese Erkenntnis, die ihn wie ein sengender Blitzschlag traf, machte jedoch eine Sache umso schlimmer: das Gefühl, von Barbara verraten worden zu sein.

Die Tage vergingen, ohne dass Conradin sich abends genau erinnerte, was er getan hatte. Er hackte Holz, kaufte Käse, Milch, Brot und Eier auf einer nahe gelegenen Alp, kochte Essen oder lauschte dem munteren Gezwitscher der Vögel in den Bäumen rund um die Hütte. Gelegentlich legte er sich in die Sonne und ließ ihre warmen Finger über seine Haut streichen.

Es war am frühen Nachmittag des Sonntags – Conradin war bereits den vierten Tag in seiner Hütte im Wald –, als ihn ein Knacken im Unterholz aufhorchen ließ. Schritte näherten sich seiner Lichtung. Er erhob sich von seinem Sitzplatz auf der Veranda, straffte den Rücken und machte sich auf eine Gruppe Touristen gefasst. Der Schatten, der sich jedoch kurze Zeit später aus dem Dickicht löste, brachte seinen Atem zum Stocken.

Er erkannte sie sofort. Barbara … Das braune Haar hing ihr zerzaust über die Schultern und reflektierte das Sonnenlicht, sodass es teilweise rötlich schimmerte. Als sie ihn entdeckte, blieb sie in ungefähr zehn Metern Entfernung stehen. Ihr Brustkorb hob und senkte sich – der Aufstieg musste anstrengend für sie gewesen sein. Sie trug ein schlichtes weißes Tanktop und kakifarbene Shorts dazu. Dass sie umwerfend aussah, stand außer Frage, aber darum ging es jetzt nicht.

Conradin verschränkte die Arme vor der Brust und sagte kein Wort. Er sah sie einfach nur an. Widerstreitende Gefühle kämpften in ihm. Er hätte sie gern in die Arme geschlossen, doch das war nach ihrer Nacht mit David unmöglich. Vielleicht war sie auch bloß hierhergekommen, um sich bei ihm zu entschuldigen und sich dann zu verabschieden – für immer.

»Ich brauche deine Hilfe«, platzte sie leicht atemlos heraus und streifte sich einen kleinen Rucksack von den Schultern.

Conradin starrte sie überrascht an. Er hatte vieles erwartet, aber nicht, dass sie die Unverfrorenheit besaß, ihm hierher zu folgen und ihn um Unterstützung zu bitten. Ein bitteres Lachen entrang sich seiner Kehle. Aufmerksam musterte er sie. Sie lachte verlegen, senkte jedoch leicht errötend den Blick.

»Ich schätze, wir müssen reden«, sagte sie schließlich und zuckte hilflos mit den Schultern.

Conradin beschloss, vorerst höflich zu bleiben. »Kaffee?«, schlug er vor.

Ein dankbares Lächeln erhellte ihre Züge. »Gern … und etwas Wasser, wenn's geht.«

Conradin wies schweigend auf den munter plätschernden Brunnen und betrat das Innere der Hütte. Wenig später kehrte er mit einem Glas zurück, das er ihr reichte, füllte den Wasserbehälter des Kaffeekochers und verschwand wieder im Häuschen. Aus dem Augenwinkel beobachtete Conradin, wie Barbara durstig einige Gläser Wasser hinunterstürzte und sich mit dem Handrücken die Tropfen von den Lippen wischte. Dann setzte sie sich auf den Brunnenrand und seufzte erschöpft. Sie hielt die Hand ins Brunnenwasser und benetzte mit dem kühlen Nass ihren Nacken. Ihre Haut hatte von der Sonne einen goldenen Ton angenommen, der das Moosgrün ihrer Augen hervorhob. Die Art, wie sie leicht zusammengekauert und selbstvergessen auf dem Holztrog saß, ließ Conradin nicht unberührt. Jener Teil von ihr, der dann zum Vorschein kam, wenn sie sich in ihren Gedanken verlor, brachte ihre wahre Schönheit zum Ausdruck.

Endlich war der Kaffee fertig. Conradin verteilte ihn auf zwei Tassen und reichte eine an Barbara weiter. Er selbst setzte sich einige Meter von ihr entfernt auf die Holzstufe, die zur Veranda hinaufführte. Ein paar Minuten nippten sie schweigend an dem dunklen Gebräu und starrten ins Leere. Es war nicht an ihm, fand Conradin, das Gespräch zu beginnen. Sie war hierhergekommen, sie wollte etwas von ihm – und nicht umgekehrt. Er erkannte, dass sie um Worte rang.

»Ich ... weiß eigentlich nicht, was genau mit uns beiden passiert ist. Ich vermute, es hat damit zu tun, dass David in Surgens aufgetaucht ist«, begann sie zaghaft und warf ihm einen hilfesuchenden Blick zu.

»Ich glaube, dass dir das zwischen uns nie etwas bedeutet hat. Das ist dir allerdings erst klar geworden, als David hier aufgekreuzt ist und ihr ... euch erneut nahegekommen seid.« Conradin war es nicht leichtgefallen, seine Vermutung in Worte zu fassen.

Barbara musterte ihn einen Augenblick lang eindringlich, als müsste sie das eben Gehörte zuerst verarbeiten.

Dann strich sie sich eine Strähne aus dem Gesicht. »Es war eher andersherum. Mir ist erst wirklich bewusst geworden, wie viel du mir bedeutest, als David wieder aufgetaucht ist. Ich musste das zunächst herausfinden. Das … musste ich für mich tun, damit ich meine Gefühle besser verstehe. Aber jetzt weiß ich, was ich empfinde.«

Conradin schnaubte. »Sehe ich das richtig: Du hast mit ihm geschlafen, um der guten, alten Zeiten willen und um festzustellen, ob ich es tatsächlich wert bin? Dann hast du festgestellt, dass eure Beziehung nicht mehr zu retten ist, und jetzt möchtest du wieder mit mir zusammen sein?« Er schüttelte ungläubig den Kopf. Wut und Verbitterung schlugen wie eine Flutwelle über ihm zusammen. Er hatte sich eigentlich vorgenommen, ruhig zu bleiben und seine Verletztheit nicht zu zeigen. Aber dazu war es jetzt zu spät.

Sie wirkte nun allerdings ebenfalls gekränkt. »Das traust du mir zu? Ich bin durchaus in der Lage, zwischendurch meinen Verstand einzuschalten. Außerdem habe ich nicht mit David geschlafen.« Sie blickte zu Boden, und ihre Lippen bebten leicht. Das Ganze schien ihr nicht weniger nahezugehen als ihm.

»Warum lügst du mich an, Barbara? Ich habe euch beide doch gesehen.« Conradin fühlte sich plötzlich erschöpft, und ein dumpfer Schmerz pochte hinter seiner Stirn. Wie konnte sie ihn nach allem auch noch anlügen? Hatte er nicht wenigstens die Wahrheit verdient?

Mit ihrer Beherrschung war es nun ebenfalls vorbei. Sie sprang von ihrem Platz am Brunnen auf, brachte die Distanz zwischen ihnen mit wenigen Schritten hinter sich und baute sich vor ihm auf. In ihren Augen glitzerten Tränen. Ob sie der Wut oder den verletzten Gefühlen zuzuschreiben waren, konnte Conradin im Moment noch nicht sagen.

»Ich lüge nicht! Ich weiß nicht, was du gesehen oder gehört hast, aber da lief nichts zwischen mir und David. Er hat

sich seit seiner Ankunft an meine Fersen geheftet, mich zuerst in bekannter Art und Weise bevormundet und dann
versucht, mich mit lockenden Versprechungen zu verführen.
Er kennt mich zu lange und zu gut; er weiß um meine geheimen Wünsche und Sehnsüchte, und er versteht es, mich zu
manipulieren. Er hat mir Wein spendiert und Ferien am
Meer versprochen – Idylle, Romantik und was weiß ich
noch.« Sie holte verzweifelt Luft, ließ sich jedoch nicht unterbrechen. »Als er vor meinem Zimmer stand, war es so, als
holte mich die Vergangenheit ein. Es ist schwer, zehn Jahre
zu vergessen. Davids Duft und die Berührung seiner Hände
bedeuteten für mich lange Zeit Sicherheit und Geborgenheit,
auch wenn ich mir all diese Dinge letztendlich nur eingebildet habe. Dann hat er mich geküsst – ein Gefühl, das mir
nach dem Sturm der letzten Wochen sehr vertraut vorkam
und mich erdete. Ich habe ignoriert, dass das alles nur eine
Illusion war, der ich mich hingab. Ich hatte wohl Angst vor
der Veränderung. Der Verlust meiner Großmutter war, weiß
Gott, schon einschneidend und weltverändernd genug.« Sie
holte erneut zitternd Atem. Ihre Stimme bebte. Eine einzelne Träne löste sich nun aus ihrem Augenwinkel und kullerte
über ihre vor Aufregung gerötete Wange. »Er wollte mit mir
schlafen. Er wollte meine Schwäche ausnutzen – so, wie er es
die letzten zehn Jahre getan hat. Aber als er mich berührte,
da ... habe ich an dich gedacht. Nicht an ihn. Und mir wurde
klar, dass das, was David und mich verband, nie Liebe gewesen war. Das konnte ich deshalb so genau sagen, weil ich
wusste, dass uns beide etwas Wunderbares verbindet. Etwas,
das ich mit David in all diesen langen Jahren nie hatte ...«

Conradin erhob sich ebenfalls von seinem Sitzplatz und
stand nun wenige Zentimeter von Barbara entfernt. Ihre Nasenspitzen berührten sich beinahe.

»Und dann hast du ihn zurückgewiesen ...« Er ließ es
wie eine Feststellung klingen, in Wahrheit war es jedoch

eine Frage. Seine Stimme war heiser und verriet all die Ängste und die Verunsicherung, die er in den letzten Tagen empfunden hatte. Er hob eine Hand und strich ihr die Träne von der Wange.

Barbara lehnte ihr Gesicht in seine Handfläche, als suchte sie darin Schutz. Sie nickte. »Ich habe nicht mit ihm geschlafen. Er ist wütend geworden, doch ich musste immerzu an dich denken, und so fiel es mir leicht, ihn abzuweisen. Ich liebe ihn ja nicht mehr. Ich … liebe dich«, flüsterte sie und senkte den Blick. »Es tut mir leid, dass ich ihn geküsst habe. Ich wollte das nicht, er hat mich auch ein bisschen überrumpelt – er weiß schließlich genau, wie er das machen muss.«

Conradin lehnte die Stirn an ihre und strich Barbara sanft die Haare zurück. »Wird er das wieder schaffen?«

Sie schüttelte energisch den Kopf. »Nein.«

Conradin glaubte ihr. Er schloss sie in die Arme, während sie plötzlich ungehemmt schluchzte. Die gesamte Anspannung fiel von Barbara ab, und sie ließ den Tränen freien Lauf. Sie klammerte sich an Conradin, als könnte er sie vor dem Ertrinken retten. Er blieb ruhig, hielt sie fest und schwieg, war einfach nur für sie da. Er genoss die Wärme ihrer Haut auf seiner, als sie ihr Gesicht an seinen Hals presste. Schließlich löste sie sich von ihm, Tränen in den Augen.

Einen kurzen Moment schauten sie sich zärtlich an, und beinahe berührten sich ihre Lippen. Dann jedoch senkte Conradin den Blick und trat einen Schritt zurück. Der Frieden zwischen ihnen war noch zerbrechlich. Conradin musste erst wieder Vertrauen fassen, sich an ihre Nähe gewöhnen und zu ihr zurückfinden. In Barbaras Augen erkannte er, dass sie verstand, was in ihm vorging, und vermutlich ging es ihr selbst nicht viel anders.

»Und wobei brauchst du nun meine Hilfe?«, fragte Conradin und lächelte zaghaft, um ihr zu signalisieren, dass er die Versöhnung akzeptierte.

Barbara lief zu ihrem Rucksack, wühlte darin herum und brachte Adelines Tagebuch zum Vorschein. »Ich habe es zu Ende gelesen, ohne dich ... entschuldige. Nun habe ich so viele Fragen. Dabei benötige ich deine Hilfe. Und ... Magda, die Mutter des Pfarrers, hat mich mitten in der Nacht auf dem Friedhof beschimpft und unheimliche Dinge gesagt.«

»Das musst du mir gleich unbedingt erzählen!« Conradin bedeutete ihr, einen kleinen Moment zu warten, und verschwand in einem angrenzenden Geräteschuppen auf der Rückseite der Hütte. Nach einigen Minuten kehrte er mit zwei Strandstühlen zurück und baute sie auf der kleinen Wiese vor der Veranda auf.

»Machen wir es uns bequem.« Sie lächelte, und die Farbe ihrer Augen wurde heller. So kannte er sie, und so liebte er sie. Sie ließ sich in einen der Stühle fallen, setzte die Sonnenbrille auf und wartete, bis Conradin es sich auch gemütlich gemacht hatte.

Barbara erzählte von ihrer seltsamen Begegnung mit Magda und fasste danach die Ereignisse, die sich in Adelines Leben nach der Ankunft in Surgens zugetragen hatten, noch einmal zusammen.

Conradin lauschte den Ausführungen gebannt. Magdas merkwürdiges Verhalten konnte auch er sich nicht erklären. Vermutlich war die Greisin einfach verwirrt gewesen. Mit Sicherheit glaubte sie die Schauermärchen, die man sich über das Haus am Waldrand erzählte. Viel mehr interessierte Conradin jedoch Adelines Tagebuch. Er stellte sich Adelines harten Alltag in Surgens vor. Bei Barbaras Erzählungen über die zahlreichen Demütigungen und Vergewaltigungen, die ihre Urgroßmutter offenbar erlitten hatte, fröstelte es ihn. Wie konnte man jemanden der Hurerei bezichtigen, wenn er dazu gezwungen wurde? Die Wahrheit, die das Tagebuch ans Licht brachte, hätte sich nicht mehr von dem unterscheiden können, was die Dorfbewohner sich noch immer hinter vorgehaltener Hand über Adeline erzählten. Und wie grausam diese Wahrheit war!

»Das Tagebuch endet jedoch abrupt im Frühling 1942, als Rosa fünf Jahre alt ist. Adeline scheint in Aufruhr zu sein, sie macht zahlreiche Andeutungen, gibt aber keine konkreten Hinweise. Irgendwas Schreckliches – beziehungsweise sogar mehrere furchtbare Dinge – müssen sich seit dem Frühling 1941 zugetragen haben. Es muss mit diesem Anton Dürr und der Sozialbehörde zu tun haben. Ich bin mir aber nicht sicher, ob das alles ist.«

»Anton Dürr?« Conradin hob erstaunt die Augenbrauen. »Das muss ein Vorfahr unseres jetzigen Gemeindeoberhauptes Christian Dürr sein. Seine Familie stellt ja bereits seit Generationen den Dorfobersten.« Er kratzte sich nachdenklich am Kinn.

»Denkst du, sie haben ihr das Kind weggenommen? Obwohl Edgar da war?«, fragte Barbara zaghaft.

»Schon möglich. Ich frage mich bloß, warum sie das dann in ihrem Tagebuch nicht erwähnt und warum die Einträge so plötzlich abbrechen. Wieso schreibt sie nicht einfach weiter, wie es ihr und Edgar ergangen ist und wie sie möglicherweise darum gekämpft haben, das Sorgerecht zu behalten? Was mag da nur passiert sein?« Conradin trommelte nervös mit den Fingern auf die Lehne des Strandstuhls.

»Seltsam ist doch auch, dass sie das Tagebuch zurückgelassen hat. Das Haus am Waldrand ist zudem immer noch voller persönlicher Gegenstände. Es wirkt, als hätten sie die Behausung überstürzt verlassen.«

»Von den Dorfbewohnern können wir keine Hilfe erwarten, das wissen wir. Heinrich ist der Einzige, der kooperiert. Er war jedoch damals selbst noch ein Kind und kann sich nur erinnern, dass sowohl Rosa als auch ihre Mutter eines Tages verschwunden waren.«

Barbara ließ Conradins Worte einen Augenblick auf sich wirken, dann sagte sie: »Erinnerst du dich, wie abweisend und aggressiv sich Christian Dürr mir gegenüber verhalten hat, als wir ihn vor der Kirche getroffen haben? Denkst du, er weiß etwas und verheimlicht es uns?«

»Da bin ich mir sogar ziemlich sicher. Nur glaube ich nicht, dass er sein Schweigen brechen wird. Wir können von Glück reden, dass ihm das Tagebuch nie in die Hände gefallen ist. Ich bin überzeugt, dass er es sonst vernichtet hätte.«

»Was ist mit den fehlenden Bildern im Haus? Wer könnte die entfernt haben?«, fragte Barbara unvermittelt.

»Keine Ahnung. Die Bilder werden wohl kaum jemand anders als Adeline, Edgar und Rosa gezeigt haben. Warum also sollte sie jemand entwenden? Dennoch sieht man, dass in dem Häuschen einmal Bilder an den Wänden gehangen haben. Wenn Adelines und Edgars Abreise wirklich so überstürzt war, wie wir annehmen, dann haben sie vermutlich nur vereinzelte Fotos eingepackt, aber sicher nicht alle.«

»Somit stehe ich nun vor einem noch größeren Problem als zu Beginn meiner Ferien hier in Surgens. Ich habe bisher angenommen, dass das Geheimnis in der Vergangenheit zu suchen ist. Mittlerweile bin ich jedoch überzeugt, dass es bis in die Gegenwart reicht. Das ist auch der Grund, warum meine Großmutter nie über ihre Kindheit gesprochen hat. Irgendwo da draußen gibt es Menschen, die noch immer mehr über meine Familie wissen als ich. Aber habe ich nicht ein Anrecht auf die Wahrheit, jetzt, da Rosa nicht mehr lebt? Wie wollen all die verlorenen Seelen, meine Großmutter und auch meine Urgroßmutter, Frieden finden, wenn niemand ihr Geheimnis kennt und mit ihnen trauern kann?«

»Ja, du hast recht«, sagte Conradin. »Nur habe ich absolut keine Ahnung, wie wir weiter vorgehen sollen. Wir müssten Dürr schon entführen und ihn zu einer Aussage zwingen oder heimlich in sein Haus einbrechen, wenn …« Er seufzte mutlos.

»Moment mal«, unterbrach Barbara ihn. »Warum eigentlich nicht? Bestimmt fährt er diesen Sommer noch in Urlaub oder ist irgendwann einmal ein Wochenende abwesend?«

Conradin musterte ihr vor Eifer glühendes Gesicht und brach in ein warmes Lachen aus. »Du bist unglaublich, weißt du das? Wir können doch unmöglich bei ihm einbrechen. Das ist strafbar.«

»Das weiß ich, aber vielleicht leiht uns seine Putzfrau ihren Schlüssel oder so was?«

Erneut grinste Conradin amüsiert. »Wir haben in Surgens keine Putzfrauen in den Privathaushalten – das machen die Frauen hier noch selbst. Und wenn jemand es alters- oder krankheitsbedingt nicht mehr kann, springt eine Nachbarin ein.«

»Oh!« Barbara nagte an ihrer Unterlippe.

»Allerdings ... kommt Christian jeweils am Mittwochabend mit einigen Männern aus dem Dorf ins Gasthaus, um Karten zu spielen. Das dauert meistens ein paar Stunden. Seine Frau ist an diesem Abend beim Damenturnverein, und die Kinder sind längst ausgezogen. Es ist zwar der falsche Weg, aber ... was ist schon richtig?«

Ein so verwegener Ausdruck stahl sich auf sein Gesicht, dass Barbara lachen musste.

Den Rest des Nachmittags verbrachten sie mit unbeschwertem Geplauder und der Planung ihres Vorhabens. Je länger sie allerdings darüber diskutierten, desto gewagter erschien es ihnen. Als sich die Sonne langsam dem Horizont näherte, versanken sie in grüblerischem Schweigen. Bisher war es ihnen nicht gelungen, einen einigermaßen legalen Weg zu finden, um an die Informationen zu kommen, die sie brauchten.

»Lass uns erst einmal darüber schlafen«, schlug Conradin schließlich vor und erhob sich aus seinem Sessel. Vom langen Sitzen knackten seine Gelenke, und er unterdrückte nur mit Mühe ein herzhaftes Gähnen. »Was hältst du von einer Grillwurst mit Reis? Es ist ja bald Zeit fürs Abendessen. Gemüse gibt es leider keines.«

»Ich kann damit leben – für heute«, meinte Barbara grinsend und folgte ihm in die Küche.

Während Conradin sich damit beschäftigte, bei der Feuerstelle vor der Hütte ein Feuer zu entzünden, auf dem sie die Würste grillen konnten, ging Barbara im Vorraum auf Erkundungstour. Sie staunte über die Vielfalt an Konserven, die Einmachgläser und Säckchen mit getrockneten Zutaten. Schließlich blieb ihr Blick an einem Regal mit Bier und Wein hängen.

»Ist ein Glas Wein in deinem Hotel erlaubt?«, fragte sie scherzhaft und fuhr mit der Fingerspitze über das Etikett eines Rotweins aus der Bündner Herrschaft.

»Aber sicher doch, bediene dich.«

Barbara schenkte ihnen beiden ein Glas Wein ein und suchte nach einer passenden Pfanne für den Reis. Sie präparierten die Würste und legten sie, als das Feuer groß genug war, auf den Grillrost. Da das Grillgut wohl einige Zeit benötigen würde, holte Conradin aus der Vorratskammer eine Packung gesalzener Erdnüsse, die er zum Wein reichte.

»Unsere Vorspeise«, meinte er und hielt Barbara die Schale mit den Nüssen hin.

Sie griff hungrig zu.

Er beobachtete sie gern beim Essen. Ihr zufriedenes Kauen entlockte ihm immer ein kleines Schmunzeln. Barbara lehnte sich mit den Ellenbogen auf das Geländer der Veranda, während sie den Blick über die rauchende Feuerstelle schweifen ließ. Conradin gesellte sich schweigend zu ihr. Die Härchen an seinen Armen berührten ihre Haut, was ihm einen wohligen Schauer durch den Körper jagte. Er musterte ihr Profil und kämpfte gegen den Drang an, sie zu berühren und zu küssen. Wie lange würde es dauern, ehe sie sich wieder näherkamen?

Die Sonne versank hinter dem Horizont und ließ die Schattenfinger der angrenzenden Tannen länger werden. Das Essen nahmen Conradin und Barbara daher im Inneren der Hütte ein. Sie kauten in einvernehmlichem Schweigen und genossen den würzig-rauchigen Geschmack der gegrillten Würste. Der Reis, den Barbara noch gekocht hatte, schmeckte ebenfalls. Schließlich lehnten sie sich satt und zufrieden zurück und betrachteten einander wortlos. Conradin hatte eine Laterne angezündet, die ihnen nun als einzige Lichtquelle im Wohnraum diente. Ihr Licht zauberte flackernde Reflexe in Gelb- und Orangetönen auf Barbaras Gesicht.

»Wollen wir abwaschen?«, fragte Conradin schließlich, um das Schweigen zu brechen.

Barbara nickte, und sie setzten Wasser auf. Mit gesenkten Blicken warteten sie neben dem Spülbecken auf das Sprudeln des Wassers, während die Laterne die Küche kaum zu erhellen vermochte. Die Dunkelheit zwischen ihnen fühlte sich weich und warm an, als wäre sie eine Form von intimer Energie.

Conradin berührte Barbaras Finger. Sie zuckte kurz zusammen, hob den Blick und ließ ihn dann gewähren. Er trat noch einen Schritt auf sie zu und strich ihr über die Wange. Sie schloss die Augen und neigte ihm ihren Kopf entgegen. Conradin spürte ihre Fingerspitzen auf seinem Bauch. Glühende Hitze breitete sich von dort ausgehend in seinem ganzen Körper aus. Barbaras Berührungen ließen ihn noch immer nicht kalt. Er zog sie an den Gürtelschlaufen ihrer Shorts näher zu sich heran, bis sich ihre Nasen berührten. Ein feines Lächeln umspielte ihre Mundwinkel. Sie tastete sich vorsichtig unter sein Shirt. Ihre Fingerspitzen brannten auf seiner Haut wie Feuer. Er seufzte ergeben und küsste sie hinter dem Ohr. Sie legte den Kopf in den Nacken und gab ein leises Stöhnen von sich. Ihre Lippen suchten nach seinen und strichen über seinen Hals und seine Wangen. Er berührte ihren Mund und schmeckte die verlocken-de Süße ihrer Lippen, die er so lange schmerzlich vermisst hatte. Barbara schlang die Arme um seine Taille und zog ihn näher zu sich heran. Ihre Finger kletterten über seinen Rü-cken und fuhren dann wieder daran herunter. Als sich ihre Zungen erst zaghaft und dann immer fordernder in einem leidenschaftlichen Kuss vereinten, war es um ihre Beherr-schung geschehen. Das Einzige, was Conradin noch wahr-nahm, war das kochende Wasser, das er rasch vom Herd nahm. Danach taumelte er zusammen mit Barbara in den hinteren Teil der Hütte, ins Schlafzimmer.

Sie streifte ihm das Shirt über den Kopf und zog ihn en-ger an sich, als könnte sie ihm nicht nahe genug sein. Sein Atem war nur noch ein überraschtes Keuchen, während er sie hochhob und auf die Kommode setzte. Barbara schlang die Beine um seine Hüften und öffnete den Knopf seiner Jeans. Er fuhr mit den Händen unter ihr Top und zerrte es ihr hastig über die Schultern. Barbara legte den Kopf seuf-zend in den Nacken und presste ihre nackte Haut an seine, als hinge ihr Überleben davon ab. Conradin trank ihren Atem, während er sie zu den Stockbetten trug und ihr auch noch die letzten Kleidungsstücke vom Leib zerrte. Endlich schlangen sich ihre Glieder ineinander, jede Berührung wie glühendes Eisen. Sie tanzten zu einem Rhythmus, den ihre Körper längst zu kennen schienen, im Gleichklang der Ver-schmelzung entgegen.

»Ich liebe dich«, flüsterte Conradin ganz nah an ihrem Ohr.

»Und ich liebe dich«, antwortete Barbara.

Dieses Mal glaubte er ihr.

Kapitel 31

Barbara

»Ich muss heute leider wieder zurück ins Gasthaus«, eröffnete Conradin ihr bei einem köstlichen Frühstück, das aus Rührei, in der Pfanne geröstetem Brot und Kaffee bestand. Zuvor hatten sie sich am Brunnen gewaschen und frische Kleidung angezogen. »Ist ... ist David eigentlich noch da?« Conradins Stimme klang seltsam rau, und sein Blick wirkte ängstlich.

»Ehrlich gesagt weiß ich es nicht. Ich habe ihm nicht erzählt, wo ich hingegangen bin. Anna weiß allerdings Bescheid; sie hat mir ja auch den Weg hierher beschrieben. David wird also entweder wutentbrannt abgereist sein oder beleidigt auf meine Rückkehr warten, um mir Vorwürfe zu machen.«

»Oder er taucht hier auf«, mutmaßte Conradin, und sein Blick verfinsterte sich augenblicklich.

Barbara schüttelte jedoch energisch den Kopf. »Das ist nicht sein Stil. Er bekämpft dich nicht an einem Ort, an dem du Heimvorteil hast. Wenn, dann wartet er in Surgens auf mich, um mich mit nach Hause zu nehmen.«

»Auch nicht besser ...«

Nachdem sie das Geschirr gespült, ihre Sachen gepackt und die Hütte aufgeräumt und verriegelt hatten, begaben sie sich auf den einstündigen Abstieg nach Surgens.

Sie erreichten das Gasthaus gegen Mittag. Ein rothaariger junger Mann, den Barbara noch nie gesehen hatte, half Anna auf der Terrasse.

Conradin erklärte ihr, dass es sich dabei um Matthias Lehmann, einen guten Freund, handle. »Er ist für mich in der
Küche eingesprungen, weil ich einmal … eine Auszeit
brauchte.«

Barbara hätte erwartet, dass ihm dieses Eingeständnis
peinlich wäre. Die letzte Nacht hatte jedoch so einiges geändert. Es gab kaum mehr Geheimnisse zwischen ihnen – die
alte Vertrautheit war wiederhergestellt, und das machte
Barbara sehr glücklich.

Vorsichtig und Unheil erwartend, ließ sie den Blick über die
Terrasse, den Eingangsbereich und dann weiter zum Parkplatz schweifen. Mist! Davids Auto stand noch da. Er selbst
war jedoch nirgends zu sehen, was Barbara eine Gnadenfrist
gewährte. Sie fürchtete das Zusammentreffen der zwei
Männer. Es war klar, dass sie am Streit der beiden schuld
war.

Plötzlich hatte Barbara es eilig, auf ihr Zimmer zu gelangen. Wenn sie Glück hatte, konnte sie die Begegnung mit
David so noch eine Weile hinausschieben. Mit einem zärtli-
chen Kuss verabschiedete sie sich von Conradin, der sich für
seine Schicht in der Küche umziehen musste.

Nachdem sie ihre Zimmertür hinter sich geschlossen
hatte und sich umdrehte, fiel Barbaras Blick auf Rosas
Schmuckschatulle, die sie bisher nicht geöffnet hatte. Vielleicht lag es an der Trauer, die ihr noch immer die Kehle
zuschnürte. Möglicherweise fürchtete sie sich davor, durch
den Inhalt des Kästchens erneut in die Vergangenheit zurückgeworfen zu werden und den Verlust, den sie erlitten
hatte, nur umso deutlicher zu spüren.

Barbara gab sich schließlich einen Ruck. »Irgendwann
muss es ja sein«, murmelte sie vor sich hin und griff vorsichtig nach der Holzschatulle. Zögerlich und mit zittrigen
Fingern öffnete sie den Deckel und spähte neugierig ins Innere. Ein Lächeln umspielte ihre Mundwinkel, als sie all die

bekannten Dinge sah, die sich in wilder Unordnung darin befanden. Rosas Regenbogen-Obsidian-Kette mit den dazu passenden Ohrringen. Auf den ersten Blick wirkten sie nachtschwarz und fast ein bisschen langweilig. Hielt man sie jedoch ins Licht, schimmerten sie in allen Regenbogenfarben. Barbara konnte sich noch gut daran erinnern, wie Rosa ihr dieses kleine Geheimnis offenbart hatte. Seither hatte für Barbara ein Zauber diese Schmuckstücke umgeben.

Sie wühlte weiter in dem Kästchen. Ein silberner Ring, den ihre Großmutter allerdings nie getragen hatte, und ein goldener Armreif mit einer eingravierten Blüte vervollständigten Rosas bescheidenen Schmuckbesitz. Nein, es war nicht viel, was ihrer Großmutter gehört hatte – für Barbara bedeuteten diese Kostbarkeiten hingegen weit mehr als ihr Gegenwert in Geld. Sie trugen die Seele eines Menschen in sich, den sie immer noch sehr liebte und niemals vergessen wollte.

Barbara griff nach den Obsidian-Ohrringen, um sie sich anzustecken. Da fiel es ihr auf: Irgendetwas stimmte mit der Geometrie der Schatulle nicht. Der Boden war ... schief. Barbara hob das Kästchen an und betrachtete es eingehend von allen Seiten, bis ihr klar wurde, dass der Holzbehälter einen doppelten Boden haben musste. Das war ihren Kinderaugen nie aufgefallen! Sie drückte das Holz weiter nach unten, bis sie den Boden auf der gegenüberliegenden Seite zu fassen bekam. Mit klopfendem Herzen hob sie den Schatullenboden an und betrachtete staunend das, was darunter verborgen war: ein vergilbtes Kuvert, vermutlich aus handgeschöpftem Papier.

Ob Simon wohl davon gewusst hatte? Eher nicht, sonst hätte er bestimmt etwas gesagt.

Mit vor Aufregung zitternden Händen nahm Barbara den Umschlag an sich, förderte einen Briefbogen zutage und entfaltete ihn. Was würden die in einer verschnörkelten

Handschrift verfassten Zeilen ihr offenbaren? An manchen Stellen war die Tinte schon beinahe verblichen.

Meine liebe Rosa!

Es hat so viele Jahre gedauert, bis ich Dich endlich gefunden habe. Mein Leben war bis dahin das einer unermüdlich Suchenden.

Ich bin eine Fremde für Dich. Diesen Satz zu schreiben schmerzt mich mehr als alles andere in meinem bisherigen Dasein. Denn mir warst Du nie fremd, für mich warst Du immer ein Teil meiner selbst. Ich erinnere mich an Deinen ersten, empörten Aufschrei in dieser Welt, an Deinen allerersten, erstaunten Atemzug in meinen Armen. Ich kenne Deinen unverwechselbaren Duft, wenn Du, beruhigt durch das Pochen meines Herzens, friedlich eingeschlafen bist. Ich kenne Dein vergnügtes Lachen, als Du durch unseren Garten liefst und versuchtest, Schmetterlinge zu fangen. Die Sonne spiegelte sich in Deinem kastanienbraunen Haar. Ich war so glücklich, Dich zu haben! Ich wünschte mir damals, wir könnten ewig so zusammen sein.

Viel zu früh allerdings wurdest Du mir entrissen. So viele Dinge hatten wir noch nicht geteilt, weil sie erst noch kommen würden. Es bricht mir das Herz, wenn ich daran denke, dass ich an Deinem ersten Schultag nicht Deine Hand halten konnte. Ich hätte alles gegeben, um bei Dir sein zu können, als Du Dich das erste Mal verliebtest. Ich hätte Deine Tränen getrocknet, als Du die ersten bitteren Erfahrungen im Leben machen musstest. Es wäre meine Aufgabe gewesen, Dich beim Aussuchen des Brautkleides zu beraten und Dich zu beruhigen, wenn Du vor dem großen Tag nervös geworden wärst. Das Leben bietet mit seinen sonnendurchfluteten Höhen und schattigen Schluchten so viele Gelegenheiten, bei denen man eine warme Umarmung, ein aufmunterndes Wort, kurz: eine Familie braucht.

Vor Gott bin ich Deine Familie, und in meinem Herzen habe ich Dich nie verraten. Im Alltag aber hat man uns entzweit. Ich habe Dich nicht verlassen. Diese Form der Selbstsucht war mir fremd. Ich liebte Dich schließlich mehr als mich selbst, und ich hätte mein Leben jederzeit, ohne nachzudenken, für das Deine gegeben.

Dennoch möchte ich mich an dieser Stelle bei Dir entschuldigen. Du warst noch so klein, so unschuldig, Du hattest nicht einmal die Möglichkeit, Dich zu wehren. Ich, die ich stärker war, habe als Deine Beschützerin versagt. Selbst wenn Du mir eines Tages vergeben kannst, werde ich es mir selbst nie verzeihen, dass ich zu hilflos war, um Dich vor Deinem einsamen Schicksal zu retten. Nachdem mir fast alles genommen worden war, hatte ich nur eine einzige Aufgabe auf dieser Welt: Dich zu lieben, zu beschützen und zu begleiten. Genau das ist mir nicht gelungen. Manchmal schäme ich mich daher, dass ich überhaupt noch weiteratmete. Es war allerdings die Hoffnung, die mich am Leben hielt: die Hoffnung, Dir eines Tages wieder zu begegnen und in Deine wunderschönen dunklen Augen blicken zu dürfen.

Ich bin Deine Mutter, die Frau, die Dich auf die Welt gebracht hat – ich wünschte, Du wärst jene Person, die meine Hand eines Tages hält, wenn ich sie wieder verlasse.

In Liebe, Deine Mutter Adeline

Am Ende des Briefes war noch eine Telefonnummer notiert. Barbara betrachtete den Umschlag genauer. Sie griff nach ihrem Handy und googelte die Nummer des Briefzentrums, die auf dem Poststempel ersichtlich war. Danach faltete sie das Papier sorgfältig zusammen und steckte sich das Kuvert samt Inhalt in die Hosentasche. Sie wischte sich die Tränen aus den Augen, riss die Zimmertür auf und stürmte die Treppe hinunter in Richtung Küche, wo sie hoffte, auf Conradin zu treffen. Dieser unterhielt sich jedoch gerade im Flur mit seiner Schwester.

Seine Bewegungen wirkten aufgeregt, und sein zischendes Flüstern zeugte von unterdrücktem Zorn. Als er Barbara bemerkte, unterbrach er das Gespräch und wandte sich ihr zu. Seine Stirn war in ärgerliche Falten gelegt.

Irgendetwas musste vorgefallen sein. »Was ist los?«, fragte Barbara und spürte Unbehagen in sich aufsteigen.

Er wollte gerade antworten, als er ihre geröteten Augen und die geschwollenen Lider bemerkte. »Was ist mit dir los?«, erwiderte er, trat mit einem hastigen Schritt auf sie zu und strich ihr zärtlich über die Wange. Sich entfernende Schritte verrieten Barbara, dass Anna sich diskret zurückzog.

»Mein Bericht dauert etwas länger.« Barbara hatte noch keine Ahnung, wo sie anfangen und wie sie in das Chaos in ihrem Innern wieder Ordnung bringen sollte.

»Gut, meine Neuigkeiten sind schnell zusammengefasst: Ich habe mich mit David gestritten, und er ist abgereist.«

Tausend Fragen bestürmten Barbara. Conradin schien sie alle zu erraten, denn er fuhr in kurzen, knappen Worten fort: »Er wollte auf dein Zimmer, und ich habe ihn davon abgehalten und ihm erklärt, dass es zwischen euch aus sei. Er hat mich ausgelacht und – ich zitiere – gesagt: ›Wenn du dich da mal nicht täuschst! Ich kenne sie besser als du. Du bist nur eine Phase in ihrem Leben. Damit kann ich umgehen. Sobald die Sommerferien vorbei sind und sie wieder in ihrem normalen Alltag angekommen ist, wirst du nichts weiter als eine Erinnerung sein – ein kleiner, unbedeutender Sommerflirt.‹«

Barbara spürte, wie Zornesröte ihren Hals hinaufkroch und ihre Wangen zum Glühen brachte. Was maßte David sich an? »Du weißt, dass er derjenige ist, der sich täuscht«, flüsterte sie und schlang die Arme um Conradins Mitte. »Das werden wir ihm schon noch zeigen.«

Ein feines Lächeln zuckte um seine Mundwinkel, und plötzlich wurden seine Züge wieder weich und zärtlich. »Du könntest dich etwas mehr darum bemühen, mich von der

Wahrheit zu überzeugen«, sagte er in neckendem Ton und beugte sein Gesicht so nahe zu ihrem herunter, dass sich ihre Nasenspitzen berührten.

Barbara genoss das Gefühl seiner Rückenmuskeln unter den Fingern, während sie sich enger an ihn schmiegte. Sie drückte die Lippen sanft auf seine und küsste ihn. Obwohl sie das nun schon oft getan hatten, löste die Berührung jedes Mal aufs Neue ein sengend heißes Kribbeln in ihrem Bauch aus. »Ich wünschte, wir hätten jetzt etwas Zeit, um allein zu sein«, raunte sie ihm zu.

Sein Mund glitt über ihr Ohrläppchen und ihren Hals hinab und hinterließ eine Spur aus Flammen auf ihrer Haut. »Das wäre schön, nur leider geht das nicht. Ich habe nämlich einen hungrigen Hausgast …« Er lachte leise. Dann löste er sich plötzlich von ihr und fragte: »Und was wolltest du mir noch erzählen?«

Barbara zog ihn an seinem T-Shirt in die Gaststube und setzte sich mit ihm an einen Tisch. Da bei diesem Wetter alle Gäste die Terrasse bevorzugten, waren sie im Inneren des Gasthauses ungestört. Barbara räusperte sich und versuchte, sich möglichst kurz zu halten: »Simon hat mir ein Erbstück meiner Großmutter hiergelassen, eine Schmuckschatulle. Sie hatte immer schon eine besondere Bedeutung für mich. Unter einem doppelten Boden habe ich eben einen Brief an Rosa gefunden. Meine Urgroßmutter Adeline hat ihn verfasst. Du solltest den Brief lesen.« Sie reichte Conradin das vergilbte Papier und beobachtete, wie seine Augen über die Zeilen flogen. Als er geendet hatte, legte er den Briefbogen auf den Tisch und sagte eine Weile gar nichts.

»Gemäß dem letzten Eintrag des Tagebuches und Heinrichs Bericht ist Rosa eines Tages verschwunden. Offenbar wusste ihre Mutter aber selbst nicht, wohin man das Mädchen gebracht hatte. Vielleicht hatte die Sozialbehörde gar nichts damit zu tun, und die kleine Rosa wurde von diesem Anton entführt? Wie auch immer, irgendwann muss es Adeline gelungen sein, ihre Tochter wiederzufinden, ihren Aufenthaltsort zu ermitteln. Der Brief stammt aus dem Jahr 2007, wie man dem Poststempel auf dem Kuvert entnehmen kann. Gemäß der Nummer des Briefzentrums wurde er in Friedrichshafen abgeschickt. Das habe ich im Internet recherchiert. Meine Großmutter erwähnte ihre Mutter mir gegenüber nie. Möglicherweise haben sie sich also nicht mehr wiedergesehen.«

Conradin hörte Barbara nur mit halbem Ohr zu, sein Blick schweifte erneut über die Zeilen auf dem handgeschöpften Papier.

»Die Telefonnummer am Ende des Briefes. Vielleicht ist sie noch aktuell, und Adelines Nachfahren – sofern sie neben Rosa noch Kinder bekam – leben immer noch dort, wo auch Adeline im Jahr 2007 lebte?«

Barbara nagte nervös an ihrer Unterlippe. »Du meinst, ich soll da einfach anrufen? Und was sage ich denen dann?« Sie war nicht besonders überzeugt von dieser Strategie.

»Du sagst ihnen die Wahrheit. Jedenfalls wäre das erst einmal der bessere Weg, um mehr über die Vergangenheit deiner Großmutter herauszufinden, als nächsten Mittwoch bei den Dürrs ins Haus einzubrechen ...« Er grinste, und Fältchen bildeten sich um seine Augenwinkel.

Barbara musste ebenfalls lachen. »Gut«, sagte sie. »Nach dem Mittagessen versuche ich es. Aber kannst du bitte bei mir bleiben, wenn ich anrufe?«

»Kein Problem.« Conradin erhob sich, drückte Barbara einen flüchtigen Kuss auf die Stirn und verschwand in der Küche.

Kapitel 32

Conradin

Barbara nestelte nervös an ihrer Handtasche herum. Conradin beobachtete sie mit gemischten Gefühlen. Schließlich legte er ihr die Hand auf die Schulter.

»Er hat uns eingeladen und freut sich, uns zu sehen. Das wird bestimmt nett«, versuchte er, sie zu beruhigen. Seit sie an der Tür zur Villa Victoria geklingelt hatten, waren scheinbar endlose Minuten verstrichen. Zeit, die offenbar an Barbaras Nerven zehrte. Zugegeben, die letzten Tage waren ziemlich stressig gewesen. Nachdem sie Adelines Zeilen an Barbaras Großmutter Rosa gelesen hatten, hatte Barbara all ihren Mut zusammengenommen und noch am selben Tag die im Brief vermerkte Telefonnummer gewählt.

Ein gewisser Karl Schober hatte sich am anderen Ende gemeldet. Er war, wie sie inzwischen wussten, Rosas Halbbruder, der Sohn von Adeline und Edgar, dem Fotografen. Er war mittlerweile zweiundsiebzig Jahre alt und verbrachte seinen Ruhestand auf dem Landsitz von Adelines Familie, der Villa Victoria. Diese Örtlichkeit war Conradin und Barbara aus Adelines Tagebucheinträgen bereits bekannt. Offenbar war Adeline also irgendwann wieder in Friedrichshafen gelandet. Wie und warum, hatte Karl Schober ihnen nicht am Telefon sagen wollen. Stattdessen hatte er die Enkelin seiner Halbschwester mit ihrem Partner kurzerhand zu sich nach Hause eingeladen, nachdem Barbara ihm in allen Einzelheiten ihr Anliegen geschildert hatte.

Und da standen sie nun und warteten darauf, dass jemand die Tür öffnete und sie hereinbat. Endlich erschien eine ungefähr sechzigjährige Frau im Türrahmen. Sie trug eine Schürze über ihrem dunklen Sommerkleid.

»Sie müssen Rosas Enkelin sein«, stellte die Frau an Barbara gewandt fest. Ihr Ton war herzlich, ihr Blick offen.

Barbara nickte und fasste Conradin an der Hand. Ihre Handinnenflächen waren feucht, so aufgeregt war sie.

»Kommen Sie, treten Sie bitte ein. Ich bin Herrn Schobers Haushälterin. Er erwartet Sie bereits auf der Terrasse bei Kaffee und Kuchen.« Ein freundliches Lächeln erhellte ihr Gesicht und legte es in Falten.

Conradin ließ den Blick staunend über das großzügige Entree des Hauses schweifen. Der Boden war aus schwarzem Marmor, Säulen zierten den Eingangsbereich und führten bis zu einer Glasfront, die beinahe die ganze hintere Seite der Villa einnahm. Im Inneren war es angenehm kühl und still. Nur die Schritte ihrer Schuhe klackten und wurden als Echo durch die Halle getragen. Langsam spürte Conradin, wie Barbaras Nervosität auf ihn überging. Was würden sie hier erfahren? Er schluckte, sein Mund fühlte sich seltsam trocken an. Eigentlich hätte er all das gelassen auf sich zukommen lassen können. Conradin war sich hingegen bewusst, was dieser Tag für Barbara bedeutete, und daher berührte das Treffen mit Karl auch ihn mehr, als er vor irgendjemandem zugegeben hätte.

Die Haushälterin führte sie zielstrebig zu der Fensterfront am anderen Ende des Eingangsbereichs und hielt ihnen die Tür auf, damit sie auf die Terrasse treten konnten. Auf der Veranda war ein großer beigefarbener Sonnenschirm aufgespannt, der einem Glastisch mit gepolsterten Rattansesseln Schatten spendete.

Auf einem der Sitzmöbel saß ein älterer, nobel gekleideter Herr, dem das schlohweiße Haar jedoch noch in dichten

Locken vom Kopf abstand. Ein warmes Lächeln erhellte sein faltiges Gesicht, und seine hellblauen Augen leuchteten, als er Barbara und Conradin gewahr wurde. Er erhob sich mühsam aus seinem Sessel und kam auf sie zu. Er trug eine schlichte schwarze Hose und ein weißes Hemd, beides aus edelstem Material und wahrscheinlich maßgeschneidert.

»Da seid ihr ja!« Er reichte Barbara und danach Conradin die Hand zur Begrüßung. Seine Hände waren trocken und warm und die Finger leicht gekrümmt – vermutlich litt er an Gicht. Bevor sie seine Begrüßung erwidern konnten, fuhr er fort: »Nennt mich bitte Karl; ich duze euch auch. Alles andere wäre einfach komisch. Wir sind schließlich eine Familie.«

So leicht ihm dieses Wort über die Lippen kam, so schwer tat sich Barbara offenbar noch damit. Sie schwieg und wich seinem Blick kurzzeitig aus. Ihre Finger umklammerten hilfesuchend Conradins. Sie folgten Karls Einladung und setzten sich. Während die Haushälterin sie mit Tee, Kaffee oder selbst gemachter Limonade und Leckereien bediente, ließ Conradin den Blick ehrfürchtig über die Parkanlage schweifen, die sich vor ihren Augen erstreckte. Sie war um einiges imposanter, als Adeline sie in ihrem Tagebuch beschrieben hatte. Ihr Augenmerk hatte allerdings in jenen Tagen auch Jonas' Schönheit und nicht jener der Blumen gegolten. Da Conradin keine der exotischen Gewächse, die sich vor ihm in bunter Blüte entfalteten und einen betörenden Duft ausströmten, benennen konnte, vermutete er, dass es sich dabei um speziell gezüchtete, fremdländische Pflanzen handelte. Möglicherweise verstand er davon aber einfach zu wenig. In Surgens gab es neben den verschiedensten Wiesenblumen nur wenige, geschützte Blumen, die in irgendeiner Form außergewöhnlich waren. Alpenrosen beispielsweise oder Edelweiß.

»Nun denn, meine Lieben, in meinem Alter hält man sich nicht mehr unnötig lange mit höflichen Floskeln auf.

Die Zeit wird, wenn man einmal so viele Jahre zählt wie ich, etwas sehr Kostbares. Man weiß nie, wann sie abgelaufen ist. Man sollte die verbleibenden Stunden und Tage daher sinnvoll nutzen. Ihr seid hergekommen, um Adelines und Rosas Geschichte zu hören. Ich kenne sie, habe sie unzählige Male gehört und werde sie euch gern erzählen. Möge die Seele meiner Schwester dadurch endlich Frieden finden!«

Karl wischte sich bei diesen Worten verstohlen eine Träne aus dem Augenwinkel. Er hatte erst am Telefon von Rosas Tod erfahren, da er sie jahrelang nicht mehr gesehen hatte. Es betrübte ihn, dass sie zuletzt nur noch schriftlichen Kontakt gehabt hatten. Karl räusperte sich und genehmigte sich einen Schluck Limonade, bevor er zu sprechen begann.

»Im Frühling 1941 wurde Rosa Adeline weggenommen. Es geschah jedoch auf eine so mysteriöse Art und Weise, dass man nur Vermutungen anstellen kann. Als meine Mutter Adeline einige Wochen nach der letzten Auseinandersetzung mit Anton Dürr von der Arbeit auf dem Feld auf den Hof zurückkehrte, gab Martha an, Rosa bereits mit selbst gemachter Marmelade nach Hause geschickt zu haben. Da es oft vorkam, dass das Mädchen etwas früher heimkehren durfte, dachte sich meine Mutter zunächst nichts dabei. Als sie allerdings das Haus am Waldrand erreichte und eintrat, fiel ihr die seltsame Stille im Inneren sofort auf. Sie geriet in Panik, weil sie befürchtete, Rosa könnte sich irgendwo verletzt haben. Nach einer Stunde verzweifelten Suchens in Haus und Garten musste sie sich hingegen eingestehen, dass das Mädchen verschwunden war.

Adeline lief weinend zurück zu Alfons und Martha, die beide vorgaben, nichts zu wissen. Meine Mutter wurde das Gefühl jedoch nicht los, dass die zwei Bauersleute sie anlogen. Sie wichen ihrem Blick ständig aus, als hätten sie etwas zu verbergen. Dennoch blieben sie bei ihrer Version und gaben vor, ahnungslos zu sein. Adeline konnte in dieser Nacht kein Auge zutun und suchte noch im Dunkeln den nahen Wald und die Gegend in und um das Dorf ab. Immer wieder rief Adeline Rosas Namen, aber ohne Erfolg. Ihr Mutterherz spürte jedoch, dass Rosa noch am Leben war.

Einen Tag später kam Edgar nach Hause und war über die jüngsten Ereignisse entsetzt. Erneut bedrängte er Martha und Alfons, die auch ihm gegenüber beharrlich schwiegen. Auf dem Weg zurück zum Haus am Waldrand begegnete er Anton Dürr, in dessen Gesichtsausdruck er eine verdächtige Schadenfreude entdeckte. Natürlich gab auch dieser vor, nichts über Rosas Verbleib zu wissen. Gerade als Edgar sich von ihm abwenden wollte, flüsterte er aber noch: »Sie hätte mich heiraten sollen … Eine ledige Hure kann nun mal kein Kind großziehen.«

Edgar verpasste ihm daraufhin einen Fausthieb ins Gesicht und hastete zurück zu Adeline. Sie waren nun überzeugt, dass Anton etwas mit Rosas Verschwinden zu tun hatte und vermutlich auch der Herr vom Sozialamt, der damals in seiner Begleitung gewesen war. Sie hatten allerdings keine Beweise, und die einheimische Bevölkerung weigerte sich strikt, irgendwelche Aussagen zu machen. Viele der Frauen nahmen Adeline ihre Schönheit übel und sagten ihr nach, sie hätte ihre Ehemänner mit Kräutern aus ihrem Hexengarten verzaubert und so dafür gesorgt, dass sie ihr hörig waren. Die Wahrheit war, wie ihr ja inzwischen wisst, eine völlig andere, aber das kümmerte niemanden.«

Karl holte kurz Luft und schob sich ein Blätterteiggebäck in den Mund. Er ließ sich beim Kauen einige Zeit, und Conradin spürte, wie Barbara unruhig in ihrem Sessel vor und zurück rückte.

»Meine Mutter war schier verzweifelt und suchte zusammen mit Edgar noch bis zu ihrer überstürzten Abreise im Frühling 1942 nach dem Mädchen. Sie riefen diverse

Ämter an, die auch nur im Entferntesten mit Rosas Verschwinden in Verbindung gebracht werden konnten, und baten sogar die Polizei um Hilfe. Ihre Bemühungen blieben jedoch ohne Erfolg. Man legte ihnen nahe, Rosas Tod als Tatsache zu akzeptieren, da es in dieser Zeit schon einmal vorgekommen sei, dass ein kleines Mädchen verschwunden und nie wieder aufgetaucht war. Anton Dürr blieb indes nach wie vor aufdringlich, was Adeline anbelangte. Wo immer er sie allein traf, näherte er sich ihr. Er wurde nie wieder ernsthaft zudringlich, weil Edgar im August 1941, nach Beendigung seiner Fotoreportage über die Bündner Berge, beschlossen hatte, durchgängig nach Surgens zu Adeline zu ziehen. Er galt fortan offiziell als ihr Beschützer und Herr des Hauses am Waldrand. Das passte Anton Dürr natürlich gar nicht, und er spann weitere Intrigen. Im Frühjahr 1942 schließlich verbreitete er das Gerücht, Edgar sei ein Zuhälter. Obwohl dies natürlich jeder Wahrheit entbehrte, griffen die Menschen im Dorf dies nur allzu gern auf, und so gelang es Dürr, den Samen für neues Unheil auszusäen. Eins führte zum anderen. Irgendwann war die einheimische Bevölkerung – und mit ihr auch Antons Vater, das Gemeindeoberhaupt – der festen Überzeugung, dass Edgar nur deshalb bei Adeline wohnte, weil er sie weiterhin an Freier vermittelte. Man beschloss, derart skandalöse Machenschaften in einem rechtschaffenen Dorf wie Surgens nicht mehr zu dulden.

Karl schüttelte nicht ohne Bitterkeit den Kopf, bevor er weitersprach. »Eines Nachts brach eine Schar von jungen Einheimischen ins Haus am Waldrand ein und überraschte Edgar und Adeline im Schlaf. Sie zerstörten Edgars Fotoausrüstung und drohten den beiden mit ernsthafter Gewalt, sollten sie nicht baldmöglichst aus Surgens verschwinden. Edgar wurde außerdem so stark verprügelt, dass er am nächsten Tag kaum in der Lage war aufzustehen. Es war in dieser schicksalhaften Nacht, in der meine Mutter und ihr Partner beschlossen, aus Surgens fortzugehen. Ohne irgendwelche Habseligkeiten einzupacken, flohen sie bereits in der darauffolgenden Nacht aus dem Dorf. Da sie den ersten Teil des Weges zu Fuß bestreiten mussten und Edgar verletzt war, achteten sie darauf, möglichst wenig Gepäck mitzunehmen. Edgar besaß genug Geld, um sie nach Zürich zu bringen und ihnen innerhalb weniger Tage eine Bleibe zu organisieren.

Danach kehrte in Adelines Leben wieder etwas Ruhe ein, wenn man einmal von der Tatsache absah, dass sie Rosa immer noch nicht gefunden hatte und sich deshalb schwere Vorwürfe machte. 1943 schließlich erblickte ich das Licht der Welt. Viele Jahre führten wir ein normales Familienleben in Zürich. Mein Vater verdiente als Fotograf mehr als genug Geld, und von einer Schwester erfuhr ich zu jener Zeit noch nichts. Ich erinnere mich bloß, dass Mama oft geweint hat und dass das immer dann geschah, wenn sie wieder einmal diverse Telefonate geführt hatte.

Erst viel später, im Jahr 1984, beschloss meine Mutter, ihren Vater, der mittlerweile zweiundneunzig Jahre alt war, in Friedrichshafen zu kontaktieren. Sie wollte sich mit ihm aussöhnen und ihn für den Verrat, den sie als junges Mädchen an ihrer Familie begangen hatte, um Verzeihung bitten.

Ich war damals selbst erwachsen, einundvierzig Jahre bereits, und hatte eine eigene Familie. Da meine Mutter mit Ende sechzig jedoch schnell überfordert und Edgar noch immer als Künstler aktiv und beschäftigt war, begleitete ich sie nach Deutschland. Ihr Vater hatte das Haus in der Stadt schon lange verkauft und sich auf seinen Landsitz, hierher in die Villa Victoria, zurückgezogen. Nach wie vor trauerte er um seine viel zu früh verstorbene Frau. Die Versöhnung mit ihm war keine leichte Sache. Adeline und er stritten sich mehrere Tage lang und ließen ihrer Verzweiflung und Verbitterung freien Lauf. Irgendwann musste sie das Gezeter wohl einfach erschöpft haben, und wer wusste schon, wie viel gemeinsame Zeit ihnen noch blieb? Sie fielen sich schließlich weinend in die Arme und vergaben einander.

Adeline erzählte ihrem Vater nach und nach, wie es ihr nach der Flucht aus Friedrichshafen ergangen war. All die schlimmen Dinge standen ihr wieder vor Augen: Jonas' Tod, Rosas Verschwinden, die Scham und nagende Schuld gegenüber ihrer Familie, die sie im Stich gelassen hatte.

Ihr Vater bestärkte sie jedoch darin, erneut nach Rosa zu forschen. Da er selbst ein vermögender Mann mit zahlreichen wichtigen Verbindungen im In- und Ausland war, half er ihr dabei. Er starb jedoch 1986, im Alter von vierundneunzig Jahren. Adeline gelang es erst im Jahre 2007, Rosas Adresse ausfindig zu machen. Dies geschah im Zusammenhang mit der Neuaufbereitung archivierter Daten zu Schweizer Adoptivkindern. Eine Bundesangestellte hatte in den Unterlagen eines Vorgängers Notizen zu Adelines Anfrage entdeckt und fand schließlich Rosas Spur. Einige Zeit später benachrichtigte sie Adeline. Diese wiederum verfasste einen Brief an ihre Tochter, dessen Inhalt ihr ja bereits kennt.«

Karl lehnte sich erschöpft in seinem Sessel zurück und wischte sich einige Schweißperlen von der Stirn. Es war kurz nach Mittag, und die Sommersonne brannte gnadenlos vom Himmel. Selbst im Schatten des Sonnenschirms mussten es weit mehr als dreißig Grad sein, schätzte Conradin.

Barbara schwieg, als wollte sie den Redefluss des alten Mannes um keinen Preis unterbrechen. Auch Conradin fürchtete, dass Rosas Halbbruder die Erschöpfung vielleicht bald übermannen würde. Karl bat die Haushälterin jedoch um einen Espresso und fuhr dann entschlossen in seiner Erzählung fort.

»Adelines Vater hatte uns all seine restlichen Güter, darunter die Villa Victoria, vermacht. Zusammen mit Edgar beschloss Mama 1987, hierherzuziehen. Sie hatte diesen Ort immer geliebt, und es schmerzte sie, ihn so fluchtartig verlassen zu haben. Mein Vater wiederum war als freischaffender Künstler stets flexibel und neugierig auf Veränderungen gewesen. Außerdem hatte er sich längst zur Ruhe gesetzt und fotografierte nur noch hobbymäßig. Er liebte meine Mutter noch immer über alles, das konnte ich an seinen Blicken und den gelegentlichen, zarten Berührungen erkennen. Er hätte ihr jeden Wunsch erfüllt. Selbstverständlich wusste er, wie sehr sie an ihren Kindheitserinnerungen hing. Ich hatte meinen Lebensmittelpunkt nach wie vor in Zürich, wo ich mit meiner Frau und unseren beiden Kindern lebte. Erst als meine Eltern beide verstorben waren, bin ich hierhergezogen. Da war ich allerdings selbst seit Kurzem in den Ruhestand getreten, weshalb mir der Tapetenwechsel gerade recht kam.

2007 aber war ein Jahr voller Umbrüche für uns alle.

Meine Mutter schrieb Rosa diesen Brief, nachdem sie endlich ihren Aufenthaltsort herausgefunden hatte. Kurz darauf besuchte Rosa sie. Aus diesem Grund reiste auch ich für ein paar Tage nach Friedrichshafen. Endlich konnten die beiden sich in die Arme schließen! Ich lernte meine Halbschwester also erst im Alter von vierundsechzig Jahren kennen. Es blieb uns jedoch nicht viel gemeinsame Zeit. Unsere Mutter starb, kurz nachdem sie Rosa endlich wiedergefunden hatte. Es schien, als könnte sie dieses irdische Leben nun loslassen und meinem Vater, der einige Monate zuvor gestorben war, folgen. Sie hatte ihr Kind endlich gefunden, es nochmals an sich gedrückt, und ihr wurde verziehen. Das war alles, was meine Mutter noch gebraucht hatte, um friedlich einschlafen zu können.

Aus Respekt vor unserer geliebten Mama haben Rosa und ich uns nach ihrem Tod regelmäßig getroffen und pflegten eine Brieffreundschaft.

Während der kurzen Zeit vor Adelines Tod im Jahr 2007 erzählten wir uns gegenseitig unsere Lebensgeschichte. Adeline berichtete Rosa, wie es uns nach ihrem Verschwinden aus Surgens ergangen war, und sie vertraute uns ihre Leidensgeschichte an. Wie meine Mutter immer vermutet hatte, war Rosa mithilfe von Anton Dürr entführt und dem Sozialamt übergeben worden. Man brachte sie ins Schweizer Mittelland, nach Luzern, wo man sie in ein Waisenhaus steckte. Sie wuchs bei Pflegeeltern auf, die es gut mit ihr meinten und ihr eine anständige Ausbildung als Krankenschwester ermöglichten. Sie starben jedoch sehr früh an Krebs, weshalb sie ihre Enkelin, deine Mutter, nie kennenlernten.« Karl bedachte Barbara mit einem liebevollen Blick und sagte dann:

»Rosa war alt genug, um sich an ihre Mutter und die Zeit in Surgens vage zu erinnern – es war mehr ein Gefühl, das sie mit diesem Lebensabschnitt verband. Der Duft des Gartens, Adelines warme Stimme und die unberührte Natur der Berge sind ihr stets in Erinnerung geblieben. Sie hatte nie verstanden, was damals mit ihr geschehen war und warum ihre Mutter nicht nach ihr gesucht hatte. Sie hatte all die Jahre angenommen, man hätte sie weggegeben oder nicht mehr gewollt. Deshalb hatte sie nie nach Adeline gesucht und auch mit niemandem über ihre frühen Kinderjahre gesprochen. Die im Nebel der Erinnerung verborgenen Andenken an eine glückliche Zeit voller kindlicher Geborgenheit waren für sie zu schmerzhaft.«

Als Karl mit seinem Bericht geendet hatte, schwieg Barbara lange. »Ich schätze, es war die Erinnerung an die Warmherzigkeit ihrer Mutter und die Geborgenheit, die sie bei ihr erfahren hat, die sie später dazu bewogen hat, sich in Surgens beerdigen zu lassen. Ich glaube auch, dass meine Großmutter wollte, dass ich Adelines Ansehen in Surgens wiederherstelle, indem ich die Wahrheit über ihr Leben herausfinde und öffentlich mache«, mutmaßte sie nun, da sie die ganze Geschichte kannte.

Conradin musterte sie. Auf ihrem Gesicht wechselten sich die unterschiedlichsten Gefühle wie Windböen ab und zauberten ein verräterisches Glitzern in ihre Augen. Er hätte sie jetzt gern umarmt, an sich gedrückt und ihr etwas Tröstendes ins Ohr geflüstert. Doch das war nicht der richtige Moment dafür.

»Auf jeden Fall«, bestätigte Karl. »Natürlich hat sie Surgens später auch noch einmal einen kurzen Besuch abgestattet, um die Wiege ihrer Kindheit mit ihren eigenen fünf Sinnen erspüren zu können. Sie hat mir verraten, wie aufgewühlt und tief berührt sie danach gewesen ist.«

Nun war es an Barbara, Karl die fehlenden Puzzleteile von Rosas Geschichte zu offenbaren. Sie erzählte vom Tod ihrer Eltern und von ihrer Kindheit bei Rosa, von der Karl allerdings schon wusste. Rosas letzter Brief an ihn stammte vom Januar 2015. Damals ahnte niemand, dass sie im Sommer desselben Jahres ihre letzten Atemzüge auf dieser Welt tun würde. Sie war weder krank noch in irgendeiner Weise niedergeschlagen gewesen. Rosa wirkte auf Karl voller Tatendrang, und sie beschlossen sogar, sich während der Sommermonate wieder einmal zu treffen. Als der Sommer dann voranschritt und Karl nichts von seiner Halbschwester hörte, machte er sich Sorgen. Selbstverständlich hatte er nichts von ihrem unerwarteten Tod gewusst.

»Es … tut mir sehr leid, dass wir dich erst jetzt kennengelernt haben«, murmelte Barbara und wischte sich eine Träne aus dem Augenwinkel. »Wir hätten dich natürlich nach Surgens zu ihrer Beisetzung eingeladen. Sie hat dich allerdings wie ein süßes Geheimnis gehütet. Vermutlich war sie einfach noch nicht so weit, über all diese Dinge zu sprechen, und dann war es plötzlich zu spät.«

Karl beugte sich nach vorn und ergriff Barbaras Hand. »Das macht nichts, mein Kind. Es ist ihr Geist, der euch hierhergebracht hat. Ist das nicht umso schöner und beeindruckender?«

Barbara nickte tapfer, aber Conradin konnte sehen, dass sie den Tränen nahe war. Sie straffte jedoch die Schultern und versuchte, nicht die Fassung zu verlieren. »Ich habe sie sehr geliebt«, gab sie zu, und ihre Lippen zitterten dabei.

Karl lächelte, und seine Augen leuchteten, als er sagte: »Oh, Kind, wenn du wüsstest, wie sehr sie dich und deinen Bruder geliebt hat! Sie war so stolz auf euch Kinder! Manchmal glaubte ich, sie würde von nichts anderem mehr schreiben!«

Nun hatte Conradin das dringende Gefühl, zu diesem Treffen auch noch etwas beitragen zu müssen, auch wenn es heute bestimmt nicht um ihn ging. »Warum kommst du uns nicht bald einmal in Surgens besuchen, Karl? Siehst dir Rosas altes Zuhause an und …« Er brach beschämt ab. Eigentlich hatte er sagen wollen: Und bringst Blumen auf ihr Grab. Dann besann er sich im letzten Moment eines Besseren und behielt diesen Vorschlag für sich.

Karls verschmitztes und nachsichtiges Lächeln deutete jedoch darauf hin, dass er schon verstanden hatte. »Das werde ich, mein Junge. Sehr gern sogar!« Einen kurzen Augenblick schwieg Karl nachdenklich, dann sagte er zu Barbara: »Selbstverständlich dürfen dein Bruder Simon und du mich jederzeit hier in Friedrichshafen besuchen. Ihr gehört wie meine Kinder zu den rechtmäßigen Erben der Villa Victoria. Ich werde das in meinem Testament festhalten. Ihr seid hier immer willkommen!«

Kapitel 33

Barbara

»Die Bücher sind da!«, rief Conradin vom Eingang des Gasthauses her und erschien im Türrahmen zur Gaststube, in der Barbara gerade die Zeitung las und an ihrem Kaffee nippte. Sie konnte sich ein Lachen nicht verkneifen, als sie das seltsame, an einen Außerirdischen erinnernde Wesen im Durchgang sah. Dort, wo normalerweise Conradins Kopf und ein Busch wirrer aschblonder Haare zu sehen waren, befand sich nun eine graubraune Schachtel. Keuchend hievte Conradin den Karton auf den Tisch vor Barbara.

»Das hat die Druckerei soeben angeliefert – hundert Stück für den Anfang. Wir können allerdings jederzeit welche nachdrucken lassen.«

Barbara faltete die Zeitung zusammen und riss den Pappkarton wenig fachmännisch und mit vor Neugierde zittrigen Fingern auf. Sie nahm das oberste Exemplar, zerrte es aus der Schutzverpackung und hielt es sich an die Nase. Mit geschlossenen Augen atmete sie den Duft frisch gedruckter Buchseiten ein.

»Das ging ja schnell! Und es ist großformatiger geworden, als ich angenommen habe«, meinte sie und blätterte neugierig durch die Seiten.

Conradin schlang die Arme um ihre Taille und legte den Kopf auf ihre Schulter. »Das Cover ist schön geworden, es passt.«

»Memoiren einer Fremden …«, murmelte Barbara und ließ sich den Buchtitel auf der Zunge zergehen wie Schlagsahne.

»Ich finde, der Titel passt zu Adelines Tagebuch. Er ist mysteriös, eine Spur dramatisch, und er verspricht Romantik.«

Barbara lachte und legte den Kopf in den Nacken. »Das war ja auch deine Idee!« Sie hob tadelnd einen Finger, um ihn daran zu erinnern, dass man sich nicht selbst lobte.

»Nicht nur!«, protestierte Conradin und setzte eine unschuldige Miene auf. »Das war ebenso Karls Einfall. Schließlich hat er den Druck aus Adelines Erbe bezahlt. Da hat er auch ein Mitbestimmungsrecht.«

Barbara drehte den Kopf und zupfte zaghaft an Conradins Lippen. Sein Atem strich über ihr Gesicht, während seine Hand zärtlich ihren Rücken hinaufwanderte. »Du weißt genau, dass er seit unserem Besuch in Friedrichshafen in dich vernarrt ist. Man möchte meinen, dass er in dir den Enkel sieht, den er nicht hat. Aber eigentlich bin ich seine Verwandte, nicht du!«

Conradin knabberte verliebt an ihrem Ohr und meinte: »Es ist ihm eben wichtig, dass seine Verwandtschaft in guten Händen ist!«

Schließlich löste sich Barbara wieder von ihm und legte das Büchlein zurück zu den anderen in die Schachtel.

»Wann findet die Tagebuch-Präsentation statt?«, fragte Conradin. »Ich muss den Empfang im Vorfeld sorgfältig planen. Ich vermute, dass viele Neugierige den Weg hierher finden werden.«

»Das muss Karl entscheiden, finde ich«, antwortete Barbara und blickte auf die Uhr. »Eigentlich müsste er jeden Augenblick ankommen. Wenn Anna so schnell fährt wie immer, heißt das …«

Conradins Schwester hatte sich bereit erklärt, den Gast aus Deutschland am Bahnhof in Landquart abzuholen, da sie sowieso gerade wegen eines Arzttermins in der Gegend war.

»Ich hoffe sehr, dass sie einen gemäßigteren Fahrstil als sonst an den Tag legt«, sagte Conradin. »Sonst ist Karl bereits schockgefroren, bevor er einen Fuß auf Surgenser Boden setzt!«

»Welches Zimmer hast du ihm eigentlich hergerichtet?«

»Dein altes selbstverständlich; es hat die schönste Aussicht.« Conradin zwinkerte ihr zu. »Du brauchst es ja nicht mehr …«

Barbara knuffte ihn in die Seite und drückte ihm einen Kuss auf die Wange. Seit ihrer Rückkehr aus Deutschland hatte Barbara ihren Gästestatus aufgegeben und verbrachte ihre Wochenenden und Ferien in Conradins und Annas Wohnung. Natürlich konnte das keine Dauerlösung sein, da die Wohnung für drei Leute viel zu klein war und die arme Anna das ständige verliebte Geplänkel der beiden kaum mehr aushielt, wie sie nicht müde wurde zu betonen. Noch lag jedoch so manches, was Conradin und Barbara betraf, im luftleeren Raum. Barbaras Herbstferien hatten gerade erst begonnen, und sie hatte ihre Stelle in Zürich gekündigt. Gemäß ihrem Vertrag war sie jedoch dazu verpflichtet, das angebrochene Schuljahr noch zu Ende zu bringen, und so würde sie erst im Sommer 2016 eine neue Stelle antreten können. Das kam ihr allerdings ganz gelegen, weil ihr so noch genügend Zeit blieb, eine Anstellung in Graubünden und eine gemeinsame Wohnung mit Conradin zu suchen.

Während sie auf Karls Ankunft warteten, setzte Barbara ihre Zeitungslektüre fort.

Endlich fuhr Annas Wagen vor, und Barbara und Conradin sprangen von ihren Stühlen auf. Voller Vorfreude eilten sie nach draußen und halfen Karl beim Aussteigen. Das Wiedersehen mit dem alten Mann war erfüllt von Freude und Vertrautheit. Sie umarmten sich alle wie langjährige Freunde. Oder wie Schicksalsgenossen …

Conradin half Anna mit dem Gepäck, während Barbara sich nach Karls Reise erkundigte. Die Augen des betagten Herrn wirkten zwar müde, doch tastete sich sein Blick neugierig über die Fassade des Gasthauses und die nähere Umgebung.

»Es ist wunderschön hier«, lobte er. »Ich kann verstehen, warum Rosa hier ihre letzte Ruhestätte haben wollte. Dieser Ort hat trotz allem, was hier geschehen ist, etwas Unberührtes, Friedliches und Stilles. Das findet man dieser Tage nicht mehr oft. Die Villa Victoria ist für mich so ein Zufluchtsort.«

Barbara bot Karl eine Erfrischung an und zeigte ihm dann sein Zimmer.

Obwohl es kurz vor Mittag war, bat er darum, sich ein wenig hinlegen zu dürfen. »Ich bin nicht mehr so hungrig wie früher«, erklärte er mit einem belustigten Zwinkern.

Die folgenden Tage waren von emsiger Betriebsamkeit geprägt. Karl wollte Surgens mit all seinen Facetten kennenlernen. Sie zeigten ihm das Lebensmittelgeschäft, wo er Heinrich kennenlernte, führten ihn zum Haus am Waldrand und unternahmen mit ihm ausgedehnte Spaziergänge. Während Conradin und Barbara sich um die Präsentation des Tagebuchs kümmerten, las Karl die Zeilen seiner Mutter zum ersten Mal. Er setzte sich unter einen Sonnenschirm auf der Terrasse und nippte an einem Glas Weißwein. Die Abende wurden durch den nahenden Herbst bereits kühler, weshalb er seine Lektüre nach dem Essen mit dem Rücken am Ofen in der Gaststube fortsetzte. Schließlich blätterte er die letzte Seite um.

»Das ist eine Geschichte, wie nur das Leben sie schreiben kann. Schön und schrecklich zugleich. Herzerwärmend und schonungslos. Dennoch denke ich, dass es im Sinne meiner Mutter wäre, wenn wir diese Erzählung publik machen, damit ihr Ansehen in diesem Dorf wiederhergestellt werden kann.«

Barbara nickte zaghaft. Sie setzte sich ihm gegenüber an den Tisch und wartete gespannt auf sein Urteil.

»Du gibst also grünes Licht? Können wir die Veranstaltung ankündigen? Die Planung ist beinahe abgeschlossen. Aber wir haben niemandem von unserem Vorhaben erzählt, da wir nicht sicher waren, ob du einverstanden bist.«

»Ich bin einverstanden«, sagte Karl und legte das Buch zur Seite.

»Wie findest du mein Vorwort?«, fragte Barbara und musterte das faltige Gesicht des alten Mannes.

»Wunderschön!«

Knapp zwei Wochen später, am letzten Wochenende von Barbaras Herbstferien, füllte sich das Gasthaus Alpenrose allmählich mit neugierig dreinblickenden Menschen. Andere hielten verlegen und ein wenig schuldbewusst den Blick gesenkt. Trotzdem waren viele Surgenser gekommen. Darunter auch einige bekannte Gesichter. Magda Gerber begleitete ihren Sohn, Pfarrer Rolf, mit mürrischer Miene. Heinrich kam ohne Begleitung und setzte sich neben den Pfarrer. Ruth, die Kassiererin aus dem Lebensmittelladen am Dorfeingang, hatte ihren Mann und ihre Tochter mitgebracht und lächelte Barbara freundlich zu. Ein fremdes Paar, das Barbara auf Mitte sechzig schätzte, stellte sich als Alfons und Martha Heims Enkel vor. Die Nachfahren der Familie Heim waren im Verlauf der Jahre allerdings alle von Surgens weggezogen. »Wir haben aus der Lokalzeitung, die wir aus Interesse an der Region trotzdem abonnieren, von der Lesung erfahren«, erklärte die Enkelin der Heims, eine zierliche Frau mit gefärbten schwarzen Haaren. Anna servierte Getränke und Häppchen, während Conradin sich mit Karl etwas abseits der Gäste hinsetzte.

Die Hauptattraktion des Abends war Barbara, die in der Mitte des Raumes auf einem eigens für diese Lesung herbeigeschafften Sessel Platz genommen hatte. Sie war nervös und leckte sich ständig die Lippen. Ihr Blick wanderte immer wieder hilfesuchend zu Karl und Conradin, die ihr beide aufmunternd zuzwinkerten. Eigentlich müsste sie nicht angespannt sein. Das war die Geschichte ihrer Urgroßmutter, nicht ihre. Dennoch lag ihr viel daran, die Wahrheit ans Licht zu bringen und das Ansehen ihrer Vorfahrin wiederherzustellen. Das war sie ihr schuldig und Karl ebenso.

Endlich war es zwanzig Uhr, und Barbara konnte beginnen. Stille legte sich über den Raum, der zum Bersten voll war. In der vordersten Reihe saß Christian Dürr, seine Miene war düster und undurchdringlich. Barbara rechnete es ihm im Stillen hoch an, dass er tatsächlich erschienen war. Gelegentlich wurde das erwartungsvolle Schweigen der Zuhörer durch ein kurzes Husten oder Schniefen unterbrochen.

Dann begann Barbara ihren Vortrag. Sie begrüßte die Anwesenden herzlich und erklärte ihre Absicht. Barbara hatte beschlossen, die Surgenser zu duzen, wie es im Dorf üblich war.

»Dies ist das Tagebuch meiner Urgroßmutter, das ich bei einem meiner Streifzüge zufällig im Haus am Waldrand gefunden habe. Für mich sind es die Memoiren einer Fremden – aber auch für euch. Sie ist vor Jahren schon gestorben, dennoch lebt ihr Geist immer noch unter uns – als schlechtes Omen, als Schandfleck der Dorfgeschichte. Ich kenne nun als eine der wenigen hier Anwesenden die Wahrheit über ihr Leben – ihre Wahrheit. Ich bin es ihr und ihrem Sohn«, sie nickte kurz in Karls Richtung, »schuldig, die vergangenen Geschehnisse ans Licht zu bringen. Und zwar so, wie sie sich wirklich zugetragen haben. Ich hoffe, dass ihr Adeline, meine Urgroßmutter, daraufhin mit anderen Augen betrachten könnt. Ich kann euch heute nicht das gesamte Tagebuch vorlesen. Ich werde es in Auszügen lesen und den Rest, so gut es geht, zusammenfassen. Danach steht es jedem von euch frei, eines der Exemplare mitzunehmen.

Seht es als Geschenk. Um der Gerechtigkeit endlich Genüge zu tun.«

Barbara begann mit ihren Ausführungen und blickte dabei abwechselnd in die teils geschockten, teils beschämten Gesichter der Dorfbewohner. Obwohl die meisten der Anwesenden Adeline selbst gar nicht mehr kennengelernt und nicht aktiv zu den Demütigungen beigetragen hatten, hatten sie doch selbst Jahre später noch an den falschen Gerüchten um die Geschehnisse im Haus am Waldrand weitergestrickt.

Als Barbara geendet hatte, herrschte eine atemlose Stille, als hätte Adelines Andenken sämtliche Materie im Raum einfach verschluckt. Dann räusperte man sich hier und da, und schließlich brach tosender Applaus aus. Stimmen summten aufgeregt schnatternd durch die Gaststube. Barbara lächelte zufrieden. Conradin und Karl hatten neben dem Karton mit den gedruckten Tagebüchern Posten bezogen und verteilten bereitwillig Exemplar um Exemplar. Viele Dorfbewohner reichten Karl ehrfürchtig die Hand und bedankten sich bei ihm für seine Offenheit.

Plötzlich stand Pfarrer Rolf mit seiner Mutter vor Barbara. Er hatte Magda die Hand auf die Schulter gelegt und blickte sie streng an. »Meine Mutter möchte dir gern noch etwas sagen!«, meinte er an Barbara gewandt und nickte der alten Frau aufmunternd zu.

Diese hatte die Lippen zu einem schmalen Strich zusammengepresst. Allerdings zeigte ihr gesenkter Blick auch, dass ihr die Situation unangenehm war.

»Mutter?« Der Pfarrer blieb hartnäckig.

»Es tut mir leid, dass ich Sie damals nach der Beerdigung Ihrer Großmutter mitten in der Nacht erschreckt und beschimpft habe. Ich konnte nicht schlafen und ging in den Garten, um etwas frische Luft zu schnappen. Das mache ich oft, wenn ich unruhig bin. Da habe ich gesehen, wie Sie auf den Friedhof gingen und ... da sind all die alten Emotionen in mir hochgekommen, all der Hass.

Es ... ist ja nicht Ihre Schuld, was damals geschehen ist. Ebenso wenig die Ihrer Vorfahren. Das ist mir jetzt, nach Ihrer Lesung, klar geworden.

Ich war sechs Jahre alt, als sich die Geschehnisse rund um Adeline und das Haus am Waldrand zutrugen. Ich verstand nicht, was los war, hörte jedoch, was gemunkelt wurde. Grete, die Exverlobte von Anton Dürr, war meine Patentante, die Schwester meiner Mutter. Sie hat bitterlich geweint, nachdem die Angelegenheit mit Adeline und Anton ans Licht gekommen war. Natürlich gab sie deiner Urgroßmutter die Schuld an allem – wie alle im Dorf. Es wäre niemals jemandem in den Sinn gekommen, den Spross des Gemeindeoberhauptes zu beschuldigen. Dennoch konnte und wollte Grete Anton nicht mehr heiraten, nachdem er eine Affäre mit Adeline hatte. Damals hielt man das Ganze für eine von der Hexe angezettelte Liebelei, an Vergewaltigung dachte niemand. Ich habe erlebt, wie sehr meine Patentante unter der Situation litt, wie sie sich schämte und das Haus nicht mehr verließ. Von da an war ich ein erbitterter Feind Adelines und ihrer Nachfahren. Ich glaubte die Gerüchte, die man sich über sie erzählte. Bis heute hielt ich sie für eine Hure und eine Hexe, die mit ihrer selbstsüchtigen Art das Leben meiner Patentante zerstört hatte. Als ich hörte, dass Adelines Urenkelin in Surgens aufgetaucht war, kam der alte Hass wieder hoch.« Sie hob den Blick und musterte Barbara. »Ich möchte mich aufrichtig bei Ihnen entschuldigen, Frau Rieder. Es fällt mir schwer, dies nach so vielen Jahres des Hasses einzugestehen, aber ... ich habe mich geirrt, Ihre Urgroßmutter war keine Täterin, sie war das Opfer.«

»Ich danke Ihnen für Ihre Ehrlichkeit, Frau Gerber. Der nächtliche Vorfall auf dem Friedhof ... sitzt mir zwar noch in den Knochen, aber … vergessen wir ihn. Ich bin Ihnen nicht mehr böse.« Barbara setzte ein versöhnliches Lächeln auf.

Nachdem Magda und Pfarrer Rolf sich abgewendet hatten, baute sich Christian Dürr vor Barbara auf. Seine Dominanz schüchterte sie erneut ein und ließ sie kurz zusammenzucken. Würde er sie nun erniedrigen, sie beschimpfen, weil sie seinen Vorfahren beleidigt hatte? Ihre Hände zitterten leicht, und sie fühlte, wie Schweißperlen ihren Rücken hinabbrannten. Sie blickte hilfesuchend zu Conradin. Dieser war jedoch mit der Buchausgabe und den damit einhergehenden Gesprächen so beschäftigt, dass er ihren stummen Hilfeschrei nicht bemerkte.

Barbara schluckte. Ihr Mund war trocken. Sie erhob sich von ihrem Stuhl und stellte sich Christian mit geradem Rücken entgegen. Auf jeden Fall würde sie Haltung bewahren, egal, was er ihr an den Kopf warf.

»Was mein Großvater getan hat, war verwerflich und unserer Familie gänzlich unwürdig«, sagte er und presste die Lippen so fest zusammen, dass sie nur noch zwei blutleere Striche waren. Dieses Eingeständnis kostete ihn wohl einiges an Überwindung. »Noch schlimmer ist, was ich selbst getan habe.« Barbara konnte ihm nicht folgen und runzelte die Stirn. Er errötete leicht, als er kleinlaut zugab: »Ich habe Sie in den Geräteschuppen eingeschlossen … Ich … habe den Wald nach Pilzen abgesucht und gesehen, wie Sie sich dem Haus ohne Begleitung näherten. Ich war wütend, sehr wütend. Ich schätze, ich wollte Sie einschüchtern, Sie von dem Haus fernhalten und zur Abreise aus Surgens bewegen. Ich war der Meinung … Vergangenes sollte vergangen bleiben, wie ich schon einmal sagte. Es … tut mir leid.«

Barbara schaute ihn überrascht an. Sie hatte den stattlichen Mann noch nie so beschämt gesehen. Sie hatte sich auf einiges gefasst gemacht, diese Antwort allerdings traf sie vollkommen unerwartet. Daher brachte sie keinen Ton über die Lippen.

»Ich schäme mich für das, was mein Großvater getan hat. Ich bedaure, dass er die Macht in diesem Dorf, die ihm quasi in die Wiege gelegt wurde, schändlich missbraucht hat.«

Barbara wollte sich für seine Worte bedanken, Dürr bedeutete ihr jedoch mit einer herrischen Handbewegung, dass er noch nicht fertig war. Sie biss sich auf die Zunge und wartete.

»Es tut mir ferner leid, dass ich ihm sowie meinem Vater und ihren Lügen geglaubt habe. Ich hätte es besser wissen und mich selbst bemühen müssen, die Wahrheit herauszufinden. Stattdessen habe ich mich von unbegründeten Vorurteilen leiten lassen und ...« Er stockte, als bereitete ihm das, was er auszusprechen im Begriff stand, besonders viel Mühe. Christian lief erneut leicht rot an und kratzte sich nervös am Hinterkopf, als er flüsterte: » ... meinen Vater vor rund zehn Jahren dabei unterstützt, die Fotos im Haus am Waldrand zu entfernen und ... zu verbrennen.« Er schluckte betreten und senkte den Blick. »Mein Vater war sehr abergläubisch, müssen Sie wissen. Eines Tages war er davon überzeugt, dass Adelines Bilder noch immer Unheil über das Dorf bringen würden. Er meinte, eine Hexe wie sie hätte ›den bösen Blick‹. Er war sich absolut sicher, dass ihre Kräfte noch in der Gegenwart ihre Wirkung entfalten würden. Deshalb ermunterte er mich dazu, ihm bei der Vernichtung der Fotos zu helfen. ›Eine Hexe gehört ins Feuer‹, hatte er damals gesagt. Und ich habe ihm geglaubt. Ich ... entschuldige mich in aller Form bei Ihnen, Frau Rieder. Was wir getan haben, ist unverzeihlich.«

Barbara schwirrte der Kopf, und sie sah den befehlsgewohnten Mann aus großen Augen an.

»Es zeugt von wahrer Größe, Fehler zugeben zu können. Ich respektiere das ... Danke!« Das war alles, was Barbara dazu noch sagen konnte. Sie war über sein Geständnis ebenso erstaunt wie schockiert. Das musste sie erst einmal in einer ruhigen Minute verarbeiten. Sie wollte sich gerade von Dürr abwenden, als er sie an der Schulter fasste und meinte:

»Da wäre noch was. Mir ist zu Ohren gekommen, dass Sie ab Sommer 2016 eine neue Anstellung als Grundschullehrerin suchen. Vielleicht haben Sie Interesse, eine Stelle in Surgens anzutreten?«

Barbara schaute ihn erstaunt an. »Die Grundschule Surgens sucht eine neue Lehrerin? Das wusste ich nicht!« Vor Aufregung wurde ihr Mund ganz trocken.

Christian Dürr ließ sie nicht lange warten. »Der Schulrat hat kürzlich erfahren, dass die jetzige Lehrperson im dritten Monat schwanger ist. Ihr Kind wird also im Frühling zur Welt kommen. Wie die Lehrerin dem Schulrat mitteilte, beabsichtigt sie, nach Beendigung ihres Mutterschaftsurlaubs als Vollzeitmutter zu Hause zu bleiben. Wenn Sie Interesse hätten, unsere Kinder ab Herbst 2016 zu unterrichten, könnte der Schulrat für die verbleibende Zeit bis zu den Sommerferien einfach eine Stellvertretung zur Überbrückung suchen. Das müssten Sie aber mit dem zuständigen Gremium besprechen, ich habe als Gemeindeoberhaupt keine Entscheidungsgewalt in Bezug auf die Einstellung von Lehrpersonen. Aber ich könnte Sie natürlich empfehlen ...«

Ein warmes Kribbeln erfüllte Barbara plötzlich, und sie konnte sich ein glückliches Lächeln nicht mehr verkneifen.

»Ja, ich würde diese Stelle sehr gern annehmen. So bald wie möglich melde ich mich bei den zuständigen Personen. Ich beabsichtige sowieso hierherzuziehen und würde daher mit Vergnügen in Surgens arbeiten.«

»Dann sollten Sie auch ein richtiges Zuhause haben.«

Barbara verstand nicht gleich, worauf Dürr hinauswollte. Was kümmerte Christian Dürr ihre Wohnsituation? Sie fand seine Bemerkung seltsam.

»Das Haus am Waldrand steht immer noch zum Verkauf. Es sollte jemand darin leben, der es zu schätzen weiß. Jemand, der das Gefühl für den Charme dieses Häuschens im Blut hat. Warum fragen Sie nicht die beiden älteren Herrschaften dort drüben, was sie dazu sagen?« Christian Dürr wies auf das Geschwisterpaar, das sich als Alfons und Martha Heims Enkel vorgestellt hatte. Die beiden waren gerade in ein angeregtes Gespräch mit Karl vertieft.

Nun strahlte Barbara über das ganze Gesicht. »Ich werde die beiden darauf ansprechen und mir das Ganze überlegen. Wer weiß, vielleicht gibt es in Surgens bald eine Villa Adeline? Denn genau so würde ich das Haus am Waldrand nennen, sollte es jemals in meinen Besitz übergehen.«

Epilog

Barbaras Vorwort zu den Memoiren einer Fremden

Liebe Adeline,
diese Worte sind für Dich.

Du hast mich nie kennengelernt – für mich warst Du erst eine Fremde, dann eine Vertraute. Du gabst mir Wurzeln, wo vorher nur Ahnungslosigkeit war. Dank Dir, Deinem Mut und Deiner Gelassenheit, Schmerzhaftes zu ertragen, fand auch ich zu meiner inneren Stärke. Ich bin stolz, Deine Nachfahrin zu sein.

Ich bewundere die Großzügigkeit Deines Herzens, Deine tiefe Liebe und Deine Opferbereitschaft. Aufgrund Deiner Zeilen, die sich als intensive Kerben in meine Seele eingruben, entdeckte ich etwas, das mir bisher unbekannt war.

Eine Heimat, ein Zuhause.

Nicht einen Wohnort oder ein Dasein.

Ich erblickte einen Flecken auf dieser bunten Erdkugel, an dem ich mich verwurzelt, geliebt und lebendig fühle. Hier muss ich niemand anders sein als ich selbst.

Ich danke Dir für das Vertrauen, das Du in mich und die Nachwelt setztest, indem Du uns Dein Tagebuch zurückließt. Du vertrautest uns Deine Sehnsüchte, Deine Ängste, Deine Zuneigung, Deine Jugend und Dein stetiges Geprägtwerden an.

Das ist mehr Ehrlichkeit, als die meisten Menschen in ihrem Leben je lernen auszudrücken.